秋葉原先留交番ゆうれい付き

西條奈加

角川文庫
20882

目次

オタクの仁義

この街は、世界でいちばん鬱陶《うっとう》しい。

人の数なら、渋谷《しぶや》や新宿《しんじゅく》のほうが勝っているのだろうが、

——イライラ指数は、断然こっちが上だ。

中央《ちゅうおう》通りで一緒に信号待ちをしている一団に、季穂《きほ》はじろりと視線を走らせた。

まず、男が多い。人口の九割を占める彼らは、そろってよく似た格好をしている。よれたシャツに安物のジーンズ、背中にはやたらとでかいリュック。半分以上はメガネか小太り、もしくは両方を兼ねそなえた由緒正しい輩《やから》も多い。

電気《でんき》街《がい》口を抜けてここに至るまで、びっしりとそういう人種に囲まれるのだ。不快指数は、クーラーのこわれた真夏の満員電車なみである。どこの街でも見かける、お花畑のような春夏ファッションは見当たらず、ゴールデンウイーク明けのさわやかな五月の風も、ここにはいっこうに吹いてこない。

日本一、季節感のない街だと、季穂はどっとため息をついた。

「大丈夫？　こっちだよ」

信号が変わり、周囲の人の壁がいっせいに動き出した。気づかうように前に立つ男がふり向いて、うっかり見惚《みと》れてしまった。

まさに掃き溜《だ》めに鶴、一服の清涼剤。遠い星から来た異星人のように、目の前の男はこの街にはそぐわない。

背の高い、すらりとした体型。ほどよくのった筋肉。目尻《めじり》が下がりぎみのやさしげな目許《めもと》に対し、鼻やアゴの線はすっきりとなめらかだ。極上のその顔を、わずかに茶がかった短い髪がふわりと覆う。まさに非の打ちどころも文句のつけようもない、イケメンだ。

「どうしたの？　疲れた？」

女の子のあつかいも、申し分ない。ここへ来るまでのあいだ、たえず季穂のようすを気づかって、たびたび声をかけてくれた。

——惜しい。実に惜しい。

仕事は手堅い公務員。これで一般常識さえ通用すれば、恋人候補のナンバーワンにあげたいところだ。さっきから季穂の足許ばかりに向けられているきれいな笑顔を、何ともじれったい思いでながめる。

彼、向谷弦《むこうやゆづる》は、恋人でもなく、友人ですらない。昨日の晩、初めて会った男だ。

とはいえ合コンでもナンパでもなく、ましてや行きずりの相手でもない。もっともその手の相手としてなら、最適かもしれない。昨夜からの短いつきあいだけで、この男のネジのゆるみ具合は、もう腹いっぱいに見せられた。何より女に関しては、とりわけ始末に負えない。

　これまでの季穂なら、まず関わりあいになりたくないタイプだが、なにせ非常時だ。彼がいなければ、ここに辿《たど》り着けたかどうかさえ危うい。その点だけは感謝しているが、向谷がこの街へ足を向けたのは、まったくの偶然だった。

　朝の八時過ぎ、電話が鳴った。内容まではっきりしないが、受話器の向こうからえらい剣幕で怒鳴る声がして、向谷は受話器を下ろすと季穂に言った。

「困ったな、上司からの命令で、すぐにここを出ないといけなくなったんだ。君はどうする？　ここに残る？　良かったら、一緒に来ない？」

　イケメンの誘いに、うかうかと乗ったわけではない。この街に向かうと彼が告げたからこそ、季穂は同行することにした。

　彼はまだ、何も知らない。

　つい九日前まで、季穂がここへ毎日通っていたことも――。

　この街が大嫌いだということも――。

　秋葉原《あきはばら》は、季穂にとってそういう街だった。


「さ、着いたよ」

　秋葉原駅から、徒歩七分といったところだろう。

中央通りを西に折れ、蔵前橋《くらまえばし》通りに面した小さな交番で、イケメン向谷は足をとめた。先留《さきどまり》交番――。

昨今は小ぎれいな、あるいは妙にファンシーな外観に「KOBAN」と書かれた建物も増えてきたが、まるで都会の真ん中で、時間という地上げに一軒だけ逆らっているような、昭和くささ満載のひどく古びた外観だった。だいたい名前からして、いかにも先がなさそうで望みがもてない。

「こんにちは、先輩。お久しぶりです」

向谷が声をかけると、ノートパソコンに向かっていた制服警官が、眼鏡の奥の目玉だけを上に向けた。

「もう、来やがったのか」

相手は露骨にイヤな顔をしたが、向谷はまったく動じていない。

「また、お世話になります、権田《ごんだ》先輩。草刈《くさかり》警務課長からは、連絡来てますか？」

「朝一番でな。あと、草刈じゃなく草野《くさの》な。正雄《まさお》でなく仁《ひとし》だって前にも言ったろう」

「どうも人の名前って、覚えられなくて」

「てめえの無知は、名前限定じゃねえだろうが」

権田の呟《つぶや》きに、季穂もうっかりうなずきそうになった。たったひと晩一緒にいただけで、向谷のバカさ加減は十二分に理解できた。

――それにしても……。

交番必須《ひっす》アイテムのスチール机を挟んで向かい合う、ふたりの警官を見くらべた。

まさに天と地、雲と泥、ジャニーズのトップアイドルと、吉本ブサイクランキングナンバーワンくらいの開きがある。ちなみに季穂は昔から、周囲には的を射ていると絶賛され、しかし本人にはあまり喜ばれないという、あだ名をつける名人だ。権田という警察官を目にしてすぐに、何の躊躇《ちゅうちょ》もなくその呼び名が浮かんだ。

――メガネトド。

背だけはイケメン向谷と同じくらい、百八十センチ近くあるが、腹まわりは向谷の三倍はふくよかだ。黒縁のダサいメガネの奥の陰険そうな目と、ぶよぶよと不快な曲線を描くアゴ。警官の制服を脱がせてチェックのシャツに着替えさせ、リュックを背負わせれば、季穂が日頃から嫌悪してやまない、キモオタのできあがりだ。

そのキモオタが、決してイメージだけではないことは、わずか三十秒後にわかった。

「荷物は明日ここに届く予定ですけど、今日からよろしくお願いします。僕の布団、まだありますよね？」

向谷は言いながら、奥へと続くドアを開いた。交番の奥に足を踏み入れたことはないが、なんとなく思い浮かぶのは殺風景な休憩室だ。スチール製のロッカーが並び、ばかでかいテーブルが部屋いっぱいに鎮座して、その上にはお茶セットとお菓子。コンビニとかファストフード店とか、どこの店にも共通していそうな空間。季穂のバイト先のバックヤードも同じだった。

しかし向谷の背中の向こうには、到底信じ難いミラクルワールドが広がっていた。

異様に狭く見える室内は、三方の壁が、天井まで続く本棚で塞《ふさ》がれているからだ。向かって左の壁だけは、押入れを塞ぐように小汚いベッドがあり、ベッドを背にして座る形で五つの液晶画面を備えたパソコンが据えられている。本棚にはおびただしい数の本とマンガ、DVDが詰め込まれ、山の裾《すその》野のごとく床にまであふれている。雑誌とCDのタワーがマンハッタンさながらに隙間なく築かれて、まさに足の踏み場もない。

「うわ、先輩、またアイテム増えましたね。これじゃあ、布団敷く場所もないですよ」

部屋の中に首だけ突っ込んだ状態で、向谷が声をあげた。

「てめえ、そのへん勝手に触るんじゃねえぞ。いつも言ってるが、すべて貴重品と思え」

どこが貴重品だ。思わずじろりと、部屋の天井を見上げた。天井すらも、この男の趣味を反映したポスターで隙間なく埋まっている。顔は童顔なのに、首から下は巨乳のナイスバディ。なんともアンバランスな二次元の女の子が、フリフリドレスや水着でポーズを決めていた。数は少ないが、三次元のアイドルグループの写真もちらほら見える。中に詰め込まれた本を塞ぐように、棚の前面には、彼女たちを立体化させた大量のフィギュアがびっしりと林立していた。

要するに、この権田という三十歳前後の警官は、アニオタと呼ばれるアニメオタク、あるいは実在アイドルも守備範囲に含む、美少女オタクなのだろう。

警察官がこのザマでは、日本の将来はお先真っ暗だ。それでも、あくまで自宅で楽しむというならまだわかる。どうしてその趣味を仕事場にもち込むのか、何より理解に苦しむところだが、その謎はすぐに解けた。

「これでよく、本署からクレームつきませんね、先輩」

「ふん、ここはおれの家だ。内装をどうしようと、おれの勝手だ」

この先留交番は、派出所ではなく駐在所だった。

正直、季穂にはその差がイマイチわかっていなかったが、住居が併設されて、いわば交番に住み込むタイプを、駐在所と呼ぶようだ。

たいていは、今朝まで向谷がいたようなド田舎や、あるいは離島など、過疎な地域に多いが、意外にも東京二十三区内にも六十近い駐在所があるそうだ。ただし秋葉原という、一応都会の真ん中に位置する場所に存在するのは、やはりめずらしい。すべてはこの男の努力と執念に因るものなのだが、季穂はまだ知らず、また興味もない。

「何だって毎度毎度毎度、謹慎中のおまえの面倒をおれが見なけりゃいけねえんだよ」

当のメガネトドは、顔の真ん中にでんと居座った団子っ鼻から、盛大なため息を吐いた。

「たしか、三度目ですよね」

「バカ、四度目だ」

そうでしたっけ、とさわやかな笑顔を返す。

「やっぱり僕の警官としての出発点は、この交番ですから。初心に返れってことですかね」

「ちげーよ。ここ以外のすべての部署で、女と問題を起こしたからだろうが！」

「そういえば、この先留にいたあいだは、始末書書かされたことがありませんね」

その理由が、季穂にもなんとなくわかる気がする。向谷のイケメン威力も、メガネトドがとなりにいれば、半減、もとい相殺される。

「それにしても……この部屋じゃ僕はともかく、彼女の寝る場所がありませんよ」

向谷が、ちらりと季穂をふり返った。

「彼女だと？　今回おまえが手ぇつけたババアのことか？」

「いえ、スミコさんじゃなく……ああ、紹介が遅れてごめんね。僕の先輩の権田利夫《としお》さん」

——メガネトド夫ね。

すぐさま季穂の中で名前が変換された。

メガネの奥の小さな目が、気味悪そうに向谷の視線の先に向けられる。

「……おまえ、誰としゃべってんだ？」

「もちろん、彼女です。先輩、こちらが足子《あしこ》さんです」

穴があきそうなくらい、メガネトド夫が季穂を凝視する。

——じろじろ見ないでよ！　このヘンタイ！

怒鳴りつけてやりたいところだが、いまの季穂にはそれができない。

「……おまえ、またなんか、くつけてきたのか？」

「先輩、そこじゃありません、もっと下」

向谷の肩の高さにあった権田の視線が、膝《ひざ》くらいまで落ちた。

「子供、なのか？　はっきり言って、その方が怖《こえ》えぞ」

「足子さんは、立派な大人ですよ。でも、足だけなんです」

それまで薄気味悪そうにしていたトド夫が、怪訝《けげん》な間抜け面になった。

「……足？　幽霊に、足があるのか？」

「はい。足だけの幽霊だから、足子さん。僕がつけたんです」

顔に反して、ネーミングセンスは最悪だ。

――私の名前は、渡井《わたらい》季穂！

大声で叫んでも、届かない。ちゃんと目で見て、耳できいているつもりでも、顔どころか膝から上の一切は、季穂にも見えない。

自分のからだを見下ろすと、膝下にあたる脛《すね》と裸足《はだし》の足だけが、ちょうど白い膝丈タイツをはいたみたいに、うっすらと浮かんでいる。夜ならもう少しくっきりと見えるのだが、昼間の光の中では輪郭以外は透けていて、いまにも消えてしまいそうだ。

九日前に、季穂は死んだ。

そして何故か、足だけの幽霊として甦《よみがえ》った。

＊

覚めない夢ほど、怖いものはない。

深い山中を、季穂はひたすら走りつづけた。

ここがどこなのか、まったくわからない。気づいたときには見知らぬ森にいた。

――季穂……季穂……！

誰かに呼ばれたような気がして、目を覚ました。

とても懐かしい、馴染《なじ》んだ声のはずが、それが誰なのかどうしてもわからない。寝惚《ねぼ》けているみたいなぼうっとした顔で、辺りを見渡した。

濃い藍色《あいいろ》の空に、妙にくっきりと映る三日月と、白い塵《ちり》を散らかしたみたいに見える、多すぎるほど大量にばら撒《ま》かれた星々。その空をジグソーパズルのように、木の枝の黒い線が不規則に切り分ける。

――変な夢。

周囲は妙にリアルなのに、自分のからだだけが頼りない。しばらくぼんやりしていたが、ふいに恐怖にかられて駆け出したのは、不安が胸をかすめたからだ。

――いつの間に、眠ってしまったんだろう？　シャワーを浴びたのは？　夕飯をコンビニで買ったのは？　違う、違う、記憶が途切れるのはもっと前だ。夜遅くにバイト先を出て……それから、それから……。

あっ、と思ったときは遅かった。考えごとに気をとられ、目の前の大木に気づかなかった。叫んだときにはもう、木の中にからだが嵌《は》まりこんでいた。

夢だと思いながらも、それは奇妙な感覚だった。便利といえば便利だが、どうせなら空を飛べたら楽なのに――。季穂は愚痴をこぼしながら、木からからだを抜いた。にくと季穂は、飛ぶ夢を見たことは一度もない。あい
けれど木に嵌まった瞬間、思い出した。季穂が覚えている、最後の記憶だ。

それがたまらなく、季穂を不安にさせた。


どれくらい走りつづけたろうか。いったい何時間経ったのかわからない。時間の感覚はあいまいだったが、気がつくと空にあった三日月は西に大きく傾いていた。幸い、いくら走っても息は切れないし、からだも疲れない。やはり変だと思いながらも、怖くて足が止められなかった。

――神さま、仏さま、キリストさま、お釈迦《しゃか》さま。お願いですから、この悪夢から覚ましてください。

苦しいときの神頼み。日本人らしい節操のなさで、古今東西あらゆる神々に祈った。

遠くに灯《あか》りを見つけたときには、季穂はそれらすべての神に深く感謝した。

赤い蛍のような、車のテールランプのような、丸く赤い光。

入口の上にともる赤色灯は、交番の目印だった。

木造の古びた平屋建ては、レトロというよりボロ屋に近い。幅広のガラス戸の横に、『稲香村駐在所』と木の札がかかっていた。

——いなかむら？

季穂には覚えのない地名だが、派出所だろうが駐在所だろうが、日本全国機能は同じだろう。九死に一生、おぼれる者は藁《わら》をもつかむ。色々な格言が頭をめぐったが、道に迷ったとき、危ない目に遭ったとき、交番ほどありがたいものはない。たとえ夢であろうと、安心感は変わらない。

ガラス戸越しに中を覗《のぞ》き込んだが、残念ながら期待した制服警官の姿は見当たらなかった。灰色の大きな事務机と、パイプ椅子より他は何もない。殺風景な、けれどこれもまた全国共通の交番インテリアだった。

——奥に誰かいるかもしれない。とにかく、声をかけてみよう。

木枠にガラスの嵌まった、少し重そうな引き戸を開けようとして、季穂はそのとき、自分のからだの異変に改めて気がついた。木に嵌まったときと、まるで同じ。木枠のくぼみにかけたはずの指は素通りし、枠を抜けてガラスに行き着いた。茫然《ぼうぜん》と手許を見詰めたが、そこにはあるはずの手も指もなかった。あわてて両手を顔の前で広げたが、長い指が自慢だった白い手は、やはり見えない。

まるで自分が透明人間に、いや、空気になってしまったみたいだ。

開いた手をおそるおそる這《は》わせたが、顔やからだにも触れられない。

手足があるという感覚はある。背後の山林も駐在所も見えるし、時折こずえを鳴らす風の音も聞こえ、少し湿った夜のにおいもする。からだも五感も働いているはずが、季穂自身は存在していない——。頭が混乱した。

森の中の木々を抜けたのだから、駐在所のガラス戸もそのまま素通りすればいい。そんなことにすら気づかず、季穂は茫然とその場に立ち尽くした。

どのくらいそうしていたろうか。聞きなれた音が遠くから近づいてきた。車のエンジン音だ。大声で不平不満をがなり立てているような、明らかにアクセルを踏み過ぎていると思える騒音は、しだいに近づいてくる。ヘッドライトが林の合間からちらちらとまたたき、やがて林が切れると、目玉のような灯りは唐突に向きを変えた。

まるで車そのものが、頭から湯気を出しながら怒っているかのようだ。すごい勢いで駐在所の敷地に突っ込んできたのは、白い軽トラックだった。まぶしいライトが季穂を襲い、ぶつかる、と思った瞬間、車は急停止した。

ライトが消され、運転席から男がひとり降りてきた。背は低いが肩幅はがっちりした、年配のおじさんだった。田舎の農協に行けばごろごろしていそうな、つばのついた帽子にジャンパー姿だが、あいにくとのどかさは欠片《かけら》も感じられない。ものすごい形相で、季穂を睨《にら》みつけているからだ。

助けを呼ぼうにも声は出ず、季穂はガラス戸の前で棒立ちになった。眼前に浅黒い男の顔が迫り――、そして、信じられないことが起きた。

男のからだは、季穂をすり抜けた。

季穂が声にならない悲鳴をあげたのは、無機物とは明らかに違う、その気味の悪い感触のせいばかりではなかった。

男が通り抜ける瞬間、たしかにはっきりときこえたからだ。

――アノヤロウ、ブッコロシテヤル。

黒い怨念《おんねん》に凝りかたまった呟きと、物騒なその匂いが、耳と鼻をおおった。

男は季穂の存在に気づきもせずに、ガラスが割れそうな勢いで、叩《たた》きつけるように戸をあけ放った。

「スミコ、出て来い！　ここにいるのは、わかってるんだぞ！」

誰もいないと思っていたのは、間違いだった。大きなスチール机の陰には、ひと組の男女がいた。

そして古びた駐在所の中は、昼メロさながらの修羅場と化した。

「ったく、なんでわざわざ村長の女房に手ぇ出すかな」

メガネトドが、コーラの一リットルボトルを片手に向谷をにらむ。もう片方の手はひっきりなしに、ポテトチップス旨ダレ牛肉味をつまみ、口へとはこぶ。こいつのぶよぶよ巨体が、何でできているかは一目瞭然《りょうぜん》だ。

「よっぽどの美人か、高級車でも貢いでもらったってんなら話もわかるがよ」

思わず季穂が、首を横にふる。どう見ても五十過ぎ、しわの中まで健康そうに日焼けした田舎のおばちゃんだった。昼メロの主役というよりも、麦わら帽子をかぶせれば、ローカル番組でインタビューされていそうなタイプだ。

「スミコさんは、かわいそうな人なんですよ。旦那《だんな》さんに浮気されて、悩んでいたんです。相手はウグイスさんて名前の、若い女性だって」

「……ひょっとして、鶯《うぐいす》嬢か？　村長選か何かで知り合った」

向谷のボキャブラリー不足には慣れているのだろう。権田がすかさず翻訳する。

「はい、それです。旦那さんが村長だから騒げないって、スミコさんはひとりでずーっと悩んでて、巡回のたびに声をかけていた僕にだけ、打ち明けてくれたんです」

「で、悩み相談をしているうちに、デキちまったというわけか。いつものパターンだな」

けっと舌打ちし、からのチップスの袋をゴミ箱に放る。続けて机の引き出しから、ドンタコスの赤い袋が出てきた。こいつはパンダのように、一日中食い続ける人種のようだ。

「昨日の晩、村長さんが駐在所に怒鳴り込んできて。で、今朝になって警務課長から電話があって、すごく怒られました。とりあえず、すぐに荷物をまとめて駐在所を出ろって」

「それもお決まりのパターンだな」

「本当は、ひと眠りしたかったんですけどね。足子さんと一晩中話してたから、寝てないんです。先輩、少し仮眠とっていいですか？」

まさに海岸で寝そべるトドのように、それまでまったく興味がなさそうに、椅子でだらりとしていたメガネトドが、背もたれからからだを起こした。

「……おまえ、その幽霊と会話できるのか？」

「足子さんは足だけでしゃべれませんから、僕が一方的に話しかけていただけです」

向谷が、にこにこしながら季穂を見る。昨夜も、同じ笑顔を向けられた。

この秋葉原に来るまで、大勢の人間とすれ違った。けれど季穂に気づいた者は、ひとりもいなかった――目の前にいる、この警官を除いては。

向谷弦はいまのところ、この世で唯一、季穂を識別できる人間だった。


修羅場がどうにか収束しても、収まりがつかなかったのだろう。村長はありったけの罵詈雑言《ばりぞうごん》を吐きながら、妻を連れて駐在所を出ていった。

白い軽トラが走り去るのを、戸口でぼんやりと見送ると、後ろから声がかかった。

「待たせてごめんね。ずっと外に立ちっ放しで、寒かったでしょ。この辺は山だから、朝晩はけっこう冷え込むんだよね」

交番を訪ねた際の、あたりまえの警官の対応だ。さっきまで、からだがないと混乱していたことを忘れ、促されるまま中に入った。

入口近くの壁に、大きな地図が二枚。一枚はやたらと余白が多く、左隅に「稲香村」とある。「いなかむら」かと思っていたが、ふりがなに目を凝らすと「いねかむら」だった。

まあ、どちらにしても大差はなさそうな気もする。一本きりの道路が地図を横断し、あとは申し訳程度にぽつりぽつりと地名と、黒塗りの三角形が点在する。山を表す地図記号だ。キャンプ場とか渓谷とかの文字も見え、かなりの田舎だと推測できる。地図の右隅に、「東京都」の文字を見つけたときには、思わず目が点になった。

――東京？　ここが？

季穂が生まれ育ったのは群馬県で、都心からは新幹線を利用しても一時間はかかったが、それでも住宅地として開発された場所だから、目の前の地図よりはよほど華やかだった。

となりにあるもう一枚、東京都の地図がなければ、とても信じられなかったに違いない。

横に長い東京都のいちばん左隅、奥多摩《おくたま》駅と書かれたさらに西側に赤丸がついている。つまりここは、たぶん奥多摩と呼ばれる一帯で、奥多摩駅よりさらに田舎だということだ。東京都のどん詰まり、埼玉県と山梨県の県境にあたる。

もちろん季穂には、まったく縁のない土地だ。いったいどうして、いつの間にこんなところに——。夢という前提を忘れて、思わず首をめぐらせた。探していたものは、スチール机の向こう側にあった。

丸い時計と、カレンダー。月ごとのカレンダーの横に、最近ではあまり見なくなった日めくりの暦がある。

示された数字は「14」、その上に「5月」とある。五月十四日ということだ。季穂が覚えている最後の日付は、五月六日。それから八日経っている。

空白の八日間——。そのフレーズが浮かんだとき、ぞくりとした。この八日のあいだ、自分は何をしていたのだろう？

季穂の動揺には気づかずに、警官が話しかけた。

「どうぞ、椅子に座って……あ、でも、膝から下の足だけじゃ座れないかな？」

さわやかで心地の良い笑顔だった。つのるばかりの焦りすら、一瞬だけ霧散した。外見に釣りあうだけの雰囲気を、この男は併せもっている。

ただ、どういうわけかイケメン警官は、さっきから季穂の足許ばかり見ている。その視線を追って、あっ！　と声をあげそうになった。

白々とした蛍光灯の下に、うっすらと白い膝丈タイツが見える。

それがタイツではなく、自分の足だとわかったのは、二枚の地図とは反対側の壁に、大きな姿見があったからだ。

「めずらしいね、足だけの幽霊なんて」

幽霊というそのひと言が、季穂を夢の世界から現実に引き戻した。

鏡に映っているのは、ルックスのいい警官がひとりだけ。季穂の姿はどこにもない。

いや、ある。よくよく目を凝らすと、白いタイツのような膝から下の足だけが、ぼんやりと映っている。その足が透けて、コンクリートの床の灰色や、茶色の壁板が見える。

その事実に気づいたとき、季穂は出ない声で悲鳴をあげていた。

時間の経過というものは、他人がいて初めて実感できるものだ。

向谷がいなければ、かすかな音で時をきざむ時計の針がいくら進んでも、やはり夢だと思ったろう。いまですら、そうであってほしいと、かすかな希望はある。けれどこの若い警官と出会ってからは、時は実に正確に、そして残酷に過ぎていった。

「大丈夫？　そんなところに座っていると、冷えちゃうよ」

悲鳴をあげながら、床にへたり込んでいたようだ。気づくと警官は、季穂の前にしゃがみこみ、心配そうに覗きこんでいた。

「お茶、飲めるかな？　いま淹《い》れるから座って」

立ち上がった季穂に椅子をすすめ、台所があるのだろう、奥の部屋へと引っ込んだ。

あまり深く考えず、折りたたみのパイプ椅子に腰をおろした。お尻がすっぽ抜けないことに気づいたのは、少し経ってからだ。あらためて驚いて、色々と試してみた結果、物を動かそうとしない限り、乗ったり触ったりすることはできるとわかった。ビニール製のかすかにざらついた椅子の座面も、つるつるしたスチール机の冷たさも感じることができる。

この秋葉原にも、無賃乗車ではあるが、向谷と一緒にちゃんと電車に乗ってきた。ただ、動かすことはできないから、せっかく淹れてくれたお茶は飲めなかった。それでも茶碗《ちゃわん》を両手で包むと温かく、立ちのぼる湯気にほっとした。

「少しは落ち着いた？　君は、どこから来たの？」

当然のことながら、季穂にはこたえるすべがない。それでも向谷は、まるで言葉のたどたどしい幼児を相手にするように、静かにゆっくりと質問を重ねた。返らないこたえを埋めるように、自分の話もする。

「僕のお母さんの実家がね、和歌山県の古い神社なんだけど、昔から霊感の強い巫女《みこ》が、代々出ていた家系なんだって。ただ、僕の代では女はひとりも生まれなくて、神社も僕の従兄《いとこ》が継いでるんだけど、霊感の方は僕が継いじゃったみたいでね、小さいころからフツーに見えるんだよね」

向谷家に代々伝わる霊能力は、かなり強いのかもしれない。明るい真っ昼間でも季穂を認知できるのは、この警官より他にいなかった。このときはまだその事実を知らなかったけれど、自分を識別できる、唯一無二の貴重な存在であることには変わりない。

気づいた季穂は、何とかコミュニケーションをはかろうと努力した。

試行錯誤の末に、これだ！　と思う方法を編み出したのだが、すべては徒労に終わった。一晩中、懸命に試してみたが、ただのひとつも伝わらなかった。向谷は辛抱強くつき合ってはくれたのだが、何かを伝えようとしているということさえ気づかない。

この警官が同じ間違いをくり返すのも、学習能力のなさに加え、想像力が決定的に欠けているからだ。一晩かかって、季穂はようやく、がっかりなそのこたえに辿り着いた。

「でも、足子さんがバレリーナだってことだけはわかりました。一晩中、踊ってくれたんですよ」

――違う！

メガネトドへの無邪気な報告に、がっかり感がよみがえり、からだ中から力が抜ける。

「かかとをくっつけて膝を外側にくの字に曲げたり、足をバッテンの形にしてみたり、朝までずーっと踊ってくれたんです」

「バッテン……くの字？」

ドンタコスを嚙《か》むバリバリという耳障りな音が、ぴたりと止まった。

「……それって、マルバツじゃねえのか？」

「マルバツ？」

「だからよ、かかとをつけて膝を曲げるのがマル。足を交差させるのがバツだよ」

――通じた！

思わず季穂は、見えない両手を握りしめた。ルックスは最悪でも、頭は向谷の十倍、いや百倍は切れる。思えばオタクという人種は、向谷とは逆に、いわば妄想という名の想像力のみで生きているに等しい。外見さえもう少し好みなら、抱きついていたに違いない。

「おい、足、おれの考えがあたりなら、マルってしてみろ」

横柄な口調に、感謝感激は半減したが、それでも季穂はかかとをつけて、両膝を反対方向にぐいと曲げた。季穂の足を注視していた向谷が、あ、と声をあげる。

「どうだ？」

「足子さん、くの字になった」

「やっぱりそうか」

満足げにうなずくと、今度は立て続けに注文を出した。

「よし、今度はバツだ……バツになったか？　他にバリエーションはねえのか？　マルバツだけじゃ足りねえな。おい、足、きをつけの形でまっすぐ立て。それがわからないの合図だ」

「すごいです、先輩！　足子さん、先輩の言うとおりにしてますよ」

言うとおりというフレーズにはカチンときたが、それでもようやく意思疎通ができたのだ。背に腹は替えられない。

「てか、ひと晩中見てたなら、いい加減気づけよ」

——まったくだ。

「足、ここからが本題だ」

と、権田は、壁にかかっていたカレンダーを外した。稲香村にあったような日めくりではなく、数字だけが印刷されたひと月ごとの暦だ。いちばん上に五月と書かれている。

「今日はここ。平成二十七年、西暦で二〇一五年の五月十五日金曜日だ」

真ん中あたりにある、「15」をさし示す。わかるか、ときかれマルと返す。

「まず、最初にきく。あんたはどうして死んだんだ？」

どうして、ときかれてとまどった。イエス・ノーでしか、季穂にはこたえられない。

だが、権田はすぐに先を続けた。

「病死か、事故か、自殺か……あるいは殺されたか」

コロサレタ――。

そのフレーズが、急に現実味をおびて季穂に迫った。自分の記憶だけなら、悪夢でごまかせる。けれど第三者の、しかも警察官の口から出ると、それはまごうことのない事実に変わる。まるでからだ中をナイフで切り裂かれるようだ。認めるのは、痛みを伴う。

「足子さん、大丈夫？」

心配そうな向谷の瞳《ひとみ》が、季穂に注がれていた。ただし顔ではなくて足だったが。それでもこの警官は、茫然と突っ立っていた足だけで、季穂の気持ちを察したのかもしれない。

「ごめんね。辛《つら》いこと、思い出させちゃったかな？」

涙腺《るいせん》機能はすでにないはずが、うっかり涙ぐみそうになった。もっとうっかりなのが、スミコさんの気持ちが、わかるように思えたことだ。いちばん弱っているときに、この顔でやさしい言葉をかけられたら、ころりといくのもうなずける。

一方のメガネトドは、女心への配慮など、欠片ももち合わせていないらしい。

「おい、いつまでちんたらやってんだ。こっちは長々と幽霊につきあってやるほど暇じゃねえんだよ」

左手でかかげたカレンダーの数字を、右手でさし示す。

「いいか、1が事故、2が自殺、3が殺人だ。病死その他、事件性のない場合は、ひっくるめて4だ。わかったか？　わかったらマル」

なんてヤなヤツだ。ムカつきながらも足をその形にし、マルだと向谷が伝える。

権田は季穂をニュートラル、つまりわからないを意味するきをつけの姿勢で立たせ、該当の番号で、マルを示すよう指示した。

「まず1、動かねえか？　次に2、これも違うんだな？　じゃ、3……」

「あ！　マルになりましたよ、先輩」

その瞬間、メガネの奥の小さな目が、それまでと違う光をおびた。

「殺人？　あんた本当に、誰かに殺されたのか？」

「マル……あれ、わからない、かな」

季穂の足を凝視していた向谷が、とまどい顔になる。殺されたのは、たぶん間違いない。ただ、季穂は犯人を見ていないし、どうしてそんな目にあったのか理由もわからない。最後の記憶を辿ろうとすると、恐怖だけが頭の中を支配する。

「あんたが殺されたのは、いつだ？」

パニックを起こしかけた季穂を、冷静な声が押しとどめた。

「今年、つまり二〇一五年に死んだならマル、それより前ならバツだ」

「自分が死んだ日なんて、わかりますかね？　何百年もさまよってる霊魂もありますよ」

「その手のプロなら、諦《あきら》めるしかねえがな。足、どうなんだ？　今年か、もっと前か」

──マル。

「今年か」

と、権田がにんまりする。悪徳詐欺師みたいな、たちの悪い笑いだ。

「今年なら話は早い。おい、何月だ？　今月からひと月ずつさかのぼっていくから、該当の月で合図しろ。それが終わったら日にちと時間だ」

カレンダーを効率的に使いながら、権田は事件の──正確には、季穂の最後に記憶している日時だが──それを特定した。

「二〇一五年五月六日、つまりはゴールデンウイークの最終日。時間は深夜二十三時ごろ。で、間違いないんだな？」

マルの返事を確認し、権田はパソコンに向かった。

「今日が十五日だから、六日ということは九日前になるな……よし、この九日間には殺人事件は起きてねえ……死体が出ていないか、事故や自殺に見せかけたにしても、未解決には変わりない。ラッキーだな」

「ラッキーって、何です？　先輩」

「殺人事件を解決すれば、上に恩を売れるだろうが。上の手柄にして、こっちの条件を呑《の》んでもらうんだよ。最近ちょっとご無沙汰《ぶさた》だったからな、そろそろネタを探すつもりだったんだ」

「先輩、またですか」

動機は不純だが、向谷の口調からすると、このオタク警官は過去にも事件を解決したことがあるようだ。殺人事件は、本庁捜査一課か所轄の刑事課の担当だ。乱発される刑事ドラマのおかげで、そのくらいの知識は季穂にもある。

交番勤務の警官に、本当にできるのだろうかとの疑いはあるが、この男だけが、季穂にとってはたった一本の蜘蛛《くも》の糸だ。

「あとは場所だが……ま、外国ってことはねえだろう。地図地図っと」

スチール机の引き出しを、権田ががさがさとあさる。

「僕、外国人の幽霊にも会ったことありますよ」

「霊が海を越えるってアリなのか？　まあ、四国や九州からなら、渡ってきそうな気もするが……とりあえず足の発見現場から探してみるのが常道だが、それだと遠回りだな」

「足子さんの、発見現場？」

向谷が、腑《ふ》に落ちない顔をする。

「奥多摩のド田舎村に、決まってるだろうが」

「ああ、足子さんと最初に出会った場所ってことですね。それと先輩、ド田舎じゃなく稲香村ですよ」

「どっちだって一緒だよ。田舎の山奥といや、死体遺棄の場所としては常道だからな。どこか別の場所で殺されて、奥多摩山中に遺棄されたってのが有力かもしれない」

なるほどと、思わず季穂はうなずいていた。幽霊として目が覚めたとき、まるで土地勘のない山中にいたことにも説明がつく。

「じゃあ、埋められた足子さんを、捜してあげるんですね？」

「ちげーよ。確たる証拠もないのに、山狩りなんてできるわけねーだろ。殺害現場を特定するのが先だ……おっ、あったあった。とりあえず関東の地図でいいだろ」

権田が地図帳を引っ張り出したが、季穂をふり向いた向谷が、おや、という顔をする。

「先輩、足子さんが嫌がってます。なんか、怒ってるみたいだ。片足で床を叩いてます」

――違うって。

毎度の誤解には、げんなりする。それでも季穂は、その場で片足を踏み鳴らすような動作をつづけた。幸いオタク警官は、すぐに気づいてくれた。

「怒ったように片足で床を？　……ひょっとして、ここって意味じゃねえのか？」

権田が指で床をさす。季穂は急いでマルをつくり、向谷が通訳する。

「この秋葉原で、九日前に殺人事件が起きたっていうのか？」

ガニマタポーズの情けない格好で、季穂はイエスとこたえた。

＊

気づけば、外は真っ暗だった。季穂がイエスとこたえてから、七時間は過ぎているが、未《いま》だに季穂のプロフィールは明かされていない。マルバツ問答が行き詰ったわけでなく、昼を待たずに、交番が急に忙しくなったからだ。

「謹慎中なんだから、表に出るな。おまえがいると、よけいな客が増えるしな」

と、権田に言われた向谷は、奥のオタク部屋で仮眠をとっていた。

この先留交番は、中央通りと蔵前橋通りの交差点から西に折れ、三ブロックほど行ったところにある。中央通りより、その西を並行して走る昌平橋《しょうへいばし》通りに近く、住所は千代《ちよ》田《だ》区外神田《そとかんだ》になる。

場所が場所だけに、交番を訪れるのはやはりオタクが多いのかと思いきや、意外とそうでもない。昔は電気街として、いまはサブカルチャーのメッカとして名を馳《は》せる秋葉原だ。サブカルチャーと英語にすると、ちょっと格好よくきこえるが、直訳すると下位文化。社会ではイマイチ認められていない嗜好《しこう》のたぐい、つまりはオタク文化という意味だ。

最近は中野《なかの》や池袋《いけぶくろ》など、オタク街と呼ばれる場所は他にもあるが、聖地と呼ばれるのはこの秋葉原だけであり、そんな場所は日本中、いや世界中探してもここだけだ。

秋葉原はいまやひとつの観光地で、道をたずねにくるのも、ごくあたりまえの観光客が多かった。外国人の比率も高く、びっくりなことに権田トド夫は、流暢《りゅうちょう》な英語をしゃべる。さらには、たぶん中国語《ちゅうごく》か韓国語《かんこく》とおぼしき、季穂にはわからない言語さえ駆使していた。いまの警官には必須なのかとも思ったが、案の定、向谷はハローしか言えないそうだ。まあ、彼の場合はそれだけで十分なのかもしれない。

あとは落とした方、拾った方を問わず、落し物が多い。次に窃盗や万引き、今日は届けはなかったが、迷子や交通事故も処理するという。他にも、ボケた年寄がいなくなったとか、飼っていたインコが逃げたとか、となりの部屋の騒音が何とかならないかとかで、駆け込んでくる人もいた。電気とオタクの街ときくと、あたりまえの暮らしとは縁遠いイメージがあるが、少し奥へ入ると、昔ながらの住宅街が広がっている。この街は決して蜃気楼《しんきろう》ではなく、人々が働き、生活する場所でもあった。

権田が意外にもまじめに仕事に従事しているあいだ、季穂は交番の隅っこでそれをながめていた。次から次へと新客がやってきて飽きないこともあったが、いちばんの理由は、ここからひとりで出るのが怖かったからだ。

季穂が週に五日、通っていた職場は、ここからなら五分もかからない。神田明神《みょうじん》通りを越えたところにあり、また、かけもちで週一だけ働いていたもうひとつのバイト先は、JR山手《やまのて》線の線路を越えた、昭和《しょうわ》通りに近い場所だ。

五月六日の深夜、職場からバイト先まで向かう途中——。季穂の記憶は、そこで止まっている。昭和通りを渡って、あと一分でバイト先に到着するはずだった。人気のない裏通りを歩いていると、後ろから——。

ぞくりと全身が粟立《あわだ》って、ぴったりと壁に背をつけた。

ちょうどそのとき、季穂のいたすぐ脇の扉があいて、またびくりと身をすくませる。

だが、中から出てきたのは、すっきりさわやかな顔だった。

「おはようございます、先輩」

「おはようじゃねえよ、夜の七時だぞ」

権田の苦言は受け流し、気づいたように季穂をふり向く。

「足子さん、おはよう。ずっとそこにいたの？」

「いたのかよ！　見えねえって、怖えな」

それまで季穂の存在を完全に無視していた権田が、ぎょっとしてふり返る。

「そういや、話が途中で切れてたな。飯食ったら再開するか」

「僕もおなかすきました。『ベンガル』のカレーとかどうですか？」

ラーメン屋の次に、秋葉原で多いのはカレー屋だ。本格派のインドカレーも多く、

『ベンガル』もその一軒だった。季穂も二、三度、ランチタイムに寄ったことがある。

霊体のせいか空腹は感じない。それでも、もう二度とカレーも、大好きな中トロもロールケーキもマカロンも食べられないのかと思うと、ものすごく悲しくなった。

季穂の心中など知らぬふたりは、出かける仕度をしている。ここは本来、権田ひとりが詰めている駐在所だ。パトロールや、通報で呼び出される際には無人になる。その折には、近くの交番の所在地を示した札を、表に下げておくようだ。

けれど権田がその札を手にしたとき、新たな事件が持ち込まれた。

「権田さん、大変です、誘拐事件です！」

涙目で駆け込んできたのは、権田や向谷の顎《あご》くらいの身長の、小柄な若い男だった。チェックのダサいシャツにジーンズという、まさにオタクらしい格好で、大きなリュックも背負っている。権田とは知り合いのようで、トドにすがりつくレッサーパンダさながらに訴えた。

「誘拐だと？　誰が誘拐されたんだ？」

「ララたんです！」

誘拐という言葉に、一瞬緊張した足から一気に力が抜ける。ララたんは、いわゆる萌《も》えアニメの登場人物で、たしか主役ではないものの、一部のオタクたちには絶大な人気がある。興味はないが、職業柄、ある程度の知識は季穂にもあった。

予想はしていたものの、トド夫もやはり、そういう残念な手合いのようだ。

「何だとお！」と、たちまち大げさに血相を変えた。「誘拐されたのは、等身大パネルか、ポスターか、抱き枕か！」

「フィギュアです。等身大じゃないけど、ドクター・プー作製の限定物で」

「マジかよ。あの神が作ったフィギュアを、手に入れたってのか？」

「はい、ネットのオークションで……なのにひったくりにあって、鞄《かばん》ごと誘拐されちゃったんです！」

──くだらない。くだらな過ぎる……。だからオタクという人種にはついていけない。プーって何だよ。

心の中で毒づく季穂のとなりでは、向谷がぽかんとしている。日本語さえままならない男だから、交わされる宇宙語についていけないようだ。それでも槇村洋六《まきむらひろむ》と名乗った権田のオタク仲間が、そのララたんフィギュアに投資した金額には、季穂も向谷も仰天した。

「二十二万三千五百二十五円……僕のほぼ全財産をつぎ込んだのに……」

「フィギュアって、先輩の部屋にもたくさんある人形ですよね？　そんなに高いものなんですか？」

「おれのは金額的にはたいしたことねえよ。だが、ドクター・プーの限定がオークションに出されたとなると、まあ妥当なところだろうな」

「プーさんて、すごいんですね」

「言っとくけど、ハチミツ大好きな黄色い熊じゃねえからな」

「権田さん、それより僕のララたんを！　いまごろ僕のララたんが、誘拐犯にあんなことやこんなことをされていると思うと、もういても立ってもいられません！」

――一回、死んでこい。

いまの季穂ではブラックジョークにしかならないいっっこみが、思わずもれる。

「落ち着け、ヒロ。まず、ララたんが拉致《らち》られた場所と、状況を教えろ」

「午後六時に待ち合わせして、『ハッピー学園』でララたんを受けとったんです。もちろんお金も払いました……二十二万三千五百二十五円」

「オークションで落としたララたんを、『ハッピー学園』で直《じか》に取引したってことか？」

はい、と槇村がうなずく。『ハッピー学園』は、季穂も名前は知っている。黒板や落書きされた机など、昔の教室風の内装が売りで、セーラー服のメイドさんも常備された、いわゆるメイドカフェである。

「大事なララたんだから、直《ちょく》で手渡したいって。オークションは最初から、秋葉に来られる首都圏在住者限定でした」

「相手はどんな男だ？」

「おっさんでした、フツーの」

「おっさん？」

「五十過ぎくらいかなあ、スーツ着たちょっとくたびれた感じの、新橋《しんばし》に行けばごろごろいそうなサラリーマン」

「そんなヤツが、ララたんファンだっていうのか？」

「いえ、ララたんの元ご主人さまは、おっさんの息子だそうです。風邪をひいて来れなくなって、代理で来たって……メイドカフェも慣れてないようで、すごく居心地悪そうでした」

オークションが済んでからメールのやりとりをして、場所を指定したのは槙村だという。息子、つまりオークションの出品者の名は、西山新《にしやまあらた》。現れたのはその父親だった。

「場馴《ばな》れしていないってこと以外は、別に不審なところはなかったけどな……息子が大事にしていたものだから、大切にあつかってくださいって頭下げられちゃったし」

「なるほど……。で、その後は？」

権田が、先を促した。『ハッピー学園』で取引を済ませ、西山氏と店の前で別れ、それから一時間ほど秋葉原をぶらぶらした。襲われたのは、電気街の中ほどにある雑居ビルの階段だった。かなり年季の入ったビルの四階に、時々立ち寄るフィギュアショップがある。そこをひとまわりして、薄暗い階段を下りる途中、二階と三階のあいだの踊り場で、後ろからいきなり壁に押しつけられた。

「荷物をよこせって、アーミーナイフをつきつけられたんスよ。タマが縮むって、ホントにあるんスね。まじで死ぬかと思いました」

ララたんの入った背中のリュックを後ろから剝《は》ぎとられ、十数えるまで声を出すなと脅された。ナイフを手にいまにも戻ってきそうに思え、槙村はそのとおりにした。そのあいだに犯人は、階段を駆け下りて逃げ去った。

犯人の足音が消えても、槙村はその場にへたりこみ、しばらくは動けなかった。ようやく膝に力が入ると、店の店員には知らせず、まっすぐここまで走ってきたという。

「行きあたりばったりの物取りの線はあるが、いちばん怪しいのは、やっぱりおまえが会った男だ。その新橋中年が、犯人て可能性はないか？　後ろから襲われて、顔は見ていないだろうが……」

「それは……ないと思います。帽子かぶってマスクしてたけど……声がくぐもってたから、たぶんマスクだと……おっさんはおれより少し高いくらいの痩せぎすで、でも誘拐犯はかなり背が高かった。おれの後頭部の辺りから声がしたし……権田さんほどはないけど、たぶん百七十五くらいかな……声も若かったっス」

そうか、といっとき権田が考え込んだ。そうしていると、思慮深いトドに見える。

権田と槙村は、オタクベクトルの方向性が似ているようだ。秋葉原のショップやイベント会場などで何度か会って、意気投合したという。初対面の向谷に、槙村はそのように語った。権田は自分を頼ってきたオタク仲間の信頼を裏切らず、短い首で力強くうなずいた。

「ヒロ、心配するな。最優先で捜査してやる」

「ホントですか！　やっぱ頼りになるのは権田さんだけです」

「そのかわり、おまえのコレクションからふたつ譲れ」

え、とたちまち槇村の顔が、不安そうに曇り出す。

槇村の趣味は、アニメや美少女に留《とど》まらないようだ。権田が口にしたのは、鉄道模型とグリコのおまけだった。もちろん向谷と季穂には解読不能で、あとで権田が教えてくれた。

「リバロッシは三万もするんですよ。グリコのサンダーバードも一万近くしたし」

「ケチケチするな。ララたんがどうなってもいいのか」

「わかりましたよぉ」

どっちが悪党かわからない脅しに、槇村があっさりと屈した。

「よし、捜査開始だ」

捜査は足が基本とは、刑事ドラマの常套句《じょうとうく》だ。出かけるのかと思いきや、権田は気合とともに、オタク部屋のドアをあけた。

「あっ、弦《げん》、てめえ、勝手に物を動かすなって言ったろう」

「だってどかさないと、僕の布団が敷けないじゃないですか」

部屋を覗くと、たしかにさっきよりすっきりしている。ちょうど布団ひとつ分、雑誌やＤＶＤが隅に押しやられ、押入れから出したと思われる布団も、きちんとたたまれていた。

「それと先輩、何度も言ってますけど、僕の名前はゲンじゃなくてユヅルですよ」

「ユヅルって発音しづらいんだよ。名前間違いは、てめえも同罪だしな」

文句をつけながら、ベッドを背にしてパソコンの前に胡坐《あぐら》をかく。キーボードはひとつだが、液晶画面は五枚ある。その陰に、サーバーとおぼしき箱がふたつ据えられていたが、季穂たちのいるドア側からは、画面の中身は見えなかった。

「先輩、被害届は？　本署には連絡しなくていいんですか？」

向谷が声をかけながら部屋に入り、槇村も続いた。

「その前に、確かめておきたいことがある。本署への連絡はその後だ」

「確かめたいことって、何です？」

「オークションの出品者だよ。ヒロ、どこのオークションだ？　出品者は？」

矢継ぎ早に質問し、槇村のこたえに沿ってキーボードがたたかれる。出品者はＡＲＡ20。おそらく西山新が、自分の名前と年齢からつけたのだろうと権田が推測を口にした。

「やっぱこの出品者、妙だぞ。ほら、三月《みつき》前までは、出品と落札が混ざってるだろ？　むしろどちらかと言えば、落札が多い。なのに三月前に大量にコレクションを売りに出している」

「あれ、ほんとですね」と、槇村が画面のひとつに顔を寄せる。

出品者は売り手、落札者は買い手を意味する。それまで買う方が多かったコレクターが、三ヵ月前に自分のコレクションを一気に大放出し、さらに今月に入ると高額なお宝アイテムまで売りに出していた。

「単に、お金に困ってるってことじゃないですか？」向谷が言い、

「ララたんを手放したくらいですからね」と、槙村もうなずく。

「いや、それだけじゃねんだ。たしか先週、ネットの書き込みで似たような話があった。出品者から手渡しでブツを受けとって、帰りにひったくられたっていう……引渡し場所は同じ秋葉だが、ただ盗まれたのは別の場所だった」

「マジっすか？」

「先輩、ひったくりなら、所轄のデータの方が早くないですか？」

「警察の窃盗品ファイルじゃ、そこまで詳しくねえよ。ララたんもマジカルミミも一緒くたにされて、ただの人形で片付けられる」

「全然違いますよね！」槙村が憤然と言い放つ。

「お、これだこれだ」

権田が目当ての書き込みを見つけたらしい。槙村が、背後から画面を覗く。

「本当だ。誘拐されたのはマジカルミミだけど、生みの親は同じドクター・プーだ……。でも、権田さん、ＡＲＡ20は、ドクター・プーのマジカルミミは出品してませんよ」

「果たしてそうかな……」

肌色の指サックをはめたように見える太い権田の指が、ふたたびキーボードの上を軽やかに舞う。その手がぴたりと止まり、アンコウみたいな横顔がにやりとした。

「ほら、ヒットだ」

あっ、と槙村が叫んだ。

「そっか、こいつ別のオークションでもやりとりしてたのか」

「ここは大手にくらべりゃマイナーだしな。おまえもチェックしてなかったんだろ」

「僕、全然わかんないんですけど」

「弦に説明しても、時間の無駄だからな」

それまでずっと戸口でようすを窺《うかが》っていた季穂だが、さすがに興味を引かれ、室内に足を踏み入れた。幽霊とはいえ素足のままだ。オタク臭ただよう部屋なんて、足の裏が粘りそうで、本来なら絶対に入りたくないところだ。それでも三人のやりとりが気になって、爪先立《つまさきだ》ちで傍に寄り、後ろから覗きこんだ。

棚を利用して、液晶画面は上に二面、下に三面並んでいる。権田が検索に使っているのは下の三面だけのようだが、右上の一枚が目に留まり、思わずぎょっとなった。

ブルーのコスチュームは、襟だけは着物だが、ふんわりとしたパフ・スリーブに膝上丈のひらひらスカート。白いエプロンをつけ、頭にはヘッドドレスと呼ばれる、やはり白いカチューシャを載せている。その出立《いでた》ちで、冷めた眼差《まなざ》しをこちらに向けているのは、誰よりも見慣れた顔だった。

間違いなく、季穂が働いている店のサイトだが、どうしてメガネトドの検索対象に入っていたのか、まったくわからない。

目にしたとたん、ないはずの体温と血圧が一気に上昇した。

と、まるで季穂の動揺を代弁するように、五枚の液晶画面が、バチバチッといっせいに点滅した。

「何だよ、これ！」

権田がにわかに慌てだし、びっくりした拍子に、季穂は横にとびのいた。点滅はただちに止まり、五枚の画面は何事もなかったように、前と同じ絵を映して静止した。

男三人もまた、顔を見合わせていっとき黙り込む。

「……何ですか？　いまの」槇村がたずね、

「わからん」と、権田がこたえる。

「もしかしたら、足子さんかも」言い出したのは向谷だった。「前に、一度だけあったんです。足子さんとは別人ですけど、急に天井の電気がチカチカして、蛍光灯がパンッて割れて……」

「マジかよ。おい、いま、あいついるのか？」

ぐるりと顔をめぐらして、向谷の目が季穂の足で止まる。

「ええ、そこに……」

「いるって、何？　まさかこの部屋、出るんですか！」

ムンクの『叫び』のポーズで、槇村がたちまち青ざめる。それには構わず権田が怒鳴った。

「おい、足！　この部屋から速攻出ていけ。おれのパソコンには、絶対に近づくなよ！」

――こんなオタク部屋、言われなくても二度と入らないし。

悪態をつきながら、それでもほんの少しの罪悪感とともに部屋を出た。

「先輩、そんな言い方しなくても。足子さんきっと、何かに驚いたかショックを受けたかしたんですよ。蛍光灯のときもそうでしたから……幽霊になったその人を家まで送ってあげたら、旦那さんが他の女の人を家に入れていたんです」

「おまえのまわりは、そんなんばっかだな」

けっ、とトド夫が吐き捨てて、またパソコンを操作しはじめた。

「やっぱ、ここ、出るんですか？　出るんですね？」

「ヒロ、そこは気にするな。ララたんにくらべれば、大事の前の小事だ」

権田はさらに検索を続ける。ものの五分で、ＡＲＡ20が出品したきらりんナナコも、同じ被害に遭っていることを突き止めた。

フィギュアの引渡しはいずれも秋葉原だが、前の二件の盗難は、どちらも被害者宅に近い場所で発生している。一件目は大田区《おおた》、二件目に至っては千葉《ちば》県市川《いちかわ》市で起きている。引渡し場所と同じ秋葉原で襲われたのは、いまのところ槇村洋六だけだ。事件現場がバラついていれば、担当する所轄署も変わり、県をまたいで千葉県警の管轄となれば、さらに事件は見えにくくなる。

連続盗難事件としてあつかわれなかったのは、そのためだと権田は推測した。

「ヒロ、この出品者の住所はわかるのか？」

「いえ。でも、携帯の番号ならわかります。えっと……これです」

自分の携帯を槇村がとり出して、西山新の番号が表示された画面を権田に見せる。

オークションは、売り買いどちらも匿名でのやりとりが可能だが、今回は直に顔を合わせる手渡しが条件だから、携帯番号だけは教え合ったという。

「こっから先は、さすがに警察権限を使うしかねえか」

権田は、携帯電話をプッシュした。

「あ、桂田《かつらだ》署長ですか、権田です。実は署長から至急の要請をお願いしたい件がありまして……いえ、まだ事件というわけでは……だからこそ、ぜひ署長のお力をお借りしたいんですが……あ、もうご自宅ですか。おくつろぎのところすみません」

「桂田署長は、ここを管轄している苑世橋《えんせいばし》警察署の署長でね」

質問した槇村に、向谷がひそひそ声でこたえる。

「ですが急を要しておりまして、もちろんただとは言いません……グリコのサンダーバード2号、むろん署長のコレクションにはない配色ですよ」

「おれの2号！　警察署長のワイロになるわけ？」

黙れと言わんばかりに、権田がじろりと槇村をにらむ。

どうやら賄賂《わいろ》の効き目はあったようだ。権田は満足げに電話を切った。

「何だ、ヒロ。その怨《うら》めしげな視線は。すべてはララたんのためなんだぞ」

それを言われては、ぐぅの音も出ない。槇村があっさりと降参した。

「結局、親子ふたりで、詐欺まがいの強盗を働いたってことですかね？」

「ま、そんなところだろ」

「そんな人には、見えなかったけどな、あのおっさん……」

槇村が、残念そうに下を向く。三十分後、権田の携帯が鳴った。相手はさっきの警察署長のようだ。携帯を切ると、結果を報告した。

「携帯はたしかに西山新名義だったし、住所もわかった。明日は土曜日だから、ヒロは仕事休みだろ？　いまから行くか？」

「はいっ、僕のララたんと、一刻も早く再会したいです！」

西山新の家は板橋《いたばし》区だった。最寄駅は東武東上線中板橋《とうぶとうじょうせんなかいたばし》。

三人と季穂が到着したとき、駅の時計は午後十時をまわっていた。


「あれ、君は……槇村さん、でしたね」

かなり年季の入ったボロアパートだったが、中から顔を出したのは、槇村洋六の証言どおり、ごくごくふつうのおじさんだった。風呂あがりなのかスエットの上下を着て、かなり寂しくなった頭髪は、ぺったりと頭に張りついている。

「夜分遅くすみません。息子さん……新さんと、どうしてもお会いしたくて」

「息子ですか、どうかなあ……まだ具合が悪いみたいだし……」

急に言葉をにごし、家の中に気遣わしげな目を向ける。

「お願いします、どうしてもひと言、お詫《わ》びが言いたくて」

「お詫び？」

「今日、受けとったララたんを、盗まれてしまったんです」

「本当ですか！」と、父親が目を剝《む》く。芝居ではなさそうで、「それは災難でしたね」

と、すぐに気の毒そうな顔になった。

「あの、もしかして、お金を返してほしいとか、そういうことですか？」

「いえ、違います。ただ、大事にしてくれと言われたのに約束を守れなくて……それを
あやまりたくて」

権田と向谷はこの場にいない。槙村ひとりの方が、相手に警戒されないだろうとの配
慮からだった。待っていても暇なので、季穂は槙村についてきた。どうせ見えないのだ
から、断る必要もない。

父親は、納得したようだ。いったん奥に消え、やがて息子とともに出てきた。

「何で、ここがわかったんだ？」

まだ大学生と思《おぼ》しき若い男は、あからさまに警戒の目を向けた。

「あがってもらいたいところだけど、とにかく狭くてね」父親が申し訳なさそうに言い、

「おかまいなく、外で話します」槙村は息子を外へ連れ出した。

ふたりはそのまま、近くの公園に向かう。ジャングルジムとブランコに、犬猫防止用

か柵《さく》で囲われた砂場がある。そう広くはないが、すぐ近くを幹線道路が走っている。車が走る音にさえぎられ、周囲の住宅まで声が届くこともなさそうだ。

槇村は奥のベンチの前で止まったが、ふたりとも腰は下ろさない。

「こたえろよ。どうしておれの家がわかったんだ？」

「携帯番号から調べたんだ。ちょっと、伝手《つて》があってさ」

「なんで、そんなこと……」

「やっぱり、あんただよな……ララたんをおれから奪ったの。顔は見てないけど、後ろ姿は覚えてる。あんたにそっくりだ」

「……何の話だよ」

とぼける声は上ずっている。

「何であんな真似したんだよ。あのようすじゃ、親父さん何も知らないだろ。高額で売ったものを、息子がまた強奪したなんて知ったら……」

「親父には、何も言うな！」

切羽詰まった声とともに、ジーンズのポケットから、すばやく何かをとり出した。雑居ビルでも使われたアーミーナイフだろう。槇村がその場でかたまった。見開いた目はナイフを凝視しているが、怖くて動けないようだ。

「親父やおふくろや、妹にだけは知られたくないんだ……そんなことになるくらいなら、いっそ……」

長く伸びた草の先で、丸い露が白く光っているような。公園の街灯の投げる光の輪に、にらみ合うふたりの男が浮かぶ。まるで舞台のようだ。けれどこれは芝居じゃない。ナイフを握りしめた西山が、じりっと間を詰めた。口封じという言葉が、季穂の頭をかすめた。それでもいまの季穂には、悲鳴をあげて、助けを呼ぶことすらできない。声を発する口も、音をつくる声帯も、息を吸い込むための肺すらも、すべて失ってしまった。

——死んじゃったら、本当に何にもできないんだ。

ふいに、季穂は思い知った。死とは、無だ。

誰にも干渉できず、隣にいても気づかれることすらなく、いないものとされる。いま、このとき。現実という時間からつまはじきにされた、この世でもっとも寂しい存在。それが霊という不確かなものの、紛うことなき現実《リアル》なのだ。

西山新のナイフに、槇村洋六は刺されようとしている。目の前のこの危急を、黙って見ているしか季穂にはできないのか。

——い、やだ！　そんなの嫌だ！

ない声で大声で叫んだとき、舞台の照明に異変が起きた。切れる前に最後の力をふりしぼるように、パパ、パ、と不規則に点滅しはじめた。

「なん、だ？」

西山新がびくりとして、ナイフを握りしめたまま上を仰ぐ。その瞬間、ジッと鈍い音とともに舞台が暗転した。電球のフィラメントが焼き切れたのか、街灯は沈黙した。まるでそれを待っていたかのように、ベンチの傍らの繁みが、大きな音を立てた。

真っ先に茂みからとび出した向谷が、ナイフをもった右の手首をつかんだ。悲鳴とともに呆気《あっけ》なく刃物が手を離れ、その瞬間、決して小さくはない西山のからだが、ぐるりと宙を舞った。まるで見えない風に、一瞬で巻きこまれたみたいだ。きれいな弧を描き、一回転した西山が、背中から土の地面にたたきつけられる。

――お見事！

つい見えない手で、パチパチと拍手した。何度見ても胸がすく思いがする。

季穂がこの技を目にするのは二度目だった。

一度目は稲香村の駐在所。逆上して奥さんにつかみかかろうとした村長の幅広のガタイは、やはり同じようにくるりと回って背中から落ちた。警察官だから武道は必須なのだろうが、からだの切れと鮮やかな体術は、常人ばなれしている。素人の季穂や槇村にさえ、違いは歴然だ。

「すげーっ、刑事ドラマみてえ」と、槇村は両手を握って興奮ぎみだ。

向谷の後ろからのっそりと出てきた権田は、まったく加勢する気はないらしい。警官の制服姿ではなく、やたらパッパッのグレーのダサいパーカー姿だ。

「こいつは剣道、柔道、合気道、空手、合わせて十六段だからな」

「あ、この前また一段上がったんで、十七段になりました」

にこにこと報告する向谷は、ベージュのカーディガンに薄茶のチェックのパンツという、やはりラフな格好だが、このままファッション雑誌の表紙を飾れそうだ。

「予定よりタイミングが遅れて、悪かったな、ヒロ。助けに入るより前に、想定外のことが起きたからよ」

と、権田は、消えた街灯を見上げたが、その場では真相の究明はしなかった。

かわりにポケットから、手錠をとり出す。西山は腹這いの格好で、背中にまわされた両腕は向谷に押さえつけられている。その手首に手錠をはめ、権田が左腕の時計をのぞく。

「二十二時四十一分、犯人確保」

え、と腹這いになった西山が顔を上げる。権田はその目の前に、警察手帳をかざした。

「警察だ。西山新。強盗容疑、および殺人未遂で逮捕する」

西山のからだから力が抜けて、ぺたりと頬が地面に落ちた。

「最初は、魔がさしたんです……どうしてもナナコを手放したくなくて」

ベンチに座らされた西山の両脇を、権田と向谷がかため、季穂はとなりのベンチに座った。槇村だけは、西山の前を塞ぐようにして、ベンチのまん前に仁王立ちになっていた。

西山が最初にひったくったのは、きらりんナナコのフィギュアだった。

「そんなに大事なら、なんでオークションに出したりしたんだよ!」槇村が詰め寄る。

「……金が、必要だったんだ……」

絞り出すように、西山新がこたえた。

「去年、親父がリストラされて……おふくろもパートに出るようになったけど、先月から体調を崩して働けなくなったんだ」

　昨今はめずらしい話ではないが、父親のリストラで西山家の暮らしは一変した。父親はいまは契約社員として、以前の半分以下の収入に甘んじている。母親もパートをはじめたが追いつかず、それでも子供の教育だけは中断させたくないと、どちらも私立に通わせている大学三年生の新と、高校生の妹のために、三ヵ月前に家も手放した。

　ARA20がコレクションを売り払ったのは、このときだ。引越し先のあの古いアパートに、スペースがなかったこともあるが、ふたりの子供の学費を、必死で工面しようとする両親を、少しでも助けたいという気持ちがあったようだ。それでもドクター・プーが製作した三体のフィギュアだけは、手放すことができなかった。

「おれのコレクションは、親の金じゃない。高校時代からずっとバイトして、その金で買ったんだ。ドクター・プーの作品に一目惚《ぼ》れして、ずっと欲しくて欲しくて、長いことかかってようやく手に入れたんだ」

　一体が二十万はする代物だ。大学生になった新は、三体のフィギュアのために、バイトをきつい建設現場に変えた。あの三体は、自身の汗と涙の結晶だと訴えた。

けれど先月、母親が倒れると、西山家はいよいよ窮地に立たされた。新も妹も、いまの学校を続けることが難しくなった。頭を抱える父親に、新は自分の宝物をさし出した。

「いったんは手放すと決めたけど、いよいよ当日になると辛くてならなかった……だから、親父に頼んだんだ」

それがちょうど半月前、最初にオークションにかけた、きらりんナナコのときだという。

「でも、やっぱり気になって、引渡し場所の喫茶店まで足が向いた。どんな奴が買ったんだろう、ナナコを大事にしてくれるだろうかって、心配になって……中には入らなかったけど、外で待ってると、親父と一緒に相手が出てきて」

「そっから、後をつけたんだな？」

左側から念を押されると、新は権田をふり返り、懸命に言い訳した。

「でもそのときは、奪い返そうなんて気はなかったんです！　どうしてもナナコと別れがたくて、ただ、それだけで……」

眼鏡の奥にある警官の目は、ただ冷たく、同情など欠片も浮かんでいない。新の声が途切れ、また首を縮めるようにうつむいた。権田に促され、ふたたび事件の経緯を話し出す。

ストーカーさながらに電車に乗って、大田区にある相手の自宅近くまで行った。人通りのない暗い裏道にはいり、そのときふと、魔がさした……。そう告げたとき、己の罪に慄《おのの》くように、かすかに声が震えた。相手は、ひときわ小柄な男だった。そのためもあるかもしれないと、言い訳のように呟いた。

「後ろから、押し倒して……手にしていたスポーツバッグを奪って、逃げました」

「はじめから、そのつもりだったんじゃないのか？　おまえ、ナイフもってるじゃん」

新を上から見下ろす格好の槙村が、口をはさんだ。

「違います！　……ナイフは、二度目からで……」

「つまり、二度目と三度目は、計画的な犯行ってことだな？」

権田が断定すると、新はまた黙り込んだ。

「おまえ、自分が何やったか、本当にわかってるのか？　おまえは仲間を裏切ったんだぞ。踏みつけにしたんだぞ」

正面に立つ槙村が、それまでと口調を変えた。さっきより、静かに怒っている。

「……仲間？」

「おれも！　他のふたりの落札者も！　ララたんやミミやナナコが大好きなんだ！　おまえの気持ちを理解できるのは、世界中でおれたちだけなんだぞ！」

新がはっと顔を上げ、槙村と目を合わせた。槙村洋六の目には、トド警官の無機質な視線とは、明らかに違うものが満ちていた。強く、温かな光の正体に、季穂も気づいた。同情でも憐《あわ》れみでもなく、唯一、相手を救うもの——共感だった。

オタクを嫌悪してやまない季穂ですら、ちょっとだけ胸を打たれた。

固い氷が、春の日差しに照らされて溶け出すように、新の目に涙があふれた。

「ごめん……ごめんなさい……おれ、なんてことを……」

後ろ手に手錠をはめられた不自由なからだが、傾くように前のめりになった。激しく泣き出し、そのくしゃくしゃな横顔は、ひどく幼く見えた。それを力いっぱい守るように、ふいに声がとんだ。

「新！」

泣き声が止まり、膝に額がくっつきそうな姿のまま、西山新が声の方をふり向いた。

「お、やじ……」

さっきアパートで会った父親が、公園の入口に立っていた。息子の泣き顔と、まわりを囲む三人の男たち。親の誤解を招くには、十分過ぎる状況だ。

ややくたびれた、それでもいたって温厚そうだった雰囲気が、たちまち一変した。

「きさまら、うちの息子に何してる！」

「親父、違うんだ。これには、わけが……」

息子の言い訳も、耳に入らない。父親はつかみかからんばかりの勢いで突進してきた。息子の右、手前に陣取っていたイケメン警官に、いきなり殴りかかったが、ふり上げた拳《こぶし》は、向谷が首をちょっと傾けただけで、あっさりとかわされた。ベンチから立ち上がり、再度打ち込まれた拳を、左手で受ける。手にアロンアルファを塗っているかのように、父親の右手は貼りついたまま動かない。

「この野郎！」

　負けじと出された左の拳も、やはり向谷の右手に阻止された。男ふたりが両手を握り合う姿は、このままフォークダンスでも踊り出しそうなほどに間が抜けている。助長するように、向谷が笑顔で言った。

「やめた方がいいですよ。僕を殴ると、公務特攻妨害になっちゃいますから」

「特攻じゃなく、執行な。どこに突撃する気だよ」

　すかさずつっこみながら、権田もベンチから腰を上げ、警察手帳を見せた。

「苑世橋警察署の、権田といいます」

「同じく、向谷です」

「警察……」

　呑み過ぎた酔っ払いが、急に気分が悪くなり吐く直前のような。怒りで真っ赤だった顔が、たちまち青ざめた。向谷が握っていた拳を離すと、両腕が力なく垂れ下がった。

「あの、うちの息子が何か……」

　権田が何を言うより早く、涙声で新がこたえた。

「ごめん、父さん……おれ、悪いこと、した。とんでもないこと、やらかした……」

「とんでもないことって、新……おまえ、いったい何やったんだ？」

　ふたたび泣き崩れ、満足に話せない息子に代わり、権田が手早く事情を語る。

「盗みに、殺人未遂まで……」

「人を襲って奪うやり方なので、窃盗罪ではなく、さらに重い強盗罪が適用されます」

トドに似たこのからだには、温かい血も流れていないのだろうか。真相をきかされ、呆然《ぼうぜん》とする父親に、権田は容赦なく追い打ちをかける。

「こちらの槇村さんが、被害者のひとりで、他に二件……」

権田は淡々と告げたが、槇村をはたと見詰めた父親は、からだを投げ出すようにしてひざまずいた。

「私の息子が、大変なことを……本当に、申し訳ありません！」

遊歩道の冷たいアスファルトに正座して、槇村に向かって深々と土下座した。

「こいつは、まだ学生で……息子の罪は、親である私の責任です。できる償いは、何でもします。賠償金は、一生かかってお支払いします。ですから、どうか！　どうか息子のことを、許してやってください。お願いします、お願いします！」

——親というのは、こういうものなんだろうか。

季穂の胸が、ずきりずきりと、嫌な音を立てて痛んだ。こうも必死に、我が子を守ろうとする。これがあたりまえの、親の姿なんだろうか？

父親は、とうの昔に捨てた。母親からは、その前に捨てられた。親なんて、季穂には縁のないものだった。羨《うらや》ましいというより、妬《ねた》みに似た感情が、ふいに突き上げた。

罪を暴かれ、ただ泣くしかできない。哀れで惨めなはずの西山新が、まぶしいほどの光を帯びた——そんな気もした。社会から非難される立場になっても、こうまで庇《かば》い、思ってくれる者がいる。たぶん新の話しぶりからすると、この父親だけでなく、母親や妹も同じなのかもしれない。犯罪者となった息子を、兄を、見捨てることなく寄り添って生きようとする。そんな存在が、あたりまえのように身近にいる。そういう人間は、目には見えない光をまとっている。そんなふうに、季穂には見えた。

冷たく縮こまったからだを、温かく包み、人らしい気持ちを思い出させてくれる。新もその光に触れたように、後ろ手に拘束された不自由な姿勢のままベンチから立ち上がった。

「親父、やめろよ……頼むから、やめてくれ」

「馬鹿！　おまえもちゃんと、お詫びしないか！」

叱りつけ、父親は隣に座るよう促した。息子が地面に膝をつけると、後頭部をつかみ、頭を無理やり下げさせる。

「このとおりです。どうしようもない息子ですが、二度とこんな真似はさせません。どうか許してやってください」

「僕がすべて悪かったんです。反省してます。本当に本当に、すみませんでした」

アスファルトで傷ついてしまいそうなほど、親子が額をこすりつける。

「いや、あの、お気持ちだけで十分で……その、頭、上げてください」

槇村洋六はひたすら恐縮し、おろおろする。それでも西山親子は、謝罪をやめない。困り果てた槇村が、権田に助けを求めた。

「どうしましょう、権田さん。おれ、土下座慣れしてなくて」

「SMクラブの会員でもない限り、ふつうじゃねえか？　それより、ヒロ、おまえはどうしたいんだ？」

「どうって……？」

「被害者はおまえだ。おまえ自身、いちばん満足のいく結果が何なのか、考えろ」

「おれは……」

と、西山親子を見下ろした。父親の頭頂部は頭皮が透けていて、息子はまだ涙が止まらないのか、からだが震えている。権田が言ったように、槇村にサディストの気はなさそうだ。惨めな親子の姿が、見るに忍びないと言いたげに顔をしかめ、しばし考え込んだ。

結論が出たようだ。槇村はこくりとひとつうなずいて、ふたりの前にしゃがみ込んだ。

「おまえのララたんさ、しばらく、おれに預けてくれないか？」

さっきまでとは明らかに違う、親しげな口調だった。

嗚咽《おえつ》を止めて、え、と新が顔を上げた。父親も、おそるおそる息子にならう。

「いつかおまえが金を貯めたとき、連絡くれよ。それまで大事に預かっておくからさ。金額はそうだな……倍返しでどうだ？」

だいぶ前に流行《はや》ったテレビドラマの決め台詞《ぜりふ》を、口にする。流行語をやたらとふりまく男なんて、いちばんイケてない。季穂は毛嫌いしていたが、そのときだけは何故だか、ちょっと格好よくきこえた。

「おれが買った倍の金額で、おまえが買い戻す。それが慰謝料ってことで、どうよ？」

「お、おれを……許してくれるんですか？」

「許すっていうか、ま、示談てことで。お互いララたんを愛してる者同士、気持ちはわかるからさ」

新の目から、それまでとは違う涙がこぼれた。オタク同士の共感なんて、気味が悪いだけだ。季穂はそう思っていたけれど、今日ばかりは、ジンとしてしまった。たぶん西山新の父親のせいだ。

「槇村さん……お礼の言葉もありません。息子を許してくださって、ありがとうございます」

泣いているのは、息子だけではなかった。顔をくしゃくしゃに歪《ゆが》めて、父親がとなりで大泣きする。槇村も照れながら、スンと鼻をすする。向谷もにこにこと嬉《うれ》しそうに三人をながめているが、権田だけは孤高のトドのように、無表情のままだ。

「権田さん、おれ、被害届とり下げます。ララたんが戻れば、それでいいし……他の二件はどうにもしてあげられないけど、おれの分がなくなれば、少しは罪も軽くなるでしょ」

「おまえの被害届なら、まだ出してねえよ」

「ああ、だから先輩、本署にも連絡しなかったんですね。被害届、最初から出す気なかったんじゃないですか？」

向谷に言われて、ふん、とトドがそっぽを向く。それから新の背中にしゃがみこみ、鍵《かぎ》を出して手錠を外した。

「調べてみたら、残りの二件は被害届が出ていた。謝っても、槙村のようにはいかないかもしれないが、ダメもとで試してみたらどうだ？」

「先輩、犯人逃がしちゃうんですか？」

「被害届がとり下げられれば、事件にはならねえ。犯人も、存在しねえ」

わかりづらいが、警官としての精一杯の温情なのだろう。このトドも冷血動物ではないようだ。親子がそろって、涙でべとべとの顔でふり返った。

「被害者の方々には、お金と人形の両方をお返しして、精一杯お詫びします……それでも駄目なら……」と、父親が唇を嚙む。

「それでも許してもらえないなら、あらためて、自首します」

新はもう、泣いていなかった。しっかりと権田の目を見詰め、声にも迷いがなかった。

「ああ、まずはオタクの仁義を通してみろ。それでも駄目なら面倒見てやる」

はい、とうなずいた西山新に、権田は先留交番の所在地を告げた。

父親が、励ますように労《いた》わるように、息子の肩に手を置いた。

＊

「わ、もうすぐ一時ですよ。すっかり遅くなっちゃいましたね」

秋葉原駅から中央通りに出たところで、向谷が腕時計を確かめた。昼間は人と車がひっきりなしのこの通りも、終電間近のこの時間はさすがに閑散としている。

西山親子とは公園で別れ、それから三人は池袋に出た。二十四時間営業のマクドナルドで遅い夕飯をすませ、国立《くにたち》に家のある槇村とは新宿で別れた。何とも慌ただしい晩がようやく終わり、季穂はほっと息をついた。

「そういや、足の霊はどうした？　まだ、いるのか？」

「いますよ、僕のとなりに」

槇村が必要以上に怖がるから、向谷もいままで口には出さなかったが、それでも時折季穂をふり返り、気にはかけてくれていた。

季穂の姿が見えないはずの権田が、ひょいと向谷越しにこちらをのぞきこんだ。

「足、おまえひょっとして、『ピンク・キャンディ・カフェ』の玲那《れいな》じゃねえか？」

瞬間、二人の頭上の街路灯が、激しく点滅した。

「おい、これ以上、街灯壊すんじゃねえぞ！　器物損壊は、公共物がいちばん罪が重いんだぞ」

権田があわてた声をあげ、季穂は胸に手をあてて、動悸《どうき》を鎮めた。当然、心音なんてまったくしない。点滅をやめた街路灯は、何事もなかったように、また白い光を投げかける。

「半分はカマをかけてみたんだが、どうやらハズレでもないらしいな」

「先輩、ピンク・パンサーって何ですか？」

「豹《ひょう》じゃねえよ。『ピンク・キャンディ・カフェ』は、秋葉にあるメイドカフェだ。一店舗だけの小さな店だが、玲那はそこのナンバーワンだそうだ」

「なんか、キャバクラ嬢みたいですね」

「ま、似たようなもんだ。今朝、おまえたちが来るより前に、そこの店長が先留に来てな、相談を受けたんだよ。玲那って店の女の子が、行方不明だって。で、一応、顔くらいは押さえとこうと、店のサイトをチェックしてたんだ」

「あ、ひょっとして、先輩のパソコン画面にあった、メイド服を着た女の子ですか？」

「さすがに女に関してだけは、覚えがいいな、おまえは」

「きれいな子だったけど、無表情だったのが気になって……笑えばもっと可愛いのに」

向谷は、少し気がかりなようすで、季穂をふり返った。

「足子さんが、本当にあのメイドさんなんですか？」

「足があのとき、何に動揺したのか考えてみたんだが、あのサイト写真くらいしか思いあたらねんだよ……おい、どうなんだ？」

「足子さん、突っ立ったまんまですよ。違うんじゃ……あ、先輩！」

季穂の足を見詰めていた向谷が、声をあげた。

かかとをぴったりとつけ、季穂は膝を開いてくの字に曲げた。

メイドたちのララバイ

「ここが、『ピンク・キャンディ・カフェ』ですか？」

向谷弦が、首をひねる。昨日とは一転して空はどんよりしていたが、背景の色なども のともせず、今日も向谷の姿はすっきりさわやかだ。

西山家に赴き、「ララたん誘拐事件」を解決した次の日だった。

『ただいま、パトロール中です』の札を交番に残し、権田は向谷を連れて、昌平橋通りを南へ向かった。権田のトドボディは、向谷のすっきりさわやかを見事に相殺しているが、足取りは確かで、まるで通い慣れた道のように、一度も立ち止まることなく季穂の元職場に到着した。

「ほら、看板が出てるだろうが」

昌平橋と神田明神通りのあいだに位置するこの辺りは、電機店や飲食店、本屋に加え、グッズにコスプレ、模型ショップと、あらゆる雑多な店々が溶け合うようにビルの中に収まっている。権田は昌平橋通りから東に入った、ふたつめの雑居ビルの一階で足を止めた。

渋い焦茶の扉と窓枠、ガス燈《とう》に似た照明が扉の上を飾っているが、開店前だから灯《あか》りはついていない。扉の脇に、黒い鉄製の猫足がついた看板がある。権田はそれを示した。

「もも……や？」

「てめえ、読めねえ漢字をとばすんじゃねえよ」

『桃飴屋』と、看板には書かれている。英語にすると、『ピンク・キャンディ・カフェ』。大正浪漫好きなオーナー兼店長は、ほのかなエロ甘さを目指したそうだが、看板を見るたびに、何故か食べるラー油とペコちゃんが浮かぶと、陰ではささやかれている。メイドらは略してピンキャンと呼んでいるが、決して某おしゃれ雑誌の姉妹版ではない。インターネットでもその略称が浸透していた。

つまりはここが、十日前まで季穂の職場だった。

懐かしい、とは少し違う。たとえて言えば、デジャヴに近い感覚に襲われた。

以前、これと同じ場面に遭遇したことがあるはずなのに、思い出せない――。同じもどかしさが喉《のど》の奥にからまっている。死んでしまった季穂が、ここに出勤することは二度とない。同じ日常は目の前にあるのに、自分には手が届かない。ひどくけだるいものがまといつき、急に何もかもが億劫《おっくう》になった。

「足子さん、大丈夫？」

気がつくと、心配そうな向谷の視線が下に向けられている。足しか見えていないはずなのに、この男は季穂の気持ちまで見透かすのだろうか――。それともただの社交辞令か。どちらにせよ、ちょっと救われた。かかとをつけて膝《ひざ》を曲げ、マルのポーズを返した。

ふたりのやりとりは無視して、権田は色ガラスが嵌《は》まった焦茶の扉にある、金色の取っ手に手をかけた。扉にはCLOSEの札がかかっていたが、カランカランという鐘の音とともに、ドアはあいた。

一歩中に入ると、外とは全く異質な空間が広がる。メイドカフェの存在意義と言ってもいい。現実から離れて、ひと時だけ別世界に浸る。そのための演出なのだ。

桃飴屋《ピンク・キャンディ・カフェ》の場合、百年前にタイムスリップしたような気分になる。

「妙に古くさいというか、メイドカフェって感じがしませんね」

「ここは、大正レトロがコンセプトだからな」と、権田がこたえた。

橙《だいだい》色の仄暗《ほのぐら》い照明に、ステンドグラス。古臭いモスグリーンのビロードや花柄のソファ、食器もすべて古風なものばかり――。とはいえあくまで演出だから、焦茶のテーブルは合板だし、椅子や食器も模造アンティークと、よく見ればあちこち安普請なのだが、お客は皆メイド目当てだから、その辺は問題にならない。

迎えてくれるのは、これもやや時代がかった花柄や格子柄の、着物風メイド服姿の女の子。もちろんメイド必須《ひっす》の白いエプロンとカチューシャもつけていて、膝上丈のスカートの下からは、白いニーハイソックスが覗《のぞ》く。

いらっしゃいませではなく、「お帰りなさいませ、ご主人さま」。桃飴屋はレトロな雰囲気を好む女性客もたまにいるから、そんなときは「お帰りなさいませ、お嬢さま」となる。オバさんだろうがバアさんだろうが、お嬢さまで括《くく》れば世の中は丸く収まる。

しかしふたりの警官を迎えてくれたのは、大正浪漫ただようメイドさんではなく、髭《ひげ》面《づら》の中年男だった。背が低く小太り、襟元からおじさんシャツを覗かせた着物と袴《はかま》は、昔の書生スタイルとかで、もみあげから鼻の下と顎《あご》まで繋《つな》がった髭を生やしている。ひと昔前に流行《はや》ったお笑い芸人に似ていることから、通称、髭男爵。本人も案外気に入っていて、店でも店長ではなく男爵と呼ばれている。

権田の姿を認めたとたん、小太りの中年書生が走り寄る。

「もしかして、玲那ちゃんが見つかったんですか！」

「いえ、残念ながら……未《いま》だに行方はつかめていません」

季穂のボディは、という意味だから、権田は嘘はついていない。しかし男爵店長は、ごわごわとした髭までが、くたりとしおれるみたいに、しょんぼりと肩を落とした。

「そうですか……」

「昨日の今日ですし、これから本腰を入れて捜索しますから」

「やっぱり……私がもっと早く、警察に相談していれば……もしも玲那ちゃんに何かあったら、私のせいです」

強面《こわもて》のはずの髭面が、情けなく歪《ゆが》む。

この店長は、いなくなった季穂の身を、心の底から案じてくれている――。

急に胸が詰まり、泣きそうになった。

男爵は、最初からそうだった。秋葉原のコンビニで、初めて出会ったときから。

一年と七ヵ月前――。

季穂をこの店にスカウトしたのは、実は男爵店長ではなく、四歳の娘だった。

＊

コンビニで立ち読みしていると、かすかな音がして、何かが季穂の足に当たった。

赤と黄色とオレンジ。ちょうど真っ盛りの紅葉を映したような配色で、きらきらしている。玩具のブレスレットだった。しゃがみ込んで拾い上げ、ふり向くと、目の前に女の子の顔があった。

「これ、あなたの？」

季穂の顔を、上目遣いでじっと見て、こくりとうなずく。

はい、と手渡して立ち上がると、一気に上っていく季穂の顔を仰ぎながら、どんぐりみたいな目がまあるく広がった。

「お姉さん、びじーん！　足長ーい！」

無邪気な褒め言葉だが、コンビニ中に響き渡るような大声は、かえって決まりが悪い。

あいまいに笑い、手にした雑誌を戻して店を出ようとしたが、一足早く、その子の親が駆けつけた。

「日茉莉《ひまり》、お店の中で騒がない！　すみません、この子が何か、ご迷惑かけましたか？」

「いえ、別に……」

小太りに髭面という、この時期ですら暑苦しく見える中年男だ。関わりたくはなく、季穂は即座にその場を離れたかったが、親子はなかなか解放してくれない。

「お父さん！　日茉莉が落としたこれ、お姉さんが拾ってくれたの」

「そうだったの！　日茉莉、ちゃんとお礼は言った？」

「まだ」

「駄目でしょ。ちゃんとお姉さんに、お礼言いなさい」

見かけはおっさんなのに、口調はお父さんというよりお母さんだ。そのギャップもあってか、脇で立ち読みしている高校生や、レジに並んだ会社員が、ちらちらとこちらをふり向く。こういう悪目立ちは、非常に恥ずかしい。

「あのう、お礼なんていいので……私、急ぎますので、これで……」

「いいえ、こういうことはちゃんとしないと。ほら、日茉莉！」

「お姉さん、ありがとう！」

「どういたしまして……それじゃあ、これで」

「お父さん！　このお姉さん、きれい！」

「本当だね。きれいなお姉さんね」

「それに、すごーく足長いよ。こんな長い足、日茉莉はじめて見たあ」

「ホント、モデルさんみたいだね。あ、ひょっとして、本職のモデルの方ですか？」

「違います」

駄目だ……会話がループしはじめている上に、切り上げるきっかけもつかめない。

「ねえねえ、お父さん。このお姉さん、お父さんのお店に、スカートすれば？」

——スカートじゃなく、スカウトね。

いま思い返すと、四歳の日茉莉ちゃんのボキャブラリーは、すでに向谷と同じくらいの域には達していた。驚いたことに男爵店長は、四歳の娘の提案を、即座に受け入れた。

「いい考えだね、日茉莉！　良かったら、うちのカフェで働いてみませんか？　アルバイト、探してるんですよね？」

未だに手にもっていた雑誌の存在に、季穂はようやく気がついた。コンビニの雑誌コーナーの脇によくある、無料のアルバイト情報誌だった。

「カフェ……ですか？」

うっかり、表参道《おもてさんどう》や六本木《ろっぽんぎ》にある、お洒落《しゃれ》カフェを想像してしまった。思えばあれが、運の尽きだった。

「はい。ここからすぐのところにあるから、見学だけでもしてみませんか？」

アルバイトを探していたのは本当だし、前の職場をやめて、二週間が過ぎている。しがないフリーターだから、実はかなり切羽詰まってもいた。

勤務時間は、朝十一時から晩の十一時までのあいだで、シフト制だから、三時間以上なら好きな時間に働ける。時給は千円から。日勤のバイトの待遇としては、悪くない。

「できれば一日八時間、週五日は働きたいんですけど」

「もちろん大歓迎です！　うちは学生や会社員をしながら、あいた時間にバイトする子が多いから、フルタイムで入ってくれるなら助かります」

もしも男爵が書生姿であったら、決して話に乗らなかったろうが、幸か不幸か、このときは派手な黄色のポロシャツ姿だった。ややオネエがかってはいるものの、口調はていねいだし、髭面とは裏腹に、いかにも温厚そうだ。

とりあえず見るだけでもと、誘いに乗ったものの、店に着いたとたん、たちまち後悔した。店の外観は問題ない。レトロをコンセプトにした、まっとうなカフェに見える。しかし扉を開けて一歩中に入ると、通常の会話使用より、確実に一オクターブは高い声が、店中から降ってきた。

「お帰りなさいませ！　ご主人さま」

恐れをなして、思わず立ち止まった。噂だけはきいていたものの、本物に足を踏み入れたのは、生まれて初めてだ。というか、何があっても一生踏み込むことはあるまいと思っていた、未知の領域だった。

「カフェって、もしかして……メイドカフェですか？」

「そうです！　ようこそ、桃飴屋へ」

髭の男爵はにっこり笑って、季穂をミラクルワールドへ招じ入れた。

「すみません。やっぱり、無理だと思います」

ロッカーが並んだ、ちょっと女の子くさいバックヤードに通されると、季穂は即座に断った。しかし意外にも髭男爵は、なかなか季穂を解放してはくれなかった。

「そう言わないで、一ヵ月だけでも……。そろそろ受験シーズンだから、ちょうどふたりやめちゃって、人手を探していたところなの。……こら、日茉莉。勝手にさわっちゃ駄目でしょ。ごめんね、子供がいて落ち着かなくて」

「いえ……」

「奥さんがいま、アニメのイベントに行っていて。二時間だけ日茉莉を預かっていて」

この世には、子持ちになってもそういうイベントに参加したがる人種がいることを、季穂はこのとき初めて知った。夫婦そろってオタクだという男爵一家の住まいは、東京都の東のどん詰まり、総武《そうぶ》線の小岩《こいわ》になるのだが、奥さんは毎月のように秋葉原に来ては、子供を旦那《だんな》に預け、イベントやらアニメショップやらに嬉々《きき》として出かけてゆく。置いていかれる子供の方も、特に不満はないらしい。

「●×▲のイベントでね。お母さん、◇◇の大ファンなの。あたしは◆◆の方が好きなんだあ」

季穂にはまったく理解不能な、宇宙語を発しながら、日茉莉ちゃんが説明してくれた。

「あたし、アニメとかマンガとか、ほとんど見ないし……」

「構いませんよ。いまはそういうメイドも、たくさんいるし」

「身長も高めだし、性格もあんま可愛くないし、メイドさんには向かないんじゃ……」

「大丈夫！　うちはちゃんと、キャストにキャラづけしてるから」

メイドは店内では、キャストと呼ばれていた。ドラマや映画のキャスティングと同じ意味で、従業員の呼称として広まったのは、たぶん東京ディズニーランドの影響だろう。TDLのミッキーやシンデレラさながらに、キャストはメイドという役を演じるというわけだ。

「バリエーションが豊富な方が、お客さんの選択肢も広がるでしょ？　あなたならそうねえ、やっぱりツンデレか、お姉さま系……それじゃあ、フツウ過ぎるかな……滅多にないモデル体型だし、せっかく美人さんだから、いっそ女王さま系はどう？」

どこのSMクラブだと、ため息が出そうになったが、男爵は大まじめだ。季穂を見詰めながら頭をひねる父親に助言したのは、やはり四歳の日茉莉ちゃんだった。

「このお姉さん、○×△の☆☆に似てる」

「本当だ！　顔立ちとか雰囲気とかが、ちょっと無機質で、いい線いってる」

「でも、スタイルは★★みたい」

「まああ、日茉莉！　大発見！　○×△の二大ヒロインを、足して二で割った感じって、ゴージャスね。いいわ、それでいきましょ！」

男爵は興奮したり慌てたりすると、オネエ調が激しくなる。

――いや、ホント。マジで勘弁して。

話が一ミリも見えない上に、ハイタッチして喜ぶ親子を前にしては、反論さえ空しい。

「キャスト名は、そうね……☆☆にあやかって、玲那でどう？　無口で、媚《こ》びない、動じないがコンセプト。ご主人さまに対しては、できる限り無表情で対応してね」

それまで百パーセント、断る気満々だったのに、その男爵の提案だけは、ものすごく魅力的だった。

「無口で無表情……本当にそれで、いいんですか？」

「もちろん。スタイルは★★だけど、顔は☆☆だから、そっちの方が受けると思うの。何といっても、メインヒロインは☆☆だしね」

相変わらず話の概要は、五里どころか十里先まで霧の中だが、接客業における季穂の最大の短所をカバーしてくれる、画期的なアイデアだった。

男爵は口調が表すとおり、その辺の女性よりよほど繊細にできている。季穂の目の中に瞬いた希望と、その底にひそむ不安を、即座にすくい上げた。

「もしかして……お客さまと話すの、苦手かな？」

「得意じゃ、ないです……前の二軒の職場も、それで続かなかったし」

誰にも語るつもりなんてなかったのに、気づけば情けない半年間の過去を、店長にさらしていた。はしゃぎ過ぎたのか、日茉莉ちゃんはお父さんに抱っこされたとたん、寝息を立てはじめた。

季穂が半年間、勤めていたのはキャバクラだった。高校卒業したての若い女の子が、てっとり早く金を稼ぐには、それしかないと思った。ルックスが幸いし、雇ってくれる店はすぐに見つかったが、キャバ嬢というのは、想像以上に厳しい世界だった。外見がこぎれいなだけでは、とても務まらず、毎日、何十通も客にメールするマメさも季穂にはない。同伴やアフターなどのノルマもきつく、一軒目は二ヵ月半で、二軒目も三ヵ月半で、事実上、クビになった。

『愛想がね、なさ過ぎるんだよね。初々しさが売りになるのは初めだけ。いつまでも緊張されちゃ、お客さまもくつろげないでしょ』

二軒の店の責任者には、まったく同じ理由を告げられた。

「あたし、けっこう毒舌みたいで。油断すると、口が悪くなるんです。何気なく言ったひと言で、まわりにドン引きされたりして。だから失礼のないよう気を張っていたら、それがかえって良くなかったみたいで……でも、酔っ払いのオヤジ相手だとよけいに、気を抜くと失言しちゃいそうで」

「私が言うのも何だけど、男ってお酒が入ると下品になるものね」

わかるわかると髭男爵は、熱心に相槌《あいづち》を打つ。

「だからキャバクラはあきらめて、ガールズバーはどうかなって。実は今日、秋葉原に来たのも、その面接のためなんですけど」

　時給は千五百円だったが、カウンターの中で長時間立ちっ放しの上に、さらに会話力は必須だときいて、季穂は自分から辞退した。

　それでも面接してくれた店のママは、季穂を気に入ってくれて、いちばん忙しい金曜日だけでも入ってくれないかと誘われた。週一日だけならとOKしたものの、それだけでは家賃も払えない。

「接客以外のバイトって、案外なくて。かといってコンビニやファストフードじゃ、バイト代が安すぎて、暮らしていけないし」

「ひとり暮らしなんだ。田舎はどちら？」

「……北関東です」

　あまりに大ざっぱな説明と、季穂の硬い表情に、男爵は何か察したのかもしれない。さりげなく話題を変えた。

「そのスタイルなら、モデルクラブにも所属できそうに思うけど。そっちは考えなかった？」

「メディアに顔が載るなんて、絶対に嫌です」

　——そんなことをしたら、お父さんに見つかって、たちまち連れ戻される。

　高校の卒業式の翌日、季穂は家を出た。あそこに戻されるくらいなら、死んだ方がましだ。あの家は季穂にとって、そういう場所になり果てていた。

自《おの》ずとからだがこわばり、抗《あらが》うように唇を嚙《か》みしめていた。

「うちもサイトに、キャストの写真は、載せる必要があるけれど」

「写真、ですか……」

「でも大丈夫！　写真を撮るときは、ウィッグをかぶって化粧を工夫すれば、かなり印象が違ってくるし、いまは写真の修整だってできるし」

季穂の不安を払うように、急いでつけ足す。

「だからうちで、桃飴屋で、働いてもらえませんか？」

それまでと少し違う、ひどく真摯《しんし》な表情だった。

「人づきあいが苦手だとか、本当の自分を出せないとか……同じコンプレックスをもつ人は、この秋葉原にはたくさんいますよ。うちの奥さんも、若いころ似たような悩みを抱えてたみたいだし、メイドにも案外多いんです」

「そう、なんですか？」

「オタクはみんな、そうですよ。好きなものを好きだと言ってるだけなのに、発言するたびに周囲からドン引きされて。ご主人さま――うちに来るお客さまも、たぶん同じ。そういう痛みがわかる人なら、メイドとして何よりの人材です」

この半年間、ずっと自分の駄目なところばかりを見続けてきた。他人があたりまえにできることが、少なくとも季穂にはそう見えることが、自分にはできない。劣等感ばかり、百円玉貯金のように、毎日少しずつ着実に増え続けてきた。

そんなどうしようもないコンプレックスが、ここでは強みになる。男爵はそう言ってくれたのだ。

負の貯金箱の底が一気に抜けて、空っぽになった。そんな心地がした。

＊

「先日いらしたときは、相談だけということでしたが、やはり行方不明者届、つまり捜索願を出すことをお勧めします」

バックヤードの細長いテーブルに、向谷と並んで座り、権田はそう切り出した。五年ほど前に呼称が変わり、正式には行方不明者届というそうだ。

「捜索願を出さないと、捜索してもらえないんでしょうか？」

「まあ、厳密に言えば、そうなりますが……何か、問題でも？　もしや、ご家族でないから、躊躇《ちゅうちょ》されているのですか？」

「たしかに捜索願は、家族から出されるのがふつうですけど、職場の上司という場合もありますよ」

と、向谷がめずらしく、警官らしいことを口にする。

「あ、いえ、そういうことではなくて……むしろ、逆の心配です」

「逆、というと？」と、権田がたずねる。

「こちらで捜索願を出せば、玲那ちゃんの家族にも連絡が行きますよね？　それは玲那ちゃんにとっては本意じゃないというか、たぶん玲那ちゃんは、家族に連絡してほしくないんじゃないかって……」

権田がメガネのフレームを押し上げた。近ごろ人気のメガネ男子なら、萌《も》え処となる仕草だそうだが、この男では決まりようがない。ただ、核心だけは突いていた。

「それはつまり、玲那さんが家出をしてきたということですか？」

「玲那ちゃんから、直接きいたわけじゃありません。ただ、そうかもしれないって心当たりはいくつかあって……」

――やっぱり、男爵は気づいてたんだ。

ひどく納得のいく思いがした。

履歴書を出したとき、学歴欄に目を通し、店長がはずんだ声をあげた。季穂の最終学歴は、県立高校だった。

「群馬県の出身だったんだ。私、かりんとうまんじゅうが大好きで。あれ、美味《おい》しいよね。外はカリカリ、中はしっとりで」

「高校に、連絡とかしませんよね？　卒業の確認とか……」

黒糖風味のおまんじゅうで盛り上がっていた男爵が、はたと季穂を見詰めた。

「卒業証書なら、ちゃんとありますから。携帯のカメラに収めてあって、必要なら実物もってきます。あと、身分証明なら運転免許証があります」

必死の訴えに、何か勘づいたのかもしれない。それでも店長は言ってくれた。

「連絡は、しませんよ。高校を卒業しているなら、十八歳以上でしょ？　雇用契約は、店とあなた個人とで結ぶものだから。出身地も親御さんも、関係ありません」

そのひと言で、季穂は救われた。どんなに安心できたか、口では言いあらわせない。

「家出を承知の上で、雇用したということですか？」

少しばかり不服そうに、権田が重ねる。

「決して褒められることではないことは、わかっています。ただ、そういう子って時々いるんです。家族との折合が悪いとか、借金とか何らかの事情で、連絡されたら困るとか。立ち入り過ぎると嫌がられるから、詳しいことはあえてききませんけど……ただ、女の子なら特に、家族と疎遠なのをいいことに、危ない業種に引っ張り込む大人も多いし。だから放り出すことだけは、したくなくて」

「僕も、そう思います！　女性は危ない誘惑が多いから、守ってあげないと」

おまえが言うかと言いたげに、権田が向谷をじろりと見やる。

「調理場見習の男の子なんかにも、たまにいますけど。何となく不安定というか、放っておけない雰囲気があって……実を言うと、玲那ちゃんに初めて会ったときにも、そう感じました。玲那ちゃんはメイドに興味がなかったのに、無理を言って働いてもらったのは、その理由もあります」

寄る辺ない者の、受け皿になり得る。都会の利点のひとつだが、そこには落とし穴もある。ひとつ間違えば、店長の不安は、現実になっていたかもしれない。さらにいくつものバイト先を転々として、誰にも認めてもらえず、生活もできなくなったら――残りはいわゆるデート商法まがいの仕事か、あとは法に触れる行為だけだ。

季穂の行き着く先が、季穂以上に見えていたからこそ、歯止めとなってくれたのだ。

あらためて髭の店長の温情に、胸が熱くなった。ふだんはお人好《ひとよ》しが過ぎて、ちょっと頼りなくも見えるが、若い従業員を絶えず気にかけてくれる。その温かい眼差《まなざ》しがあったからこそ、メイドという、はなはだ不似合いな仕事を続けることができたのだ。

「メイドなんてできないと言ってたのに、玲那ちゃんは一年半以上も続けてくれて。もう大丈夫だと思った矢先に、急にいなくなって……」

「心当たりは、何も？」

「ありません。他のスタッフにもきいてみましたが、お客とのトラブルとか、メイド仲間と喧嘩《けんか》したとか、そういったたぐいもありませんし……」

「こちらのサイトを閲覧しましたが、お店の指名ナンバーワンは、玲那さんのようですね？」

「そのとおりです。ネットでもちょっと話題になっていて、連休中は特に、わざわざ遠方から、彼女目当てに来店するお客さまも多かったんです」

「ナンバーワンですか！　すごいですね」

話の趣旨とは関係のないところに、向谷が反応する。それでも男爵店長は、自分のことのように熱心に、玲那こと季穂の人気ぶりを語った。気合が入ると、男爵はやはりオネエ調が激しくなる。

「顔はクールビューティー系で、頭がこおんな小さくて、見事な八頭身なんですよ。特に足の長さと細さといったら！　モデル並みです。うちの制服は基本フリーサイズなんですけど、玲那ちゃんが着ると膝丈がミニスカートになるんです」

「確かに足子さんの足は、とてもきれいですよね！」

「……足子さん？」

向谷の考えなしの発言に、男爵のきらきらモードが一瞬途切れた。

「すみません、こいつのことは基本、無視してやってください。それより玲那さんのことをもう少し、おきかせ願えませんか。ちなみに身長は、どのくらい？」

権田が急いで軌道修正し、男爵はきょとんとしながらも質問にこたえる。

「僕とちょうど同じくらいでしたから……たぶん百六十五センチあたりだと」

店長は季穂の身長を正確にこたえたが、自分の身長はさらりとごまかした。季穂は店長より二センチ高い。あまりに同じだと言い張るため、あえて反論はしなかった。

女性が思う以上に、男性は身長を気に病んでいる。日本人の場合、断トツで男性のコンプレックス一位なのだそうだ。中でも秋葉原に集うような連中は、肉体にはからきし自信のない輩《やから》ばかりだ。彼らの強烈なコンプレックスの、ひとつの裏返しがメイドである。

客の自尊心を満足させるためには、メイドにはできるだけ身長の低い子が好まれる。平均より五センチオーバーという季穂のようなメイドは、本来なら敬遠はされても、歓迎はされないはずだった。

「ご主人さま」と自分をあくまで立ててくれて、萌え系のメイドなら、さまの下に♥マークがついていそうな甘ったるさだ。甘いはイコール幼さにも繫がる。つまり権田のように日頃はランク外に格付けされる男たちも、メイドカフェの中でだけは絶対君主となり得る。

ただし実際は、店内で横柄な態度やわがままを言う度胸のある者は、まずいない。あくまで行儀よく大人しく、嬉《うれ》しそうにはにかんだ微笑を浮かべながらメイドたちに接待されているのだが、季穂には不気味なにやにや笑いにしか映らなかった。

対人コンプレックスという、オタクとの意外な共通点には気づけたものの、彼らを両手を広げて迎えられるかとなると、話は別だ。むしろ自分と似た欠点をもつ者が、より複雑に歪曲《わいきょく》している姿を見せつけられているようで、痛ましさはさらに倍加する。

この秋葉原では、街も人も、痛々しく葛藤《かっとう》し続けている——。

だから季穂は、この街が嫌いだった。

権田のようなキモオタとなればなおさら、生理的に受けつけない。最初のうちは、メイドカフェ特有の、とろりと甘い独特のコーティングを施された仮想空間すら、虫唾《むしず》が走るほど気味の悪いものに思えた。

玲那というキャラを構築したおかげで、フリルのような愛想笑いもせず、やや舌ったらずな砂糖菓子のようなおしゃべりとも無縁だった。こわばった顔のまま、「とろ～りプリンのア・ラ・モード」だの、「こだわりの懐かしクロケット」だのを客の前に並べていた。

しかしメイドカフェの宿命で、ふつうのカフェでは有り得ないサービスもある。定番のオムライス・デコレーションに加え、桃飴屋の人気二大メニューは、「メイドがお席で点《た》てるお抹茶セット」と、「メイドが愛を込めて握る特大おにぎり」だった。いわばキモいオタクと、じっくりと面突き合わせながら、抹茶を点て、おにぎりを握ることになる。

ちなみにおにぎりは使い捨てポリ手袋を装着するが、除菌グッズ全盛のご時世にもかかわらず、直《じか》に手で握ってほしいとの客からの所望は多かった。衛生上の問題で、店長からは禁止令が出ていたし、何よりそんな気色の悪い要望に応《こた》えるつもりもない。

お客に共通する、いわゆるオタク系の会話も、季穂にとってはまさに化学式より難しい代物だった。男爵店長のススメで、くだんの○×△のＤＶＤも借りてみたが、三十分ともたなかった上に、アニメのタイトルはどれも同じようなものばかりだから、タイトルすら正確にインプットできなかった。同僚のメイドにも、趣味と実益を兼ねたオタクは多い。何度か彼女らに教えを乞《こ》うてもみたが、季穂にはスワヒリ語の習得よりも困難だった。

それでも愛想笑いはおろか、相槌さえろくに打たなくていいから、以前勤めていたキャバクラや、週一で通っているガールズバーにくらべれば、圧倒的に楽ではある。

一ヵ月、続ける自信すらなかったのに、意外なことに季穂を指名するリピーター客は少しずつ増えていった。当の季穂にはまったくわけがわからなかったが、やがてネット上で噂になったことで、理由が判明した。

『桃飴屋の玲那たん、あの作ってない無愛想がたまりません！』

『ルックスや雰囲気は、○×△の★★なのに、無機質な態度と表情は☆☆。○×△の二大ヒロインを足して二で割った感じ。一見の価値あり！』

『おおお、二大ヒロインとはお得じゃん！　おれも行ってみるわ』

『てか、足す必要なくね？　オレ的にはナシだな』

『却下に一票。むしろ許せない』

『オレも反対派だけど、興味はある。一回くらい冷やかしてこようかな』

賛否両論はあるものの、思った以上に話題を呼んだ。

すべては男爵店長の作戦勝ち。季穂に施したキャラづけが、うまく嵌まった成果である。

季穂もまた、客の頭の中ですでにひとり歩きをはじめた玲那というキャラクターを壊さぬよう、ひたすら演じ続け、気づけばすでに一年と七ヵ月が過ぎていた。

メイドの賞味期限は二年と言われる。そろそろ飽きられてもいいころだが、せっせと通ってくれる常連客は後を絶たず、またネットの書き込みのおかげで新規客も途切れない。足フェチと思われる客もいて、指名数も知名度も店ではトップを保ち続けていた。

玲那について、ひととおりを押さえると、権田は質問を変えた。

「玲那さんと最後に会った日のことを、伺いたいのですが」

「だいたいのところは、昨日、私が交番を訪ねたときに、お話ししましたが」

「承知していますが、今日はできるだけ詳しくお願いします。それと、昨日とは質問も重複しますが、あらかじめご了承ください」

同じ質問を何度もするのが、警察の常套《じょうとう》手段だとは、季穂もきいたことがある。

はい、と男爵の髭面が、神妙にうなずいた。

「玲那さんが、最後に出勤したのは？」

「ゴールデンウイークの最終日でしたから、五月六日です」

桃飴屋は基本、年中無休。昨今の飲食業界ではめずらしくもなく、秋葉原のメイドカフェも大方がこの営業形態で、メイドや調理スタッフはシフト制で働いている。

コンビニやファストフード店のアルバイトと同じで、あらかじめ希望の曜日や時間を申請し、店がまわるよう店長が月ごとにスケジュールを組むスタイルだ。多いのはやはり学生で、大学生や専門学校生の他に、高校生もけっこう目立つ。あとはフリーターか、中には主婦や会社員もいた。一日の労働時間は四、五時間が多く、季穂のようなフルタイムは、いまは他にひとりしかいない。十九歳のフリーター、環《たまき》である。

営業時間は午前十一時から、平日は午後十時まで。週末の金土日と祝日の前日は一時間延長されて、午後十一時閉店となる。ランチとディナータイムだけ営業する飲食店と違って、桃飴屋はあくまで喫茶店だから、店は常時あいている。

季穂と環のいわゆるフルタイム組は、一日八時間、週五日の契約で、シフトは主に三種類。早番か遅番、あるいは中抜けと呼ばれるシフトである。中抜けは、オープンとクローズは店にいて、あいだの三、四時間を休憩にあてる。どのシフトになるかは、他の従業員の予定によって変わってくる。つまりバイトに入る子が少ない時間帯は、必然的に季穂と環がカバーするというわけだ。

おかげで中抜けシフトがもっとも多いのだが、季穂は特に不満はなかった。拘束時間は長いものの、三、四時間の休憩があれば、原宿《はらじゅく》や銀座《ぎんざ》にショッピングにも行けるし、いま時分の陽気の良い時期なら、公園のベンチで昼寝もできる。

フルタイム組は、休日だけは固定されていて、環が月曜と火曜、季穂は水曜と木曜だった。

季穂の勤務形態なども確認しつつ、権田がたずねた。

「玲那さんが最後に出勤したという五月六日は水曜日ですが、連休の最終日ということで、玲那さんは店に出ていたんですね？」

「ゴールデンウィークのあいだは、ちょうど二週続けて水曜が祝日でしたから……はい、四月二十九日と五月六日です。その二日は、玲那ちゃんにも店に出てもらいました。もちろん代休は、ちゃんととってもらいましたよ」

警官の前だからだろう、労働基準法に触れる行為はしていないと、男爵は強めに力説する。ゴールデンウイークは最高の書入れどきだから、メイドは総動員される。もともと季穂はこういうときは必ず駆り出され、代休をとらないことさえあったが、その分収入も増えるから文句はない。

「その次の日、五月七日は木曜日でしたから、もともと玲那ちゃんの休日にあたります。八日と九日は週末になりますが、ゴールデンウイークの反動で店が混むことはあまりないし、その二日間は短時間のバイトの子が多く集まって、うまくシフト表が埋まりましたので、玲那ちゃんの代休は、その二日間を当てました」

「つまり、七、八、九と三連休で、翌十日、日曜日から出勤予定だったのが、玲那さんは来ず、それから一度も出勤していないというわけですね？」

「玲那ちゃんは、あれで案外プロ意識の強い子で……たぶん、誰にも頼らず、ひとりで生きていこうとしていたからかもしれませんが……そのせいか、遅刻や無断欠勤もただの一度もありませんでした。だから十日に顔を見せなかった時点で、もう心配で心配で」

男爵の心配性は、筋金入りだ。電話はもちろん、メールも迷惑メールさながらに大量の数を季穂の携帯に送ったようだ。しかし反応はなく、翌十一日の午後、男爵は店を抜けて、季穂の暮らす笹塚《ささづか》のシェアハウスまで行ってみた。

たまたま在宅していた住人のひとりに、不動産屋へ連絡してもらい、さらに事情をきいた不動産屋が警察に要請し、警官立ち会いのもと、季穂の部屋を覗いてみた。

「部屋の中で倒れていたらどうしようって、心臓が破裂しそうでしたけど、玲那ちゃんの姿はなくて、部屋も特に荒らされたようすはありませんでした」

ほっとしたと同時に、別の心配が頭をもたげた。今日は十六日、土曜日。男爵が季穂の行方不明に気づいてから、ほぼ一週間が経つ。その間の焦燥を表すように、いつも手入れを欠かさない男爵の髭は、中途半端に伸びていた。

「立ち会ったのは、渋谷区の警察でしたね？　その折に捜索願を出さなかったのは、やはり玲那さんの親許《おやもと》へ、連絡が行くのを避けるためですか？」

「それもありますけど……何ていうか、来てくれたおまわりさんが、ちっとも親身になってくれなくて。五十くらいのおじさんでしたけど、いまどきの若い女の子なら、急に職場に来なくなるのもめずらしくないし、一日や二日、家に帰らないこともあたりまえだなんて言うんですよ！　どうせ彼氏と旅行にでも行ってるんだろうって。玲那ちゃんは、そんな女の子じゃないって、いくら言っても本気にしてくれなくて、あげくの果てにメイドなんてくだらないバイトをしてるから、性格もいい加減なんだろうって！　ひどいと思うでしょ？　そんなおっさんに、捜索頼む気にはならないでしょ？」

さすがにはっきりと口にしたわけではなさそうだが、おっさん警官からはそういうニュアンスがダダ漏れだったようだ。両手を握りしめて訴える男爵は、いまやオネエ全開の有様だが、権田はその部分はスルーして、かわりにでかい頭を深々と下げた。

「申し訳ありませんでした。我々の対応が至らなかったことは、心からお詫《わ》びします」

「あ、いえ……おまわりさんは、悪くありませんから。昨日、交番を訪ねたときも、親身に相談に乗ってくださいましたし、今日もこうして来てくれたんですから」

「いいえ、同じ警察官として、お恥ずかしい限りです。本当に、失礼いたしました」

と、もう一度きっちりと、お詫びする。そのとなりから向谷が、呑気《のんき》な声をあげた。

「あのくらいの大先輩て、えらそうな人、多いんですよね。警察は結果権力だって、未だに自慢げに語る人もいて」

「よけいな話はいいから。あと結果じゃなく、国家権力だろ……重ねがさね、すみません。警官にも色々いまして」

権田はふたり分を平謝りし、名誉挽回《ばんかい》とばかりに背筋を伸ばした。

「捜索願については、玲那さんのご事情を鑑《かんが》みて、提出はもう少しようすを見ましょう。そのかわり玲那さんの行方は、苑世橋署が責任をもって捜索します。それで、いかがでしょうか？」

「はい！　よろしくお願いします！」

小さな目をうるうるさせて、男爵は乙女のように両手を握りしめた。

「先輩、もしかして足子さん、家族に見つかって、連れ戻されたとか？」

男爵店長がバックヤードを出ていくと、向谷が思いつきを口にした。うーんと権田が、唸《うな》り声を返す。

「連れ戻されたというのは、正確じゃねえだろ。足が事件に遭遇したのは、この秋葉原なんだから」

「あ、そうか。じゃあ、家族と揉《も》めて、秋葉原で事件になったとか……足子さん、どう？」

「やっぱ、いるのかよ。見えないと、マジで毎度びっくりするな」

権田が怪訝《けげん》な顔で、向谷の向こう側からこちらを覗き込んだ。

五月六日——。季穂の記憶は、そこで途切れている。最後に桃飴屋に、出勤した日のことだ。

季穂から直接、事情をきくことができれば簡単なのだが、その手段がない。答えがマルバツだけでは、自ずと質問が限られてくるからだ。むしろ季穂には、事実確認だけをさせ、周囲の証言から当日の足取りを追う。桃飴屋に向かう前、権田はそう説明した。

「玲那さんと一緒に働いていたスタッフにも、お話を伺いたいのですが。できれば六日当日、一緒にバイトに入っていた方がいれば、いちばん助かります」

権田の頼みを快く引き受けて、男爵は壁に貼られたシフト表をながめた。

「六日に入っていたキャストのうち、三人が今日も来ています。ただ、玲那ちゃんと一緒にクローズまでいたのは、ひとりだけですけど」

「構いません、お願いします」

権田に乞われ、店長は従業員を呼びにいった。

「足、どうなんだ？　おまえの事件に、家族は関わっているのか？」

これればかりは、わからないとしかこたえようがない。気をつけのポーズをとり、向谷がそれを通訳した。

「仕方ねえ。予定どおり外堀から埋めていくか」

権田のため息とともに控室のドアがあいて、男爵と、その後ろに三人のメイドが見えた。

環と明華《めいか》と鞠鈴《まりりん》。桃飴屋のメイドは、店のコンセプトに合わせ漢字名前にしている。ちょっとレトロな模様の、着物に似たメイド服。三人そろうと渋めの花束のようだが、ちなみに制服は着物だけに限らない。チャイニーズデイのときは、スリットの入ったチャイナドレスになるし、学園祭シーズンは、ミニの制服や体操服着用となる。どこのメイドカフェでも、恒例のサービスだ。ただそれぞれイメージカラーのようなものがあって、環はレモンイエロー、明華は紫、鞠鈴はピンクを基調にし、玲那こと季穂はブルーだった。

男爵に促され、三人が控室に入ってきた。そろって小柄な上に、おずおずとした内股《うちまた》歩きは、ペンギンの行列を彷彿《ほうふつ》させる。目の前のトドに恐れをなしながらも、美形のイルカにちらちらと視線を注ぐ。警官と向かい合う形で、三人は横並びに座った。

「お仕事中、すみません。玲那さんについて、少し伺いたいことがありまして」

はい、と応じたものの、彼女たちの妙に熱っぽい視線は、一様に権田のとなりに集中する。気づいた向谷がにっこり笑うと、もう何でもきいてくださいと言わんばかりに、たちまち三人のテンションが上昇した。女というのは、まったく現金な生き物だ。

「この中で、玲那さんといちばん親しかったのは？」

とたんにちょっと困った顔で、三人は互いに目配せを交わし合った。

「この中なら、環ちゃんじゃない？　フルで入ってたのは、ふたりだけなんだし」

三人の中でもとりわけ小さく、肩上までの茶色いふわふわカール。甘えんぼうな妹キャラを地でいく鞠鈴が、上目遣いで環に言った。一方の環は、ショートカットの似合う、すっきりとした容姿で、店ではボーイッシュなキャラで通している。

「たしかにシフトは重なってたけど、親しいってほどじゃ……あたしはこの店に来て、まだ半年だもん。一緒に働いてた期間で言うと、明華さんや鞠鈴さんの方がずっと長いはず」

「でもあたし、玲那ちゃんとはわりとシフトがずれてて、案外会う機会なかったよ」

アニメの声優みたいな、高音の幼い口調で鞠鈴が語り、

「あたしもまともに話したことは、ほとんど……もともと玲那は、あんまりしゃべんなかったし……玲那ってキャラを、バックヤードでも演じてる感じで」

黒髪ロングに大きなリボンを載せた、お姉さんキャラの明華も応じた。ちなみにこの

店のナンバーツーは鞠鈴で、ナンバースリーは明華だった。

「中抜けの休憩のときは、ひとりでどっかに出掛けちゃうし、お客さまがいないときでも、積極的には会話に入ってこないっていうか」

「うん、何かきいたら返ってはくるけど、それ以上会話が続かなかったよね」

「あたしも玲那ちゃんとは、共通の話題がなかった気がするなあ……キャストの中では、ちょっと浮いてる感じ」

明華の話を受けて、環と、次いで鞠鈴がうなずき合う。三人とも、微妙に店内でのキャラが抜けていないのは、向谷のためだろう。ただ、言っていることは本当だった。

メイド特有の甘ったるさにも辟易《へきえき》していたが、並の女子トークすら季穂には重荷だった。恋とおしゃれとスイーツ。女の子の脳内は、ほぼその三つで占められているのだが、そのどれにも、いまひとつ熱心になれなかった。興味がなかったわけではなく、金銭的にも気持ちにも、余裕がなかったからだ。

メイドの賞味期限は二年。あと半年でリミットだ。無口・無表情のキャラを剝《は》ぎとった自分には、何も残らない。その後、どうやって暮らしていけばいいのか。その不安ばかりが頭をもたげ、とてもお気楽な女子トークに、参加する気にはなれなかったからだ。

いまの季穂には何もない。学歴も職歴も家族も――。頼れるものが何ひとつない状態で、どうやって自分を養っていくか――。それだけが季穂の関心事だった。

ただ、いちばん大きな理由は他にある。

――ひとり暮らしだよね？　田舎どこ？

――お父さんやお母さんて、どんな人？

ちょっと親しくなれば、必ず出てくる邪気のない質問だが、季穂にはこたえることができない。嘘をつき通す自信もなかったし、何よりも意味がない。だから季穂は、あえて友達というものを作らなかった。

「たぶん、他のキャストにきいても同じだと思います。玲那ちゃんは、確かにそういう子で……いまどきの若い子にしてはしっかりしていて、仕事意識も高かった。雇う側としたら有難いんですけど、その覚悟や常に気を張っているところが、ちょっと痛々しくもあって」

まるで心を読まれたようで、どきりとした。悲しげなため息をついたのは、男爵店長だった。

「玲那ちゃんにあのキャラを勧めたのは私ですけど……あれだけお客さまをつかんだのは、決してお芝居だけじゃなく、彼女の孤独や陰の部分が、透けて見えたせいじゃないかって、そうも思えて……もちろん玲那ちゃんにもお店の子たちにも、こんな話をしたことはありませんけど……」

髭に囲まれた口許が、泣き出す前の子供のように、への字になる。顔は暑苦しいが、性格はのほほんとした癒《いや》し系。気遣われていたのは知っていたが、そこまで見抜かれていたとは思いもしなかった。

「だから、おまわりさん。何でも協力しますから、どうか一刻も早く、玲那ちゃんを見つけてあげてください！」

きゅう、と胸が詰まった。玲那が消えれば、ファンの客たちは惜しんでくれるだろうが、渡井季穂が死んだところで、誰も気にも留めない——。どこかで、そう考えていた。

「できるだけのことは、するつもりです。玲那さん当人のことはひとまずおいといて、話を変えますが」

男爵の訴えも季穂の感傷も、まったく意に介さず、権田が本題に移る。

「玲那さんが最後にここに来た、五月六日のことをもう一度確認させてください。皆さんも六日当日に、出勤されていたんですね？」

「環は早番だったから七時あがりで、鞠鈴もあの日は、夕方から九時くらいのシフトだよね？　クローズまで一緒だったのは、この中ではあたしだけです」

権田の質問に明華がこたえ、環と鞠鈴、さらに男爵が同時にうなずいた。

「では、明華さんと店長さんに伺います。最後に玲那さんと別れたときのようすを、詳しくお願いできますか？」

あの日は連休の最終日で、休前日ではないが、特別に一時間営業を延長して午後十一時に閉店したと、店長がこたえる。

「皆で片付けを済ませてから、十一時半には全員で店を出ました」

「全員とは、具体的には？」

男爵は念のため、壁に貼ったシフト表を示した。

「六日は、ここです……玲那ちゃんと明華ちゃん、他にメイドの子が四人。あとは調理スタッフがふたりで、私を入れて九人です」

権田は男爵の了解をとり、五月のシフト表を携帯のカメラに収めた。さらに過去半年にわたるシフト表も、提示してほしいと頼んだ。

「店を出て、皆さん一緒に、秋葉原駅に向かったんですか？」

「いいえ、私とあと五人はＪＲですが、玲那ちゃんと明華ちゃん、調理スタッフのひとりは地下鉄です」と、男爵がこたえた。

「あたしは丸ノ内《まるのうち》線で、玲那たちは都営新宿線です。それぞれの駅が近いので、いつもなら一緒に向かうんですけど……あの日は玲那は、もうひとつのバイト先に寄るからって」

「明華ちゃんの言うとおり、玲那ちゃんだけは店の前で私たちと別れて、ひとりで中央通りの方角に向かいました」

店長と明華が、互いにうなずき合いながら説明する。

「玲那が週一で、近くのガールズバーでバイトしてることは、みんな知っていて、だから特におかしいとは思わなくて」と、明華が言い訳気味に補足した。

「たしかバイトは、金曜日じゃなかった？　ってたずねたら、忘れ物をとりに行くだけだと言ってました。暗いから気をつけてって、後ろ姿に声をかけて……まさかあれきりになるなんて、夢にも……」

くたびれたクマのぬいぐるみのように、店長がしょんぼりし、どこか浮ついていた三人のメイドも、そのときばかりは心配そうに顔を曇らせた。

「せめて玲那ちゃんがバイトしていた、ガールズバーの店名や場所を、きいておけばよかったと後悔してます」

「皆さんは、ご存じないんですね？」

「昭和通りの向こう側の、オフィス街の辺りだって。それだけはきいてましたけど」

と、環がつけ足した。男爵や明華の証言に、間違いはない。

午後十一時半、クローズのスタッフと一緒に店を出て、そこから季穂はもうひとつのバイト先であるガールズバーに向かった。そこでのバイトは、金曜日の深夜だけだ。六日はバイトの予定はなく、季穂が向かったのは、店長の証言どおり、忘れ物のためだ。

その前の週の金曜日に、店に化粧ポーチを忘れてきた。外出時の化粧直し用であったから、なくてもすぐに困ることはない。店のママから連絡があり、そのうちとりに行くとメールしておいた。六日に行くことにしたのは、次の金曜日は桃飴屋の代休日だったからだ。シフトは一ヵ月前に決まるから、合わせてそちらのバイトも休みにしてもらった。

桃飴屋からガールズバーまでは、徒歩で五分ほど。化粧ポーチをピックアップして、そのまま笹塚に帰るつもりだった。

しかし季穂は、店には辿《たど》り着けなかった。

ガールズバーは、桃館屋から北東の方角になる。中央通りを北上し、途中で東に向かう。ＪＲの高架下を過ぎ、昭和通りを渡った。

その先の、バイト先へと通じる裏道が頭に浮かぶと、すでに寒気を感じるはずのないからだが、ぞわりと粟立《あわだ》った。

少し先に見えた、コインパーキングの青と黄色の看板――。

携帯をとり出した拍子に、バッグからとび出してアスファルトではねた、プラスチックの乾いた音――。

拾おうとしゃがみ込み、それからふいに、唐突に近づいてきた背後からの気配――。

頭が破裂したような、痛みが走った。

――この痛みは、本物だ。

自覚したとたん、どうしようもない、やるせなさに襲われた。

いままで、思い出すのが怖かった。とっくにわかっていたのに、心のどこかで拒んでいた。

この痛みが、正真正銘、生きていたときの最後の記憶だからだ。

あの晩、季穂は、何物かに背後から殴られた。

そして季穂の次の記憶は、奥多摩の山奥、稲香村へととぶ――。

自分の死を、受け入れたくなかった。たいして良い思い出もないけれど、だからこそ、死にたくなかった。それでは自分が、あまりにかわいそう過ぎる。

季穂の物思いを他所《よそ》に、権田の聴取は終わりに近づいていた。

「ありがとうございます。だいたいわかりました。ちなみに、玲那さんを恨んでいそうな人物に、心当たりはありませんか？」

メイドの三人が、困惑ぎみに顔を見合わせ、それから首を横にふった。

「では、玲那さんがいなくなって、得をする人物は？　不躾《ぶしつけ》な言い方ですが、玲那さんはこの店の、ナンバーワンだったそうですね？」

「それって、あたしや鞠鈴を、疑ってるってことですか？」

「ひどい！　そんなことのために、玲那ちゃんをどうかしようなんて、思ったことありません！」

明華が憤然と言い放ち、鞠鈴も泣きそうに顔をゆがめる。ふたりをかばうように、男爵店長も言葉を添えた。

「たしかに何百人もメイドを抱える大手のカフェなら、人気の子たちはDVDやCDを出したりサイン会をしたりと、アイドル顔負けのあつかいです。その分トップ争いも熾《し》烈《れつ》だときいてますけど、うちは一店舗きりで、メイドカフェとしては地味な部類ですから」

「ですよね。うちでナンバーワンて言ったって、別に他所で威張れるわけじゃないし。そういう女同士のガチな争いとは、ある意味無縁だから、あたしは桃飴屋《ここ》でバイトすることにしたんです。鞠鈴さんも明華さんも、それに玲那さんだって、たいして気にしてなかったと思いますよ」

入店半年と、この中ではいちばん経験の短い環が、いたってドライな調子で加勢した。

「わかりました。失礼なことを言って、申し訳ありません」

権田が素直にあやまり、そのとき彼のポケットで携帯が鳴った。

「はい、権田です……はい、はい……わかりました。すぐに向かいます」

手早く携帯を尻《しり》ポケットに収めると、また日を改めて伺うこともあるかもしれないと断って、店長と三人のメイドに礼を述べて立ち上がった。

「そういえば、肝心のことを忘れてました。玲那さんの、本名と年齢は？」

男爵は、過去のシフト表と一緒に出してきた、履歴書を示した。

「渡井季穂さん、二十歳です」

＊

「足子さん、季穂ちゃんていうんだ。可愛い名前だね」

店を出ると、向谷が笑顔で季穂をふり向いた。もちろん視線は足に向けられている。

「まだ、わかんねーぞ」と、権田は素っ気ない。

「でも、足子さん、ちゃんとマルってしましたよ。ほら、先輩、見てください」

「おれには見えねえし、他のどいつにも見えねえ以上、わからないのと同じなんだよ」

「大丈夫だよ、足子さん。僕だけはわかっているからね」

わかっているのならいい加減、足子と呼ぶのをやめてほしいのだが、そちらには気がまわらないようだ。

「先輩、これからどこ行くんですか？　足子さんの、もうひとつのバイト先ですか？」

「馬鹿野郎、さっきの電話で察しろよ。ガイシャのもとに決まってんだろ。何年警察官やってんだよ」

「ええっと、いま二十五だから三年かな……あれ？　警察学校行ってた期間は入るんですか？　採用試験受かった後だから、入るのかな？」

「どっちにせよ、おまえを採用したことを、警視庁は死ぬほど後悔してるはずだよ」

近くで何か、事件が起きたようだ。ガールズバーに行くのは後回しにして、権田は昌平橋通りに背を向けた。裏通りを淀《よど》みない足取りで進む。先留交番へ戻る道筋だが、その手前で右に曲がった。桃飴屋のあった通りと同様、細い道の両側に、雑居ビルが隙間なく詰め込まれている。権田は一度も足を止めることなく、その一軒に入り、旧式のエレベーターで四階に上がった。扉があくと、ピンクの洪水が目にとび込んできた。壁も、開け放されたドアも淡いピンク一色で、水玉やチェックのハート形風船でデコレートされている。まさに由緒正しい萌え系のメイドカフェだ。

『くりいむ♥カフェ』

ドアの看板に、ファンシーな書体が躍る。秋葉では老舗《しにせ》に数えられるメイドカフェで、季穂も名前だけは知っていたが、権田は勝手知ったるようすで狭い入口にからだを押し込めた。

「ちす、警察です」

店内はピンクと白いレースで埋め尽くされ、一時間で頭が痛くなりそうだ。しかし甘い内装とは不似合いな鋭い声が、奥からとんだ。

「遅い！　三十分も待たせるなんて、どういう了見だよ。犯人がいたら、とっくに船橋《ふなばし》あたりまで逃げてるころだろうが」

「すんません、ミナミさん。公務中だったもんで」

「ああん？　公務中だと？　メガネトドがナマ言ってんじゃねーよ」

この店の制服は淡いピンクや水色、クリーム色を基調としたメイド服だが、そのかたまりに、ひとりだけ黒いロングのメイド服が交じっている。メイクも髪型もビシッと決まっていて隙がなく、しかも美人だ。上に高く盛り上げた巻き髪と眼鏡は、ハイジのロッテンマイヤーさんを彷彿させるときいていたが、肝心のアニメを見ていないから、季穂にはぴんとこなかった。

――へえ、この人が、ミナミさんか。

秋葉のミナミと言えば、メイドカフェ業界で知らぬ者はない。若いころは客あしらいのうまさに定評のある、ひときわ人気のキャストだった。二十代半ばで自らメイドカフェを立ち上げ、秋葉原だけでなく、中野や池袋にも店をもつやり手のオーナーだ。

初対面にもかかわらず、妙に親近感を覚えたのは、むろん『メガネトド』というド真ん中のネーミングセンスと、口の悪さのためだろう。すでに三十ウン歳のはずだが、女王さま萌えの固定ファンも、未だに多いときく。

「お久しぶりです、ミナミさん」

どうやら権田ばかりでなく、向谷とも知り合いらしい。極上の笑顔を向けたが、イケメンにもやはり容赦はない。

「何でボンクラまで一緒なんだよ。どこかの田舎にとばされたはずだろ？」

「色々あって、また秋葉原に戻ってきました」

「また、やらかしたのかよ。ったく、下半身のユルさは変わんねーな。ほらほら、無闇にこいつを見るんじゃないよ、妊娠するぞ」

向谷に熱い視線を投げていたメイドたちを一喝し、中のひとりを手招きする。ツインテールを細い三つ編みにした、小柄な女の子だ。目許はかなり盛っているが、可愛い部類に入る童顔だった。

「この子が、被害者のミミだよ。ミミ、昨日のこと、こいつらに話して……」

と、入口に客の姿が見えた。とたんにオーナーの態度が一変する。

「お帰りなさいませ、ご主人さま」

条件反射のように、キャストがいっせいにオーナーにならい声をそろえた。ただ客の方は、ピンクと白いレースに彩られた店内にはまったくそぐわない、権田の制服姿にとまどっているようだ。一瞬、入口で棒立ちになった。ミナミオーナーが動じることなく、すばやくフォローを入れる。

「防火防犯の対策なら、うちは万全です。非常口はこちらです、ご案内します」

さっきまでの傍若無人が嘘のように、権田を慇懃《いんぎん》無礼に奥へいざなう。

形式的な店舗見回りかと、客も安心したようだ。席へ案内されると、あるメイドを指名した。どうやら初見の客らしいが、ホームページにはキャストが写真入りで紹介されている。それを見て足を運んだのだろうが、あいにくとその子は休みだった。

「申し訳ございません、ご主人さま。リコは本日は、お給仕に入ってなくて」

店で接客することを、メイド業界ではお給仕に入るという。表情の乏しい客の顔に、あからさまながっかりが浮かぶ。ミナミオーナーは、警官ふたりをうっちゃって、すかさず客のもとへと歩み寄った。

「ご主人さま、本日は不手際があり、まことに申し訳ございません」

客に向かって、きっちりとお辞儀する。四十五度に傾けた背中は、旅館の女将《おかみ》のように、ぴしりと芯《しん》が通っていた。

「ですが、ここはご主人さまのおうちです。ご主人さまに存分におくつろぎいただくための場所でございます。私どもは心をこめてお仕えいたしますので、どうぞ何なりとお申しつけください」

きれいなお姉さんに、ここまで下手に出られたら、誰だって悪い気はしない。男性がもつ根元的な欲求、絶対君主という夢を、限りなくくすぐるやり方だ。メイドカフェの存在意義はそこにあると、このオーナーは肝に銘じているのだろう。

玲那の無口や無愛想が受けたのも、それが従順ととられたからだ。

馬鹿らしいと思いつつ、それでも一年と七ヵ月のあいだに、季穂も学んだ。

一歩外に出れば、厳しい社会が待っている。仕事、学業、人間関係――自由という名の絶え間ない競争にさらされて、自分の尊厳は日々削られてゆく。

たとえひと時でも、他人から大事にされ、認めてもらう。それは人が生きていく上で、何よりも大切なことなのだ。

客たちは季穂の前で、さまざまなことを語った。コアな趣味だったり自慢だったり、慣れてくると愚痴や弱音ももらす。季穂はその一切を、否定することなく黙ってきいていた。その従順が、たぶん客にとっては安らぎとなったのだ。

たとえ目当てのメイドがいなくとも、必ず満足に足るだけの給仕が受けられる。

ミナミオーナーは、暗にそれを、客の前で示してみせた。

「よろしければ、あちらのお席でおくつろぎください。ただいまメニューをおもちいたします」

ファミレスとさして変わらぬフレーズも、ミナミオーナーの慇懃な口ぶりで告げられると、たちまち格が上昇する。入店を迷っていたはずの客は、促されるままメイドたちに席に案内される。その顔は、ちょっと嬉しそうだ。たいしたものだと、季穂は内心で舌を巻いた。ミナミオーナーがこの業界で名を馳《は》せているのには、それだけの理由があると季穂は見た。

接客する女の子たちの対応もそつがない。それを確認すると、オーナーはようやく権田と向谷をふり返った。

「お待たせしました、非常口はこちらです。ミミさんもご一緒してね」

完璧《かんぺき》な給仕長さながらに、オーナーはふたりの警官をバックヤードに引っ張り込んだ。

「で、あなたが昨日の晩、抱きつき魔に襲われた被害者ですね？」

権田の第一声に、ミミが短いツインテールを揺らしてうなずいた。

両側にロッカーが並び、真ん中に会議用の長テーブルがひとつ。控え室はそれだけでいっぱいいっぱいだ。いちばん奥にミミが、そのとなりにミナミオーナー、向かい側に向谷が座ったが、権田の巨体は入りきらず、ドアの前にパイプ椅子を引き寄せて腰を下ろした。

「先輩、抱きつき魔って、何ですか？」

警官にあるまじき質問をした向谷を、オーナーがじろりとにらむ。が、このイケメンの低機能を承知しているからか口は出さず、その場は権田に譲った。

「この秋葉原近辺で、立て続けに起きてる事件だ。先月からはじまって、これで五件目になる。いずれも週末や休日前の深夜、被害者の帰り道を狙っての犯行だ」

季穂もこの事件は知っている。メディアでは大きなあつかいはされていないものの、秋葉原のメイドたちのあいだで噂になっていたからだ。

——襲われてるのが、秋葉でメイドをしてるキャストばかりなんだって！

その名のとおり、後ろからふいに抱きつかれ、耳を舐《な》められたとか胸を揉まれたとか、要は気色の悪い変態の犯行だ。思い出したのか、ミミが青い顔でぶるりと身震いした。

「昨日、お店からの帰り道、地下鉄の湯島《ゆしま》駅に向かう途中で……」

ミナミオーナーは毎日この店に通うわけではなく、昨日は中野にいた。店長代理の調理スタッフが鍵《かぎ》を預かっているが、キャストの女の子たちはひと足早く帰されて、午後十一時十五分頃に店を出た。

「湯島駅というと、ここからやや遠いですね」

「あたしは家が千代田線沿線だから、一本で通える方が楽なので……途中で携帯を忘れたことに気づいて店に戻ったから、十分くらい遅くなって……いえ、遅れたためじゃなく、いつもあの道を使ってます」

ミミはいつも、昌平橋通りから一本外れた裏道を使っていた。信号がないから、昌平橋通りより早く駅に着くという。

「抱きつき魔の噂は知ってましたけど、全部、蔵前橋通りより南側で起きてるから、大丈夫かなって……そうしたら駐車場の手前で、急に横道から人が出てきて……はい、私が通り過ぎた直後です」

「ということは、待ち伏せされたのかもしれませんね」

権田の発言に、ミミの顔が泣き出しそうにゆがむ。

「それから？　どのように被害に遭われたか、できるだけ詳しく話してください」

「おまえが言うと、セクハラにきこえるぞ、メガネトド」

「ミナミさん、仕事なんスから」

オーナーのクレームに、権田が丸顔をしかめる。と、ミミの向かい側に座る向谷が、わずかに身を乗り出した。

「ごめんね。思い出すの、辛《つら》いよね？　怖かったよね？」

幼い子供のように、ミミがこくんとうなずく。

「ミミちゃんに、こんな怖い思いをさせたんだ。犯人は必ず、僕たちが捕まえるからね」

「……はい、お願いします」

向谷を見詰める目には、すでにハートマークが浮かんでいる。この男の才能を、あらためてまのあたりにした気分だ。弱っている女に、絶妙のタイミングでもっとも欲しい言葉をかける。これなら百発百中だ。

「こら、三秒以上こいつを見るな。妊娠すると言っただろうが。こんな連中と狭い部屋に押し込められるのは、あたしだってご免なんだ。さっさと話しちまいな」

オーナーにも促され、ミミが昨晩のようすを語りはじめる。

背後に気配を感じたときにはすでに遅く、後ろから抱きつかれ、たちまちパニックになった。叫ぶ余裕すらなく、ただ必死にもがき続け、無我夢中で男をふり払い、一目散に駅へ走り電車にとび乗った。ミミは時折口ごもりながら、そのように語った。

「駅までは家族に迎えにきてもらって、家に着いてからお父さんが一一〇番したんです」

すでに深夜の時間帯であり、事件が起きた場所が苑世橋署の管轄だから、事情聴取は職場である、くりいむ♥カフェになったというわけだ。ミナミオーナーも昨夜ミミから連絡を受け、まず帰宅が遅くなったことを両親に謝罪して、聴取には自分が責任をもって立ち会うと申し出た。

「で、犯人は、具体的には何を？」

「最初に後ろから抱きつかれて、それから胸を揉まれて……はい、両方です」

向谷とは真逆の、まったくデリカシーのない権田の問いに、ミミは赤い顔でこたえた。

「それと、『ミミちゃんはやっぱり、おっぱいが大きいね。Fかな、Gかな？』って、耳許で……あたしのこと知っているのかと思うと、もう気持ち悪くって！　身の毛がおだつって、こういうことを言うんですね」

正しくは、身の毛がよだつだ。ここにも向谷がいるのかと、権田はそんな目つきをした。

マスクをして、くぐもった声。特徴のない黒のパーカーに、ジーンズとスニーカー。犯行時は必ずフードをかぶる。これまでの犯人像と、ほぼ一致すると権田が告げた。

「あと……煙草を吸う人だと思います。息が耳にかかったとき、煙草臭かったから」

「煙草を……そうですか」

たいした手がかりになりそうにもないが、思いの外、権田は鋭く反応した。

「他に何か気づいたことや、犯人に心当たりは？」

明らかにミミというキャストを、狙った上での犯行だ。閉店時間や帰り道も、調べてあったと考えるのが妥当だろう。ミミを目当てに来る客の中に、犯人がいる可能性が高いのだが、ぴんとくる顔は浮かばないと首を横にふった。

「今回の抱きつき魔には、客の方が、キャスト以上に腹を立てていてな。有志が自警団を作って、秋葉の夜回りまでしているほどだ」と、ミナミオーナーが語る。

一瞬、権田の細目が、きらりと光った。しかしあくまで世間話のように相槌を打つ。

「ああ、そういや、噂はきいてます。抱きつき魔の現れる週末や休日前に、ネットで人を集めて秋葉を巡回していると」

「うちの客にも、自警団のメンバーがいてな。ゴールデンウイーク中は、フル回転だったそうだ」

「その自警団、昨晩は？」

「昨日の今日じゃ、わかるわけないだろ。調べるのはてめえの仕事だ、このスカタンが」

「ミナミさん、今度ドロンジョさまのコスどうすか？　似合いますよ」

権田が太い親指を突き出し、たちまちオーナーから罵詈《ばり》雑言《ぞうごん》の雨霰《あめあられ》が降る。その最中、扉がノックされた。顔を出したのは、メイドのひとりだった。

「あのう、あとふたり、警察の方が見えて……」

メイド服を押しのけるように入ってきたのは、ふたりの私服警官だった。四十前後の、日焼けしている割には不健康そうな中年男と、たぶん権田と同じくらいだろう、三十前と思《おぼ》しき刑事は何かに似ている。

「苑世橋署刑事課の、大前田《おおまえだ》です」中年が名乗り、

「岩瀬《いわせ》です」

おっとりとうなずいた若い刑事は、やはり何かを彷彿させる。少し考えて、カピバラだ、とひらめいた。ずんぐりした鼻と眠そうな目の動物に、岩瀬という刑事はそっくりだった。

「ご苦労さまです」

入口側にいた権田が立ち上がり、敬礼した。一方の中年刑事は、マントヒヒに似ている。自分よりふたまわりは大きな権田を、威嚇でもするようにじろりと睨《にら》み上げた。

「初動捜査、ご苦労。もう帰っていいぞ。報告書は出しとけよ」

確かに現場にいの一番に駆けつけるのは、交番勤務の警察官だ。子供のころ、家に空

巣が入ったことがあり、季穂は覚えていた。父親が一一〇番し、最初に制服警官、次に私服刑事、最後に鑑識官がやってきた。つまりは交番のおまわりさんが、まず事件の概略をきき、次いで私服警官が詳しい事情聴取を行い、必要なら鑑識が呼ばれる。軽犯罪の場合は、そのような手順が踏まれるのだろう。ただ、大前田という中年刑事の態度には、権田に対する侮蔑《ぶべつ》めいた敵愾《てきがい》心が、明らかに透けていた。

権田の方は、顔色ひとつ変えない。ふてぶてしいまでの無表情だ。ミミとオーナーへの聴取も、ひととおり済んだと判断したのだろう。うす、と低く返事して、先に控室を出た。

とたんにマントヒヒが、ウキャッ、と鳴いた――。季穂には、そうきこえた。

大前田の血走った目は、向谷に注がれていた。権田の巨体に阻まれて、それまで見えなかったようだ。

「き、き、き……」

「あ、大前田係長、お久しぶりです」

「貴様――っ！　何でここにいる！」

「また謹慎になりまして、権田先輩のところでお世話になってます。あ、理香《りか》さんはお元気ですか？」

「人の元女房の名を、気安く呼ぶなあっ！　だいたい、いい歳して離婚なんて羽目になったのも、もとはと言えば……」

「係長、落ち着いて！　職務中ですよ！」

カピバラ刑事が、懸命に押さえつける。猛《たけ》り狂ったマントヒヒさながらの姿に、ミナミオーナーもふたりのメイドも呆気《あっけ》にとられている。

「向谷、行くぞ。係長、失礼します」

これ以上の面倒はご免だとばかりに、権田は向谷を連れて、さっさとメイドカフェを後にした。雑居ビルの外に出ると、向谷がぽつりと呟《つぶや》いた。

「大前田係長の離婚の原因て、やっぱり僕なのかな？」

「たりめえだろ。ま、あんな男が旦那じゃ、遅かれ早かれってところだろうがな。奥さんの方は離婚して、大いにせいせいしているそうだ。署長の話じゃ、長年の夢だった雑貨店をはじめたそうでな、けっこう繁盛してるってよ」

「そうかあ、理香さんが幸せなら、僕も幸せです」

「おまえの記憶力が発揮されるのは、関わった女の名前だけだな」

――できれば足子ではなく、渡井季穂という名で記憶してほしい。

切に願いながら、昼食を仕入れにコンビニに吸い込まれる、ふたりの後を追った。

「先輩、もしかして足子さんを襲ったのも、同じ抱きつき魔じゃありませんか？」

先留交番に戻ると、権田は公務に忙殺されたが、合間を縫ってはパソコンに向かった。

この男の何よりの相棒は、傍らにいるイケメンではなくパソコンに違いない。

権田からは禁止令が出ていたが、ベッドに座った向谷のとなりに季穂も腰を下ろした。ここからなら、モニター画面がよく見える。向谷は気づいたようだが、微笑んだだけで何も言わなかった。

管轄内の事件だから、権田はすでに抱きつき魔についての調書はもちろん、記事や噂などもひととおり目を通していたようだ。すでに発生した四件の事件は要領よくまとめられ、権田はこれに昨夜の五件目を追加した。

最初の事件は、四月第一週の土曜日に起きた。その後、同月の第三週と第四週、四件目は五月三日、祝日の日曜に起きている。共通項はやはり、休前日の深夜に起きるということと、襲われた被害者すべてが、メイドカフェに勤めるキャストということだ。

「足子さんも抱きつき魔に遭遇して、誤って殺されてしまったとか……」

モニターを覗き込みながら、向谷は思いついたように口にしたが、

「いや、違うだろうな」権田は言下に否定した。「狙われたのはすべて、いかにもな萌え系ばかりだ。童顔でふっくらめで胸がでかい、それが犯人の好みだろう。玲那とは、タイプが違い過ぎる」

――どうせ、あたしの胸はBカップですよ。一応、卑屈な突っ込みはしておいた。

メイドカフェは大きく分けて、正統系と萌え系のふたつに分類される。正統系はいわゆる喫茶店としての質と、メイドらしい品や礼儀正しさがコンセプト。萌え系はスイーツな子供っぽさが売り。仕事用の演技もあるだろうが、それが地だという子もいるから

恐ろしい。もちろん、ふたつにきっちり分類できるわけでなく、個性的な店もたくさんある。

コスプレ、学校、鉄道。最近は女子向けの執事喫茶も続々と台頭し、増え続ける外国人観光客向けに、帰国子女や外国人のメイドをそろえ、洋物好きの日本人男子にも大受けしている店もある。桃飴屋も和系が逆に受けて、結構外国人客も多かった。一応、大正浪漫を萌え処にしているものの、犯人が萌え系好みなら、たしかに季穂は除外される。

「何より万一殺しちまったとしたら、それは抱きつき魔にとっては不測の事態だろ？先週に引き続き今週末も出たってことは、そんな突発事故は起こしていないってことになる」

「そうかあ……で、先輩、さっきから何を調べてるんですか？」

今日の報告書はとっくの昔に書き終わり、五つのモニターはまるで本のページをめくるがごとく、次々と画像を変えていく。権田はキーボード上の指の動きを止めて、メインモニターを指さした。

「こいつらだ」

それは一枚の、集合写真だった。十二、三人の男たちが写っており、お決まりのVサインなどをしているが、いずれも格好がダサく、ひと目でオタクだとわかる。その証拠に、背景にある派手な看板は、秋葉原の大手電機屋のものだ。

「この人たちは？」

「ミナミオーナーの話にあったろう、抱きつき魔捕獲を目指す自警団、『秋葉のメイドを守る会』のメンバーだ」

権田が開いたのは、自警団のブログだった。画面を下へと進めると、似たような写真が何枚も出てくる。どうやら活動のようすを、逐一ネットで公開しているようだ。

いちばん最新のものは、ミミが襲われた昨日の晩だった。その日、集まったメンバーを紹介し、ごていねいに夜回りした範囲や状況まで詳しく書かれている。

「会が発足したのは、二件目の事件が起きた後、四月の第四金曜日、二十四日からだ。ちょうどゴールデンウィークにかかるころだからな、その後、土曜を含めた休前日は昨日までに七日あるが、そのうち五日は自警団が秋葉原をパトロールしている」

時間はおおよそ、午後十時から十二時まで。シンデレラさながらだが、これを超えると、終電に間に合わない。路線や日によって終電時間は変わってくるが、ＪＲならまだ余裕、地下鉄だとぎりぎり、という時間だろう。

「で、昨日を含む後半三件の事件が起きたとき、いずれも自警団は活動していたが、彼らを尻目に抱きつき魔は犯行を重ねている」

「運がありませんね」

「いや、三度続けば、運じゃなく作為かもしれねえ」

権田の疑いに、なるほどとうなずいたのは季穂だけだった。

「サクイって、えーと……」

「そこは無視しろ、考えると長くなる。つまりだな、自警団の中に犯人が、あるいは犯人に繋がる誰かが、いるかもしれねえってことだ」

「え――っ！　どうしてですか？　だってメイドさんを守る会ですよ！」

「いいか、これを見ろ」

権田は別の画面に表示した秋葉原の地図に、①から⑤までの赤い番号を入れた。番号は事件の発生した順で、ミミの事件は現場に⑤と記されている。それから地図の広い範囲を、青い線で囲い、斜線を引いた。最新型のモニターは、画面上に手描きができる。

「赤い番号が事件現場、青が自警団が巡回していた範囲だ。何か、気づかねえか？」

あ、と季穂はすぐにわかったが、向谷が答えに辿り着くまでにはたっぷり三分かかった。

「①と②は、青い線の中だけど、③、④、⑤は枠から外れてますね」

権田にしてはよく辛抱した方だ。ようやくかと太いため息をつく。自警団が夜回りしている範囲は、南北はJR中央線の線路から蔵前橋通りまで、東西は中央通りから昌平橋通りまで。ここを各四、五人、三班に分かれて回っていると、権田が説明した。

「秋葉のメイドカフェの大方が、この範囲に集中しているからな、ま、妥当な選択だ。現に最初と二度目の犯行は、この範囲内で起きている」

「なのに三度目以降は、現場があちこちに散ってますね」

そのとおり、と権田がうなずく。③は昭和通りの和泉橋《いずみばし》近く、この辺も案外メイドカフェが多く、④は秋葉原駅の南、万世橋《まんせいばし》を渡った辺り、そして昨夜の⑤は蔵前橋通りを越えた場所にマーキングされていた。

「ミナミさんの前ではすっとぼけたが、こいつらの活動は、以前からチェックしていた」

「そうだったんですか」

「自警団は完全に、犯人に裏をかかれている格好だ。前回までは偶然も考慮したが、三度重なれば、そこには誰かの意図が働いている可能性が大きくなる。作為ってのはそういうことだ」

「じゃあ先輩は、守る会の中に抱きつき魔がいると？」

「そこまでは、まだ何とも……。ただ犯人が自警団を意識して、巡回範囲を避けていることだけは事実だ。あまりにあからさまにも見えてな、それが引っかかるんだ」

自警団のホームページを見た愉快犯的な犯行なら手がかりにはならないが、もしかしたら会のメンバーの中に、犯人と何らかの接点のある者がいるかもしれない。権田はそう考えているようだ。

「今晩も土曜日だからな、自警団が集合するそうだ。おれはこれから集合場所へ行ってみる」

「じゃあ、僕も……」

「おまえには別件を頼みたい。おれがやるより、よほどスムーズだからな」

権田はプリントアウトした数枚の写真を、向谷に託した。

「ええっ！　くりいむ♥カフェのミミちゃんが、昨日襲われたんですか！」

ケロ4《よん》と名乗った男は、権田の話にたちまち目を剝《む》いた。別にケロ1やケロ2がいるわけではなく、自警団のメンバーは互いにハンドルネーム、つまりはネット上でのあだ名で呼び合っているようだ。

どちらにしようか迷ったあげく、季穂は権田についてきた。向谷の行先は、五人の被害者のもと、つまりはメイドカフェだ。元職場とくりいむ♥カフェ、すでに二軒もまわった後だけに、食傷ぎみで行く気になれなかった。

集合時間の午後十時から四分遅れで、今日のメンバーが全員集合した。集合場所は、いまやこの街のシンボルとなった『秋葉原UDX』のエントランス。地上二十二階の高層ビルで、六階までが飲食店やイベントホール、シアターなどの商業施設で占められ、七階から上はすべてオフィス、地下三階までの駐車場も完備されている。

合わせて十三人が、意気揚々と集まったものの、突然現れた制服警官がもたらした悲報は、予想以上に彼らを打ちのめした。

「二度ならまだしも、三度も出し抜かれるなんて……自警団のメンツ、丸潰《まるつぶ》れじゃん」

ケロ4ががっくりと肩を落とし、他のメンバーたちにも意気消沈の気配が広がる。

「メイドを守るじゃなく、守れない会だよな」

「そろそろネットで、バッシングされるレベルだな」

「昨日出たってことは、今日はまず休みだろ？　回る意味なくね？」

ため息の合間に、ぼそぼそとネガティブな会話が交わされる。

「自警団のリーダーは、あなたですか？」

大学院生だというケロ4に、権田がたずねた。ブログを管理しているのは、この男だ。

「そうですけど……おれだけじゃなく、三人でまとめ役をやってます。おれとこの銀《ぎん》バッタと、あともうひとり、会社員のＤＡＩＣＨＩさんです」

ケロ4より少し下、大学生くらいに見える中肉中背の男を示す。わざわざ名前に合わせているのか、やたらと目にまぶしい銀色のスタジャンを身につけている。そのポケットに両手を突っ込んだまま、権田に向かってかるく会釈した。

「あなた方三人は、どういったお知り合いですか？」

「僕ら三人とも、一人目の被害者の、そらんちゃんのファンなんです。だからすげー頭にきて、チャットで抱きつき魔をボロクソにこき下ろして……そのときに自警団の話が出たんです。で、有志を集めてやってみようってことになって」

半ばノリで立ち上げたようだが、一応、会のリーダーとして、三人のうちの誰かは必ず参加できるようスケジュールも調整しているという。ただ、大学三年の銀バッタは就活まっただ中であり、会社員のＤＡＩＣＨＩも時間が限られている。それで自分がブログを管理し、メンバー招集も行っていると、ケロ4は語った。

「ここにいるメンバーの中で、昨日も参加した人は？」

警官の問いの意味を、考えているのだろう。互いに顔を見合わせながら、それでもケロ4を含む半分ほどが、手をあげた。

「ホームページを拝見しましたが、いつも三班に分かれて行動していますね？」

「はい、一班につき、最低四人は入れようって決めていて。おれたち体力には自信ないし、万が一、犯人に抵抗されたときのことを考えて」

「回るルートなどは、決めてますか？」

いいえ、とケロ4は首を横にふった。

「こっからここまで、と範囲だけ決めて、あとはメンバーに任せています」

一班が回る範囲は、そう広くない。何度も同じ道を、くり返し歩き回ることになるが、パトロールとしては悪い方法ではない。

「トイレに行ったりとか、わずかな時間でも個人行動する場合はありますか？」

「いえ、たぶんないと思います……トイレはコンビニか、その辺のビル内のトイレを利用するけど、たいてい他のメンバーも外で待ってるし……」

こたえたケロ4が、急に不安そうな顔になった。

「もしかして、おれたちを疑っているんですか？」

「いえ、そういうわけでは。あくまで、念のためです」

権田は即座にこたえたが、ケロ4の不安が、メンバーたちにも伝染する。

「パトロールしながら犯行におよぶなんて、不可能です！　犯行現場までは、走っても往復十分はかかる距離だし、そんなに長いあいだパトロールを抜けたら、他のメンバーだっておかしいと気づきます」

ケロ4の訴えに、何人かが同調するように互いにうなずき合った。

「ある意味、昨日、会に参加したメンバーは、アリバイ成立と考えていいと思います」

断言したケロ4に、剣呑な声が応じた。

「じゃあ、昨日の会に出てないおれたちは、アリバイがないってことかよ！」

鋭い目を向けたのは、銀色スタジャンの銀バッタである。彼は手をあげなかった数人のひとりだ。彼と同じ立場の数人が、ざわつきはじめた。

「違うって、バッタ！　そんなこと、言ってないだろ」

「言ってるのと同じだろ。自分だけ安全地帯に逃げ込みやがって」

完全にスネてしまったのか、銀バッタがぷいと横を向く。就活中の大学生にしては、子供っぽい危うさが抜けきれていない。

昨日の出席者と欠席者のあいだに、淀んだ空気で満たされた大きな溝があいた。その重苦しさに耐えかねたように、銀バッタと同じ欠席者のひとりから声があがった。

「だから、言ったんだ。守備範囲を広げようって……なのにあんたらが反対するから」

「何だと？」

銀色のスタジャンが、ぎらりとふり返る。加勢するように、別の男が応戦した。

「だよな。三度目のときも四度目も、犯行現場はおれたちのパトロール範囲から外れてた。巡回範囲を広げるべきだって提案があったのに、リーダーのおまえらが却下して……」

「あれは、何度も話したろう！　範囲が広がれば、それだけ守りが手薄になる」

気嫌を損ねた銀バッタの代わりにケロ４がこたえたが、さらに別のメンバーが便乗した。

「一班の人数を減らして、班を増やすって案もあったろう？」

「犯人に遭遇したら二、三人じゃ危険過ぎる。もう少しようすを見て、それから考えようって、皆で話し合って決めたじゃないか」

「決めたってより、あんたらに押し切られたって感じだったよな」

さっきよりも鋭い亀裂《きれつ》が、今度はリーダー格のふたりと、メンバーのあいだに走る。

人間のエゴを、まのあたりにしている気分だ。

メイドを、つまりは友達ですらない赤の他人を守るために——いわば義憤にかられての勇敢な行動のはずが、警察という絶対権力を前にしたとたん、上っ面のメッキがたちまちはがれる。誰もが岸のこちら側に留《とど》まろうと必死だった。秋葉原の悪意を煮詰めたようなじっとりと湿った雰囲気に、ケロ４はとまどっているばかりだが銀バッタはついにキレた。

「ああ、そうかよ！　おれたちが抱きつき魔だってなら、勝手にそう思ってればいいさ！」

「おい、バッタ、やめろって」

ふだんは影が薄く、ろくに自己主張しない人間ほど、キレると手がつけられない。なだめようと肩に手をかけたケロ4を、乱暴にふり払う。

「もういいよ、こんな会やめてやる！　それで文句ないだろ。メイドを守る会は、今日で解散だっ！」

銀バッタの怒りに気圧《けお》されて、皆が一様に黙り込む。キレるのが勲章のようなヤンキーと違って、オタクという人種は、日頃は人畜無害な輩がほとんどだ。決して世界の中心にはおらず、隅っこに見つけた陽だまりで、日がな一日ぬくぬくと妄想に浸る。二次元や趣味が媒体となって創り出される仮想世界。その中でだけ、彼らはヒーローやヒロインとして、その真ん中に君臨できる。

あまりにさもしくて、季穂はどうしてもそういうところが好きになれなかった。それでも、いまこうして彼らの生の声をきいていると、少し違う感覚に襲われた。

――こいつらも、ちゃんと生きてるんだな。

唐突に、思った。人でいる限り、感情からは逃れられず、ただ現実で感情を暴発させることを恐れている――。季穂には彼らが、そんなふうに見えた。

火薬を撒《ま》いたのは自分たちなのに、銀バッタの起こした爆発が大き過ぎて、どうしていいかわからない。事態の収拾がつけられず、誰もが手をこまねいているのだろう。季穂の方がやきもきし、ぼんやりと突っ立っている警官に訴えた。

──ちょっと、あんたが何とかしなさいよ。もとはと言えば、あんたが蒔《ま》いた種でしょ。

唯一の通信手段たる向谷もおらず、当然、伝わるはずもない。権田はただ、表情のない細い目で、彼らのようすをながめていた。まるで虫かごの中を観察するような、冷淡かつ客観的な視線だ。

しかしそこに、意外な救世主が現れた。リーダーその三だ。

「何だよ、まだここにいたのかよ。てっきり先に行ってると思って、ドンキの辺りで待っちゃったよ」

「DAICHIさん！」

タイミングよく台詞《せりふ》が決まったように、同時に何人かが叫んだ。ケロ4と銀バッタとともに会を立ち上げた、DAICHIだった。びっくりしながらケロ4が声をかける。

「どうしたんすか？　今日は出張で戻れないって」

「うん、予定より早く仕事が片づいてさ、十時過ぎに東京駅着ののぞみに乗れたんだ」

三十を超えたくらいか、決してイケてはいないものの、オタクにしてはかなりまともに見える。たぶん、身につけているスーツのせいだろう。スーツ&ネクタイというのは、ダサい奴ならなおさら、男を上げる何よりのアイテムだ。

「東京駅に降りたとき電話したのに、ケロもバッタもガン無視だしさ」

「すんません、ちょっととり込んでいて……」

ケロ4が、ちらりと権田を見上げる。

「ていうか、何事？　遠くから見たら、おまわりさんいるからさ、びっくりしたよ」

DAICHIも最初から、権田の存在には気づいていたようだ。あらためて権田から昨夜の事件をきいて、さらに驚き、そして消沈する。

「そっか、また捕まえ損ねちゃったのかあ……そりゃみんな、がっくりくるよな」

さすがに社会人はひと味違う。その場の空気の悪さも、肌で感じていたのだろう。

「こいつら、おれたちが抱きつき魔だって、疑ってるんすよ」

ぼそりと銀バッタが告げ、たちまち何人かが否定する。

「誰もDAICHIさんが犯人だなんて、言ってねえだろ」

「だったら、おれとケロさんかよ！」

銀バッタがいきり立ち、ふたたび場が緊迫する。しかし今度は、ストッパーが機能した。

「待て待て待て、待てって！　落ち着けよ」

DAICHIはひとまず皆を収め、これまでの経緯をざっと確かめた。諍《いさか》いの原因を知ると、なんだという顔をする。

「たしかに三回連続で裏をかかれたら、疑心暗鬼にもなるよな。守備範囲とパトロールの方法は、もちろん再検討の要ありだけどさ。ただ、おれもケロ4も銀バッタも、抱きつき魔にはなり得ない。それこそ、アリバイがちゃんとあるだろ？」

何だったろう？　ごく簡単な答えを度忘れしたように、皆の視線が斜め上に向けられる。

「おいおい、しっかりしてくれよ。パトロールと事件が重なったのは、昨日だけじゃないだろ？」

あ！　と同じ電球マークが、全員の頭にぴこんとついた。

「そっか、昨日だけじゃなく、三度目と四度目の犯行のときもパトロールはあったんだ」

「そゆこと。しっかりしてくれよ、ケロ4」と、DAICHIが苦笑する。「まず、昨夜の夜回りにはケロ4がいたんだろ？　だから少なくとも、ミミちゃんを襲ったのはケロ4じゃない。銀バッタは昨日は欠席だけど……ええっと、たしか……ああ、これ！　ほら、三度目と四度目の犯行の日は、銀バッタが参加してる」

DAICHIが自分の携帯を操作して、季穂もその背後にまわった。表示されているのは、守る会のブログ写真だ。

「ちなみにおれも、ここ何回かは仕事で欠席続きだけど……うん、三度目に事件が起きた日は、ちゃんと出てる。これでおれたち三人のアリバイは確定！　ですよね？　おまわりさん」

携帯を指でなぞり、画面を上下にスクロールさせて権田に見せた。

「なりますね」

　権田が即座に断言し、それまでの険悪な緊張感が一気にほぐれた。

「何だ、おまわりさんが変なこときくから、おれたちもちょっと洗脳されちゃったよ」

「てか、事件の起きた日に欠席してた奴が、ヤバいじゃん」

「うわ、おれ、大丈夫かな？」

　全員がいっせいに携帯を操作しはじめ、それはそれでちょっと異様な光景になる。自分のアリバイが確定したのか、ひとりが携帯をポケットに収めて向き直った。

「すみませんでした、DAICHIさん。ケロ、バッタ、ごめんな。一瞬でも疑ったりして悪かったよ」

　未だに不満そうに口を尖《とが》らせながらも、バッタが謝罪を受け入れるように軽くうなずく。ケロ4はあからさまにほっとして、DAICHIと嬉しそうに笑い合った。

「おれたちのことよりもさ、メイドさんのことを考えてあげようよ。本当に恐い思いをしたのは、彼女たちだろ？　それがこの会の発足理由で、存在意義なんだからさ」

　DAICHIの所信表明に、にわかに使命感に目覚めたようだ。おう、だの、そうだよな、だのメンバーから声があがり、かなり時間は遅くなったものの、全員一致でパトロールに出ることが決まった。抱きつき魔は、連日出没することはまずない。今日のところはひとまずいつもどおりの範囲を回ることとなり、ケロ4が手早く三班に分けた。メンバーたちがぞろぞろと動き出す。ちょうど背を向けていたために、よけるのが一瞬遅くなった。背後から近づいた男が、季穂の中を通り抜けた。

そのとたん、まるでフラッシュバックのように、たとえようもない悪寒に襲われた。

――大丈夫、大丈夫、**大丈夫！**……おれの犯行だと、バレるはずがない！

あのときと同じだ――。稲香村の駐在所前、妻の不倫を暴こうと怒り心頭でやってきた村長。入口にいる季穂に気づかず、村長が通り過ぎたとき、たしかにきこえた――アノヤロウ、ブッコロシテヤル、と。

村長の強烈な憎しみとは、少し違う。恐れと不安、そして、いくばくかの快感。

――こいつが、抱きつき魔だ！

「そういえば、たいしたことではありませんが、もうひとつだけ」

リーダー格の三人が、それぞれの班のしんがりにつく前に、権田はあることを確認した。

「おまわりさん、僕ら何だって協力しますから、一日も早く抱きつき魔を捕まえてくださいね」

ＤＡＩＣＨＩが熱っぽく権田に訴え、三人も夜回りの行列の最後尾についた。

その背中を睨むように、季穂は見送った。

抱きつき魔は、あの三人の中のひとりだった。

「おう、お疲れい」

自分より一時間遅れで戻った向谷に、権田はめずらしく労《ねぎら》いの言葉をかけた。

「で、どうだった？　収穫はあったか？」

「はい、バッチリです。……でも、良かったんですかね？　謹慎中なのに、きき込みなんかして」

「別にきき込みじゃねえよ。手錠も警察手帳ももたず、ただメイドカフェにメイドとダベりに行った、それだけだろうが。それより、とっとと結果を話せ」

はい、と向谷は羽織ったブルゾンのポケットから、五枚の写真をとり出した。守る会のメンバーたちの集合写真だった。出掛ける前に権田が渡したものだが、検《あらた》めるなり不機嫌なトドのように鼻を鳴らした。

「おい、どこにも印ついてねえじゃねえかよ……誰も該当者が、いなかったわけじゃねえだろうな？」

「ちゃんといましたよ。ええと、一人目の被害者のそらんちゃんのところには、この人とこっちの二人と、あとこの真ん中に並んだ三人。次の被害者のらびちゃんは、この人とこの人と、この端っこにいる人。で、三人目の……」

「おまえ、マジで全部覚えてんのか？」

「嫌だなあ、そんなのあたりまえですよ。女の子が一生懸命、真剣に話してくれたことを、忘れるはずないじゃないですか」

「その記憶力が、他にはまったく生かされないとは……どういう構造になってんだ、その頭は？」

　どうやらこれは、向谷の特技であるようだ。女の子の――しかもおそらくは、当人が辛い状況にあるという限定下で発揮される、特殊技能と思われる。権田もそれを承知で、抱きつき魔の被害者たちへの確認作業をこの後輩に頼んだようだが、想像をはるかに超えていたのか、しばしあんぐりと口をあけた。

「ふんふん、つまりは総勢三十一人のメンバーの中で、過半数の十七人が、被害者たる五人のメイドのもとへ、実際に顔を出していた連中ってわけだな？」

　権田は向谷から得た情報を、ただちにパソコンに入力し、表にまとめた。横軸に会のメンバー、縦軸に被害者の名がならぶ。スポーツなどで見かけるリーグ戦、つまりは総当たり戦の結果表に似ている。

「なるほどな……だいぶ絞れてきたぞ」

「十七人もいたら、絞りよう、なくないですか？」

「そうでもねえよ。鍵は一人目の被害者だ」

「そらんちゃん、ですか？」

「いいか、抱きつき魔事件の発端は、このそらんだ。そらんは秋葉原じゃ超売れっ子のメイドでな、他の店にいたのを、最大手と言われるメイドカフェに引き抜かれた。それが今年の一月だ」

　はあ、と向谷は要領を得ないような相槌を返したが、権田の言わんとすることが、季穂にはおぼろげながら見えてきた。

そらんはメルヘン系の、アットホームな雰囲気の小さなメイドカフェにいたが、秋葉原だけで六店舗、さらに中野、池袋、新宿と、大阪《おおさか》にまで進出している大手に移籍した。

一店舗のみの小さなカフェなら、時間さえ合えば、お気に入りのメイドと会うことができる。しかし大手では、システムがまったく違う。各店舗常駐のキャストもいるにはいるが、人気の高い女の子たちは別格だ。ユニットを組んでCDを出したり、撮影会を開いたり、ブロマイドに写真集、関連グッズと、いわばアイドルと同じあつかいだ。

彼女たちは当然忙しく、店に出る時間も限られてくるし、どこの店に入るかも情報はつかみづらい。第一被害者のそらんも、そういう別格キャストのひとりだった。

「今日はこれから、A店でお給仕です」とか、「おきゅ～じならうです。十六時まで」とか、店のホームページ内には各々のメイドがブログを載せているものの、基本は給仕直前、あるいは真っ最中に告知される。ちなみに入り時間が遅れたりした場合はすべて、「妖精《ようせい》さんの都合」となる。

学生とかニートとか、比較的時間に余裕のある人間が、ブログを見てそれっと駆けつけたとしても、同様のファンが多ければ、キャストと話す時間は自ずと目減りする。片道一時間以上かけて秋葉原に来ても、五分もしゃべれないことさえあるのだ。

いまの店のファンなら諦《あきら》めもつくだろうが、元の店からのそらんファンにしてみれば、際限なく欲求不満が高まるに違いない、と容易に想像がつく。今年の一月、移籍後から溜《た》め込んで、二月、三月と我慢に我慢を重ねたあげく、ついに破裂した。

季穂の思い描いたとおりの顚末《てんまつ》を、権田が向谷に語る。

「二人目のらびは、そらんと雰囲気は似ているが、さほど人気のあるキャストじゃない。もちろん人の好みはさまざまだから断定はできねえが、そらんを練習台にして、らび以降が本番というのは、ちょっと考えづらい」

「じゃあ先輩は、抱きつき魔はそらんちゃんのファンの中にいると思ってるんですね？」

「ああ、しかも前の店からのそらんファンだ。そこもちゃんと、確かめてきたんだろうな？」

「はい、バッチリです」

ボキャブラリーの少ない向谷が、決まり文句で応じた。写真の中から一枚を抜き出して、毛羽立った畳の上に並べる。秋葉のメイドを守る会が発足した、第一回の記念すべき集合写真だ。初回だけあって、どの顔も期待だか興奮だか、わからないものに満ちている。

その顔を見て、季穂は遅まきながら気がついた。運よく犯人を捕まえる、あるいは女の子を助けることができれば、少なくとも当のメイドから直に、感謝の言葉くらいはもらえるはずだ。縁もゆかりもない自分が、その日から相手にとって特別な存在となる――そんな妄想を抱いているんだろう。所詮《しょせん》人間は、見返りがなければ行動しない。

きれいごとを並べておきながら、結局はそこかよ、とひそかに突っ込みを入れながらも、単純に軽蔑する気にはなれなかった。欲を捨てられず、欲によって動くのが、生きている証《あかし》だからだ。こんなことを思うようになったのも、やはり死んでしまったためかもしれない。

「以前の店からのお馴染《なじ》みさんは、この真ん中の三人です」

向谷が写真の前列真ん中を指でさす。

季穂の物思いには気づくはずもなく、向谷が写真の前列真ん中を指でさす。

「これはまんま、会のリーダー株の三人じゃねえか」

向谷が示したのは、さっき会ったばかりのケロ4と銀バッタ、そしてDAICHIだった。うーむと権田は顎に手を当て、おっさんくさい仕草で写真に見入る。

「おそらく連中は、そらんの元いた店の常連で、顔馴染みだったんだろうな。同じキャスト目当ての客同士ってのは、互いに牽制《けんせい》し合うからな。案外、口はきかねえものだが、そらんが移籍したことで、仲間意識が芽生えたのかもしれねえな」

以前はそらんをめぐるライバルだったのが、移籍後は同じ痛みを抱える同志となった。

権田はそのように推測したが、表情は冴《さ》えない。

「三人ともにそらんファンじゃ、絞り切れねえな」

——ああ、もう！　犯人はとっくに、わかってるのに！

叫ぶための声は出ず、差し示すための手もない。じれったくてならなくて、思わず地団駄を踏んだ。

――ええい、仕方ない！

それまで権田の私室の戸口辺りに立っていたが、季穂はつかつかと歩み寄ると、ふたりの警官のあいだから右足を伸ばした。

「あれ、足子さん、どうしたの？」

「おい、足！　てめえはパソコンに近づくなと、言っただろうが」

たちまち苦情が降ってきたが、構っている暇はない。季穂は右足で、犯人の顔を懸命に示した。

「だめだよ、足子さん。写真を踏んづけちゃ。行儀悪いよ」

向谷はまったく察してくれず、腹立ち紛れにこいつだと、何度も写真を踏みつけた。

「いや、待て。写真を踏んでるってことは……もしかしたら、足、おまえ犯人を知っているんじゃねえか？」

幸い途中で、権田が気づいてくれた。大急ぎで右足を戻し、マルと作る。

「足子さん、本当に抱きつき魔犯がわかるの？」

「どいつだ？」

「うーん、この辺かな……」

向谷は、困ったように首をかしげた。写真が小さいから、集合写真に足を載せると、親指だけで二、三人の頭にかかってしまう。

「よし、足、マルバツでおれの質問にこたえろ、いいな？」

季穂がOKの代わりにマルを見せ、いつものごとく向谷が通訳する。

「まず、おれが犯人だとにらんでいるのは、この三人だ。会の発起人たる、ケロ4と銀バッタ、それとDAICHIだ。この中に、犯人はいるか？」

――マル。

「じゃあ、順番に行くぞ。まずはこいつだ……。違うか？　次はとなりのこいつ」

季穂は続けて、バツを二度繰り返した。

「それじゃあ、犯人は、残ったこいつなのか？」

――マル！

「この男が、抱きつき魔？　足子さん、間違いないんだね？」

向谷の念押しに、季穂はみっともなさも忘れて、ガニ股でひときわ大きなマルを示した。

「そうか、こいつか……でかしたぞ、足！　感謝状ものだ」

「でも足子さん、どうして犯人がわかったの？」

どうしてと言われても、こたえようがない。三つのボキャブラリーしかもたない季穂には、英語の五W一Hにあたる質問は高度過ぎる。

「まあ、そいつは後で、じっくりききゃあいい」

「後で、じっくり？　先輩、どうやって？」

向谷と並んで季穂も首をかしげたが、権田には幽霊と意思疎通するための、とっておきの秘策があるようだ。しかしいまは、抱きつき魔の方が優先事項だ。

「足のことは後だ。それよりも、こいつのアリバイを崩すのが先だからな」

と、権田はふたたびパソコンに向かった。次々と切り替わる五つの画面は、相変わらず読む暇もないほどだが、権田の意図を季穂は察していた。

犯人はわかっても、謎はもうひとつ残っている。さっきＤＡＩＣＨＩが説明したとおり、三人にはそれぞれアリバイがある。五件の犯行すべてを、どうやってこの男が行ったのか、その謎を解かなければならない。

「そういや、弦、もうひとつの方はどうだった？」

「もうひとつって？」

「煙草だよ、煙草」

五人目の被害者ミミは、犯人の息が煙草臭かったと語っている。権田はすでに調書をチェックしていたが、他の被害者からはそのような供述はなかったと言っていた。

「ああ、そらんちゃんが、そういえばって思い出してくれました。やっぱり犯人は煙草臭かったって。他の三人は、気が動転してたこともあって、気づかなかったそうです」

「その三人のメイドの中で、喫煙者はいるか？」

「ええっと、二人目のらびちゃんだけです」

「仕事終わりに一服したいのが、喫煙者の性《さが》だからな。自分が吸った直後とすると、らびが犯人の臭いに気づかないのもうなずける。……てことは、よっしゃ、でかしたぞ、

た。

弦。これでアリバイも木端微塵《こっぱみじん》だ」

「本当ですか、先輩？」

「ま、後は明日のお楽しみだ」

翌日の日曜日。権田は朝、連絡をとり、守る会のリーダー三人を先留交番に呼び出した。

「すみません、せっかくのお休みに、わざわざご足労いただいて」

いつもの無表情で、権田が空々しい台詞を口にする。

「何でも協力すると言ったのは嘘じゃありませんし、目的地が秋葉なら苦にはなりませんよ」

DAICHIが社会人らしく応じて、ケロ4と銀バッタも小さくうなずく。机の向こう側にパイプ椅子を三つ置き、権田は三人を座らせた。時計の針は午後一時をさしていた。

「で、僕らに見てほしいものって、何ですか？」

「はい、こちらです」

権田がスチールデスクの抽斗からとり出したのは、ビニールの小袋に入った煙草の吸殻だった。吸殻は一本ずつ小分けにされ、全部で四本。どれも同じ銘柄だが、一本だけ、火をつけてすぐに慌てて消したかのように、長い煙草が半分くらいで折れていた。

「これって、もしかして……犯人の遺留品てやつですか？」

「おそらく。というか、そう目されているものです。これが第一の事件、これが第二、そしてこの長い一本を含めた二本が、一昨日、第五の現場周辺で発見されました。もっと詳しく言うと、犯人が被害者を待ち伏せしていたと思われる場所に落ちてました」

千代田区の条例では、路上喫煙は禁止されている。昼日中はほとんど見ないが、深夜の人気の少ない場所だから、犯人も油断したのだろう。ビルや街路樹の陰、あるいは民家の隙間にあいた狭い空間などで、吸殻は発見された。

「昨日の別れ際、メンバーの中に喫煙者はいるかとたずねたのは、このためだったんですね？」と、ＤＡＩＣＨＩが納得顔になる。

「犯人はたぶん、気を落ち着けるために、犯行前に一服するのが癖だったんでしょう。一昨日の被害者だけは、忘れ物に気づいていったん店に戻った。それでいつもより十分ほど遅れたそうです。待ちきれなくて、二本目に火をつけたところにようやく被害者が現れた」

「それ、ＤＮＡ鑑定とかは……」

「もちろん、一致しましたよ」

自信たっぷりの態度に、季穂が内心で鼻白む。

権田は、嘘はついていない。たしかに一度目と二度目の吸殻は、付着していた唾液《だえき》のＤＮＡが一致した。いま権田が見せているのも、苑世橋署から借りてきた本物の証拠品だ。ただ五度目の品だけは、事情が違う。なにせ一昨日深夜の犯行だから、鑑定はまだ終わっていない。現物は未だに科捜研こと、警察の科学捜査研究所にある。つまり五度目の証拠品だけは、権田が作成したフェイクであり、権田もすべてが一致したとは告げてはいない。

それでも効果は十分だった。話の途中から、三人のうちのひとりが、明らかに顔色を変えた。これでは自分のものだと白状しているに等しい。

権田が、にんまりと笑った。いや、表情は微塵も変わっていない。なのにチェシャ猫のような嫌あな笑みが、季穂にははっきりと見えた。

「銀バッタさん、この吸殻、あなたのものですよね？」

本人は、何もこたえない。ただ挙動不審は明らかだ。銀色のスタジャンの肩が、かくかくと震えている。

「ちょ、それ、どういうこと？　まさか、こいつが犯人だとでもいうんですか？」

ＤＡＩＣＨＩが慌て出し、ケロ４も懸命に訴えた。

「だって銀バッタには、ちゃんとアリバイがあるんですよ！　三件目と四件目のときは、会に参加して、皆と一緒に夜回りをしていた。駅の反対側とか、神田川の向こう岸で事件を起こすなんて、絶対に不可能です！　それに吸殻だって、その二件では見つかっていないんでしょう？」

ふたたび権田が、あの嫌あな笑みを無表情で浮かべた。

「ずいぶんと、詳しいですね、ケロ4さん？」

「え、そりゃ……守る会として事件のことは調べましたから……」

　年上のふてぶてしさか、銀バッタとは対照的に、ケロ4は顔色を変えるような真似はしていない。ただ さっきから、汗がすごい。こめかみや首筋から、油のような大きな水滴が浮いては流れる。権田が、最後通牒《つうちょう》を突きつけた。

「三件目と四件目の抱きつき魔は、あなたですね？」

「違う！　おれは何も……」

「あなた方ふたりが共犯なら、アリバイも成立しない。辻褄《つじつま》が合うんですよ」

「嘘だろ……おまえたちが、犯人なんて……」

　ふたり以上に愕然《がくぜん》としているのはDAICHIだ。半ば焦点の合わない目で、仲間のはずのケロ4と銀バッタをながめる。

「最初は、DAICHIさん、あなたも容疑者のひとりでしたが、すぐに外しました。遠くからおまわりさんが見えて、何事かと駆けつけてきた。あなたはそう言いましたよね？　私のようなでかい警官を目にすれば、後ろ暗い犯罪者ならまず本能的に避ける。このふたりをあえて助けに来たとも考えられますが、印象はシロだった。警官のカンてやつは、馬鹿にならないんですよ。なにせ毎日のように犯罪者を見ていますから。そんな特殊な環境にあるのは、警察官だけですからね」

　権田はえらそうに御託を並べたが、DAICHIはろくにきいていない。そして犯人のひとりは、まだ諦めてはいなかった。

「おれはやってない！　だいたいおれには、銀バッタのような証拠もないじゃないか！」

これまででいちばん、深く真っ黒な亀裂が、ふたりのあいだに口をあけた。銀バッタの震えがぴたりと止まり、亀裂の底のような目玉が、ゆっくりとケロ4に向けられた。

「おまえ、裏切るのかよ？　おれを、見捨てるのかよ？」

「馬鹿、よせ！　それ以上、何もしゃべるな！」

「おれを……おれだけを警察に売って、自分は知らぬ存ぜぬを通すつもりかよ！」

「違うって！　その吸殻だって、おまえが吸ったって証拠にしかならない。犯行とは直接結びつかないんだ。だから……」

ケロ4は必死に弁解するが、放ってしまった失言はとり戻せない。

「冗談じゃねえよ……おれだけ捕まるなんて理不尽なこと、絶対に嫌だ！」

銀バッタが、くるりと身をひるがえした。三人並んだいちばん端にいた彼は、権田からもっとも遠く、そして交番の出口にもっとも近かった。しかし権田は慌てない。

「弦、仕事だ」

「はい、先輩！」

三人が交番内に入った後に、外で待機していた向谷が、すかさず出口をふさぐ。

「どけ、邪魔だ！」

私服の向谷は、警官に見えなかったのだろう。銀色のスタジャンが思い切り突進する。そのからだが、バウンドでもするように、後ろにはねとばされた。向谷は足を肩幅に開き、両手を両脇に下ろした格好だ。指一本すら動かしていないのに、まるでバネでできた壁にぶち当たったかのように、銀バッタのからだは交番の内に引き戻されて、床に派手に尻もちをついた。

「ほい、公務執行妨害で現行犯逮捕。午後一時二十二分と。こいつも一応警官でな」

「僕が休職中でも、それ当てはまりますか？」

「細かいことは気にするな。不測の事態だから何でもアリなんだよ。それよりその技、面白えな」

「合気道の応用です。からだを地面に固定させて、相手の力で相手をはねとばすんです」

にっこりとこたえた向谷が、銀バッタを後ろ手に拘束し、権田が手錠をかけた。無機質な金属音に、ケロ4のからだがびくりとはずむ。

「おれは、やってない……証拠だってないんだから……自白さえしなければ……」

「大丈夫ですよ。あなたの証拠も、ちゃんとありますから」

と、権田は机の抽斗から、別のビニールの小袋をとり出した。中には、ピンクの花形のピアスが入っている。

「これは三人目の被害者が身につけていたもので、犯人の唾液が検出されました」

どうやら耳フェチの気があったようで、三人目と四人目の被害者はやたらと耳を舐められていた。一、二、五人目はそれがなく、ふたり共犯説、あるいは別の便乗犯と警察は見ていたようだ。

「たぶん間違いなく、あなたのDNAと一致するはずですよ、ケロ4さん」

それまで抵抗をやめなかったケロ4が、刑事ドラマの犯人さながらに、がくりと首を落とした。

「本当……なのか、ケロ4？　本当におまえと銀バッタが、抱きつき魔の犯人なのか？」

返事の代わりに、ケロ4はスチールデスクに突っ伏した。

「どうして……何だって、そんなことしたんだよ！」

向谷に両腕を押さえられ、床に胡坐《あぐら》をかいた格好の銀バッタから、すすり泣きがもれた。

「おれの……おれだけのそらんちゃんが、どんどん遠くに行っちまう。それがどうしても、嫌だった、許せなかったんだ……」

「おまえたち最初から、そのつもりでおれを利用したのか？」

「それは……」と、銀バッタは唇を噛んだ。ちらりとスチールデスクを仰いだが、ケロ4は突っ伏したまま黙秘を続けている。たぶん、こういうことだと思います、と権田は、数枚のコピー用紙をＤＡＩＣＨＩに見せた。

「これに、覚えはありませんか？」

「これって、おれたちの携帯でのやりとりですよね？」

スマートフォンでは、仲間同士が同じ部屋に集まって会話をする感覚で、メールをやりとりできる。その会話を印刷したものだった。日付からすると、二件目の抱きつき魔事件が起きた後で、DAICHIを交えた三人が、抱きつき魔への怒りをぶちまけ合っていた。

「ここを見てください。たぶん、この一文だと思います」

『『らびちゃんは胸のあいた服を着てたから、直に手を入れられて生モミされたって！』』

……これ、銀バッタのコメントですね？」

「ところが、こんな事実はどこにも報道されていない。というか、被害者はあえて伏せていたんです。つき合っている彼氏のためにね。警察にすら供述しなかった事実を、彼だけが知っている。傍観者にありがちな、いい加減なコメントにも見えますから、あなたは気にも留めなかったが、たぶんケロ４は気づいたのだと思います。銀バッタこそが、抱きつき魔の犯人じゃないかとね」

権田が視線を向けると、銀バッタはこっくりとうなずいた。

「ケロ４に詰め寄られて、おれは白状した。そうしたら、おれにも一枚噛ませろって、いい方法を考えたって……何とかして抱きつき魔をおれたちの手で捕まえたいって、ちょうどDAICHIさんが騒いでたところで……」

「それでおれを……」

「すんません、ＤＡＩＣＨＩさん！　いくらあやまっても許してくれっこないけど……でも、おれ、ＤＡＩＣＨＩさんには、ずっとすまないと思ってて……」

「バカ野郎！　あやまる相手が違うだろうが！」

交番のガラス戸がふるえるほどの大声だった。でかいスチール机を倒さんばかりの勢いで、メガネトドが立ち上がった。声と振動に驚いて、ケロ４までがおそるおそる顔を上げる。

「てめえらのつまんねえ仲間意識なぞ、どうだっていいんだよ！　本当に恐い思いをしたのは、被害者だろうが！　てめえらオタクにしちゃ、てんで想像力が足りねえんだよ！　男のケツばっか狙うガチの外国人レスラーに、後ろから抱きつかれて股間《こかん》揉まれるとこ想像してみろ！　タマがとび出るくれえ恐《こえ》えだろ？　おまえらは彼女たちに、そういう思いをさせたんだぞ！」

下品きわまりないが、たとえとしては悪くない。向谷がしんみりと、後を続けた。

「先輩の、言うとおりだよ。事件以来、不眠症になったり、男の人と同じ電車に乗れなくなったり、カウンセリング受けてる子もいるんだよ。しばらくお休みしてた人もいるけど、『このままメイドをやめたら、抱きつき魔に負けたみたいで悔しい』って、みんな頑張ってお給仕してるんだよ」

向谷の話の途中から、ケロ４と銀バッタのすすり泣きがきこえた。ふいに、がたん、とパイプ椅子の音がして、DAICHIが立ち上がり腰を九十度に曲げた。

「すみませんでした！」

「いや、あなたにあやまられても……」と、権田が迷惑そうに眉《まゆ》をひそめる。

「おれがいちばん近くにいたのに、こいつらの気持ち、いちばんわかっていたのはおれなのに、最後まで気づかなかった。止めてやることもできなかった……本当に、申し訳ありませんでした！」

深々と頭を下げるDAICHIに促されるように、ケロ4と銀バッタが、泣きながらお詫びの言葉を口にした。

今日のDAICHIはスーツではなく、おじいさんが着ていそうな、ダサいグレーのシャツに安いジーンズ。それでもその後ろ姿は、やはりちょっと格好よく見えた。

＊

抱きつき魔犯ふたりを、苑世橋署に引き渡した翌日、権田は向谷と季穂を連れて、地下鉄丸ノ内線に乗った。本郷《ほんごう》三丁目駅で降り、北へ向かう。着いたのは、季穂もテレビで見たことのある場所だった。

「先輩、ここ、どこのお寺ですか？」

たしかに瓦《かわら》屋根を載せた渋い朱塗りの門は、寺に似ているが、本郷で赤門といえば誰でも知っている。東京大学の本郷キャンパスだ。東大ときいて向谷が、納得顔になる。

「ああ、先輩が卒業した大学ですね！」

権田が東大出身だと、季穂は初めて知った。意外な気持ちと、やっぱりという思いが交錯する。頭の良すぎる人間は、どこか人間離れしている。巨大なメガネトドを横目で仰ぎ、季穂はない首でうなずいた。

「除霊とか御祓《おはら》いじゃないなら、どうして足子さんを連れてきたんですか？」

赤門の左にあいた潜り戸から中に入ると、向谷がたずねた。

「昨日、言ったろう。足にじっくり、ききたいことがあると」

「ああ、そういえば……でも、どうやって足子さんとコンタクトとるんですか？　もしかして先輩の後輩に、霊を呼んだりとり憑《つ》かせたり、できる人がいるんですか？」

「おれの後輩じゃなく先輩だ。理学部物理学科で講師をしている。専門は、○★△の×◇でな」

しばし権田の説明は続いたが、季穂と向谷にはさっぱりわからない。権田は勝手知ったるふうに、キャンパス内を左に右に折れ、ある建物に入った。四階までが渋い茶色で、その上が総ガラス張り。ゴシックだか近代的だかわからないが、築年数は新しい。理学部1号館だと、権田が告げた。エレベーターを降りて長い廊下を進み、奥から二番目の扉をノックする。中から応じる声がした。

「ちす、上岡《かみおか》さん。どうすか研究は、進んでますか？」

扉をあけた権田が、挨拶《あいさつ》する。権田のからだが邪魔で、当の人物は見えないが、やや甲高い早口が応じた。何だか、せかせかとした鼠を連想させる。

「ダークエネルギーの正体が、そんな簡単に見つかるわけないだろ」

「いや、本業の方じゃなく……まあ、そっちも興味はありますがね」

ファンタジー系のゲームやアニメにしか出てきそうにない、ダークエネルギーなんてものを、日本一の偏差値を誇る大学が本気で研究しているのかと思うと、日本の将来がマジで危ぶまれる。季穂の憂いをよそに、ふたりが宇宙語で会話しはじめる。ほとんど意味不明だが、ダークエネルギーは決してファンタジーではなく、天文学などで使われる用語だということだけは、辛うじてわかった。

「メールに書いたとおり、今日来たのは本業じゃなく、上岡さんの趣味の分野で」

「メール？　いつ？　読んでないよ」

「あ、やっぱりすか。いや、運よくいてくれたんで、もういいす」

「趣味というと、霊の方だろ？　まさか、おまえの後ろにいるイケメンが、幽霊ってんじゃなかろうな？」

「いや、こいつはおれの職場の後輩で……弦、足はそこにいるんだろうな？」

「はい、ちゃんとここにいますよ。足子さん、どうぞ」

向谷が脇に寄り、季穂を先に中に通した。部屋は意外なほどに狭く、どうやら上岡の個室のようだ。両脇の本棚はもちろん、床のあちこちにも本が山積みで、権田の私室を彷彿させる。フィギュアはないが、代わりに得体の知れない電気器具が散乱していた。

「上岡さん、おれらには見えませんが、ここに若い女の幽霊がいます」

「マジか、権田！」

痩《や》せた小柄な男で、白衣が妙にだぶついて見える。いまどきめずらしいビン底眼鏡をかけた姿は、声から予想したとおりネズミに似ていた。

「上岡さんはな、趣味とはいえ、本気で幽霊交信機を製作しているんだ」

「幽霊、交信機？」

叫んだ向谷と一緒に、季穂は見えない首をかたむけた。

ラッキーゴースト

幽霊交信機――。

もしも季穂が生きていたら、頭のネジが十本は多い危ない人間の妄言と、歯牙《しが》にもかけなかったろう。しかし霊体となってしまったいまなら、話は別だ。

季穂はないからだを乗り出して、上岡という東大講師の説明を熱心にきいた。ただ残念ながら、理解できたのは同じ東大出身の権田だけだった。話が一段落すると、向谷がさわやかスマイルでにっこり微笑んだ。

「すみません、全然わかりません」

「だろうな。ある意味、その正直さは清々《すがすが》しいよ」

権田がすかさず応じ、努力を無にされた上岡も、たいして気にしていなそうだ。

「上岡先輩の交信機ってのはな、早い話が磁力を使った入力システムだ」

「霊の集まりやすい場所って、一種の磁場になっててさ。つまり霊は微量ながら磁力をもっているってのが僕の、というか一部の学者の考えでね」

なんとなく、概略だけはのみ込めた。

「試作品はとっくに完成してるんだけど、とにかく被験者探しが難航してさ。世間には幽霊譚《たん》が溢《あふ》れてるってのに、僕にはちっとも縁がなくて」

「まあ、そうでしょうね、ふつう」と、権田はにべもない。

「心霊スポットにテントを張って半月も粘ったり、丑《うし》三つ時に自殺の名所を訪ねたり、霊媒師に密着したりと、できる限りはやってみたんだけど……ね、権田くん、ホントにそこにいるんだよね？」

「いますよ」

「ちょっと待ってもらってね。頼むから、消えたりしないでね。ええと、たしかここらへんに……」

霊と交信できるという千載一遇のチャンスを、逃したくないのだろう。巨大なチーズに挑むネズミのように、上岡は正体不明の電気器具の山を、焦りながら崩しにかかる。

六角形の炊飯ジャーに持ち手が二本ついたドライヤー、はたまた金属製の足をつけた蛸《たこ》――どう見てもそんなふうに思える代物が、次から次へと出てくる。

――本当に大丈夫かな……たぶんマッドサイエンティストって、こういう奴を言うんだよね？　その試作品を試されるってことは、つまり人体実験ってことじゃないの？

そんな心配をしはじめたころ、上岡の甲高い声が響いた。

「あった！　これこれ」

それはちょうど、パソコンのキーボードの形をしていた。色も昔のパソコン風、オフホワイトだ。ただしキーの凹凸は逆で、出っ張っている代わりに丸型にへこんでおり、その底に文字が示されている。

「へえ、これすか。案外アナログっすね」

「使い方はパソコンのキーボードとまったく同じだよ。この穴の底に、微量な磁力をキャッチするセンサーがついていてね、それを電磁力に変換して画面に表示させる。つまり、霊とメールやチャットができるってわけ」

「パソコンを知ってる世代じゃないと、使用不可っすね。一九八〇年より前に死んだ手合いじゃ、使えないかもしれないな」

「え、もしかして霊の彼女、戦前の生まれだったりする？」

「いや、それは大丈夫すけど……」

と、ちらりと権田が向谷を見る。

「これじゃあ、足子さんは使えませんね」

「ええっ！　そうなの？」

上岡がこの世の終わりのような声をあげる。

「なんせ、足だけの幽霊すから」

「足だけ？」

「ふつう、逆っすよね。幽霊は足がないってのが定説だから」

「いや、足のない幽霊を初めて描いたのは、円山応挙《まるやまおうきょ》だそうだから。円山応挙、知ってる？　江戸時代の京都の画家でね、円山派を築いて一世を風靡《ふうび》したんだけど……」

　しばし上岡の談義を拝聴し、権田がひと言でまとめる。

「要は幽霊に足がないという説には、何の根拠もないと」

「そういうこと。でも、足だけの幽霊なんて初めてきいたよ。興奮するなあ」

「てか、どうします？　このキーボードじゃ、足で操作できそうにないし……新しい装置を作るとなると、ひと月はかかりますよね？」

「いやいや、ちょっと待ってよ、権ちゃん。それじゃ、せっかくの霊が……」

「名前は足子さんです」

「あ、足子さんね」

　向谷のひと言で、足子名は定着してしまったようだ。東大講師が大きくうなずく。

「一ヵ月もかけたら、せっかくの足子さんが消えちゃうかもしれないじゃない。何とかするから、半月、いや十日間だけ待っててもらえないかな？」

「どうです？　足子さん、待てますか？」

　ひとまずマルポーズを示し、向谷が上岡に通訳する。

「良かった！　じゃあ、できあがったら、権ちゃんのところに持っていくからね。くれぐれもそれまで消えないでくれって、幽霊さんに頼んでおいてね」

　何べんもしつこく念を押し、貧相なマッドサイエンティストは、ふたりと一体を送り出した。

交信機を待つあいだ、これといってすることもない。季穂は時折、ひとりで秋葉原を散策するようになった。

散歩タイムは夕暮れから日没にかけて——。自分で決めたわけではなく、何故だかその時間になると、ふうっとからだが外へと流れていくような気がするのだ。

「そういや、逢魔時《おうまがとき》っていうからな。昼から夜にかけての境目は、魑魅魍魎《ちみもうりよう》が出やすいって昔から言われてんだ。幽霊にも、具合がいいのかもしれねえな」

季穂の散歩を向谷からきくと、権田はそう述べたが、もうひとつ違う理由がある。夕暮れ時だけは、秋葉原の秋葉原らしさが少し薄れる。そんな気がするからだ。

世界に名だたる電機とオタクの街。いまやクールジャパンの代名詞として外国人観光客が大量に押し寄せる、アニメと漫画とコスプレに彩られた街——。

秋葉原ときけば、誰もがまずそういうイメージを持つ。でもそれは、この街の表の顔だ。通りを一本逸《そ》れるだけで、一瞬とまどうほどにがらりと表情が変わる。

狭い道路の両脇に並ぶ二階建ての住宅。どの家も少しだけ古びて色褪《いろあ》せているが、くすんだ壁には夕餉《ゆうげ》のにおいがたっぷりとしみついている。ふざけ合いながら帰ってきた子供たちが、「バイバイ、またね」と言い合いながら、それぞれの家へと帰っていく。家の前でご近所と立ち話をしていたお母さんが子供を出迎え、一緒に家の中へと入っていく。開いた玄関からは、カレーのにおいがする。

秋葉原の表通りが平成なら、この辺りは未《いま》だに昭和のノスタルジーがただよう。

そんな風景の中に、季穂はぼんやりと突っ立っていた。

あまりにありふれていて、気づくことさえなかった。これほど愛《いと》おしく、大事な光景に思えるなんて、考えもしなかった。日常は、毎日必ず来るからこそ、日常なのだ。必ず来るはずの明日がなくなって、初めてその大切さに気づく。「またね」は季穂には二度と来ない。母が季穂を迎えてくれて、父と兄と四人で夕飯の席に向かい合ったのも、遠い昔だ。

――いまさら、こんなこと考えたって仕方ないのに。

夕暮れ時、秋葉原の裏通りを散歩するたびに、すっかり治ったはずの古傷を、自分でひっかいてまた血を流しているような、そんな気分になる。それでも何となく、太陽が重そうに家々の屋根に降りてくると、この辺りを歩きたくなるのはどうしてだろう？

ちょうど、手についた嫌なにおいを何度も嗅《か》いでみるのに似ている。

「きいて、お父さん。今日ね、幼稚園でシュウちゃんがね」

幼い子供の声にふり返ると、長い段々の中ほどに腰を下ろす、親子らしき姿が見えた。季穂のいる通りから右に折れると、突き当たりに灰色の石段がある。石段を上った先は、神田明神だった。

五歳くらいの男の子と、三十代前半と思《おぼ》しきベージュの作業着姿の男。父親は不精髭《ぶしょうひげ》が伸び、ややくたびれた雰囲気をまとっているものの、いたって仲の良い親子に見える。

「……でね、シュウちゃんが餌を入れ過ぎて、金魚鉢が真っ黒になっちゃったんだ。先生はいけません！　って言ったけど、シュウちゃんは悪くないんだよ。シュウちゃんは金魚が元気がないから、いっぱい食べて元気になってもらおうって餌をいっぱい入れたの。ねえ、お父さん、シュウちゃんは悪くないよね？」

なかなかの難問だ。うまい答えを探しあぐねているのか、父親は苦笑いだけを返す。と、ふと気づいたように顔を上げ、季穂を――正確には、季穂の足を見た。驚いた表情で、しばし足をながめていたが、視線を季穂の顔のあたりに移し、軽く会釈した――。

にわかにとまどっていると、背中をふたりのおばさんが通り過ぎた。

もしも霊感の強い人物だとしても、足だけの幽霊に会釈するはずもない。たぶん、彼女たちへの挨拶《あいさつ》だろう。

また息子の方を向いた父親をながめて、季穂はそう判断して家路についた。

「あ、お帰り、足子さん」

「おう、足、帰ったのか」

先留交番に戻ったのは、午後六時半過ぎ。ちょうど日が沈むころだった。

家具はスチール机とパイプ椅子のみという、家というにはあまりに殺風景な場所だが、少なくとも、いまの季穂にお帰りと言ってくれる世界でただひとつの場所だった。

とはいえ、ここは交番。人々が困ったときに駆け込む場所でもある。外が真っ暗になるのを待たず、揉《も》め事がとび込んできた。

「権ちゃん、大変なんだよ！」

「あれ、田沢《たざわ》のばあちゃん。どうしたんだ？」

「うちの孫が、輝《ひかる》が――いつのまにか、家からいなくなってたんだ！」

日頃は締まりのない肉厚な権田の頰が、にわかに緊張を帯びた。

田沢千《ち》津《づ》というおばあさんとは、向谷弦も顔見知りだった。

「僕がまだこの交番にいたころ、千津さんちの玄関先の鉢植えが、いくつも壊された事件があってね」

後になって向谷は、そのように季穂に説明してくれた。

軽犯罪だけに、犯人の特定は難しそうに思えたが、数日後、パトロール中に職務質問した男のスニーカーが土で汚れていたのを、権田は見逃さなかった。土や花粉を詳しく調べれば、どこで付着したものかただちに特定できる。権田のことだからはったりの可能性もなきにしもあらずだが、自信たっぷりにそう詰め寄ると、犯人はあっさり白状した。酔った勢いでバイト仲間と言い合いになり、その帰りがけ、たまたま目についた植木鉢に八つ当たりしたようだ。

以来、田沢千津とは、顔を合わせれば、挨拶や立ち話を交わす仲だという。

しかしいまは、そんなのんびりムードは欠片《かけら》もない。権田はもちろん向谷でさえも、真剣な表情で田沢千津と向かい合っている。

「それじゃあ、ばあちゃん、最初から順を追って質問するからな」

権田が業務用のですます調《ちょう》をあえて使わないのは、彼女を少しでもリラックスさせる目的だろう。痛みを必死に堪えているような、いまにも泣き出しそうな表情で千津がうなずく。

「お孫さんが幼稚園から帰ってきたのは、何時くらいだ？」

「三時だよ。いつもどおりあたしが幼稚園まで迎えにいって、三時ごろには家に着いて、着替えとおやつをすませてから、友達の家に行ったんだ」

「その友達というのは？」

「同じ町内の秋山《あきやま》さんちの男の子でね、うちの輝とは歳も幼稚園も同じなんだ。うちからは歩いて五分の距離だけれど、何かと物騒なご時世だからね。送り迎えはちゃんと、あたしがしたよ」

子供のひとり歩きはさせないよう気をつけていて、祖母は孫を秋山家に託し、帰りも迎えに行った。ふたりが家に帰り着いたのは、五時半ごろ。それから千津は晩ごはんの仕度にかかり、輝は友達からもらったというヒーローカードを居間の床に並べていた。

『見て見て、おばあちゃん、これレアカードなんだよ』

台所へ行こうとした千津に、輝は嬉《うれ》しそうにカードを見せた。それが最後に見た、孫の笑顔だという。

「煮物の材料を刻んで、一度、居間をふり返ったんだ。そのときには、たしかに輝はいたんだよ。なのにそれから……たぶん十分くらいだったと思うよ。もう一度、居間を確認したら、輝の姿がなくて……慌てて捜したけど、家の中にも外にもいなくて……たぶんひとりで、門の外に出ていったんだ」

「ひょっとして、そのお友達の家に、また行ったとか？」

千津の焦燥をなだめるように、向谷がやさしく言った。

「もちろん、真っ先に電話したよ。だけど来ていないって言うし、秋山さんちだけじゃなく、めぼしい家には片っ端からきいてみたけど、どこにも……」

眼鏡の奥の目が、訝《いぶか》しげに細められ、一拍おいてから権田がたずねた。

「目を離した十分のあいだに、お孫さんは家からいなくなった。その時間は、正確にわかるか、ばあちゃん？」

「たぶん……六時十分から六時二十分くらいのあいだだと思うよ。そこにちょうどおじいさんが帰ってきてね、捜しに行ってくれたんだ。おじいさんが玄関を出るとき時計を見たら、六時半を少し過ぎていた。だから……」

と、それまで堪えていた祖母が、堰《せき》を切ったように泣き出した。

「あたしがいけなかったんだ！　前にもこういうことが二、三度あって……日が落ちてから、輝がひとりで外に出ていって……捜しにいくより前に帰ってきたから、事なきを得たけれど、あたしがもっと注意していれば……」

「輝くんが黙って家を抜けるのは、初めてじゃないってことか？　理由は？」

「夕日がきれいだったから見に行ったとか、外をかわいい犬が通ったから追いかけたとか、そんな他愛のない理由でね」

とってつけたような、理由はさまざまだったが、何故だかいつも、夕方の日が暮れる時分だったと千津が語る。

「暗くなってからはもちろん、昼間でもひとりで家から出ちゃいけないって叱っても、輝はどこか納得していない顔つきで……くれぐれも目を離すなと、おじいさんからもきつく言われていたのに……」

幼児を標的にした物騒な事件は、たびたび耳にしている。祖父母も母親も、子供を守るために、できる限りのことをしてきたつもりだった。だからこそ、悔やまれてならないのだろう。

田沢家は、祖父母と娘と孫の、三世代四人家族。娘の真紀《まき》は、結婚前からずっと大手菓子メーカーの本社で働いており、一昨年、輝の父親と離婚して実家に戻った。祖父の昌一《まさかず》もまた、定年退職後も嘱託で倉庫管理の仕事に就いており、孫の輝の世話は、平日はほとんど千津に任されていた。

帰宅した夫が、近所や心当たりを回ってみたが、孫の姿はどこにもない。一一〇番ではなく、わざわざここまで走ってきたのは、それだけこの交番を信頼しているからだろう。精一杯応《こた》えるように、向谷が千津の背中をやさしく撫《な》でた。

「大丈夫だよ、千津さん。輝くんは、必ず捜し出してあげるからね」

「……本当かい？　弦ちゃん」

安請け合いはしない方針の権田だが、このときばかりは文句をつけなかった。ただ代わりに、でかい顔を千津に近づけて、肝心のことをたずねた。

「ばあちゃん、嫌なことだけど、ひとつだけ確かめさせてくれ。輝くんがいなくなってから、田沢家に不審な電話はかかってきたか？」

何を意味するか、瞬時に察したのだろう。目の前を塞《ふさ》ぐ黒煙を払うように、祖母はふるふると首を横にふった。

「何も……あたしは念のため、家で待機していたけれど、電話が鳴ったのは娘からの一度きりだよ」

事のなりゆきを、娘の携帯の留守電に残しておいた。残業の予定を切り上げて、いますぐ帰るからと、慌てたようすの娘から連絡が入ったという。

「いまはあたしの代わりに、おじいさんが留守番していて……」

誘拐という最悪の状況も、頭の隅をよぎったのだろう。千津は震える声で告げた。

「わかった。すぐに本署に連絡して、捜索をはじめるよ。お孫さんの写真はあるかい？」

「もってきたよ。これはおじいさんの携帯だけど……あたしは携帯を持ってなくてね。この中に、輝の写真がたくさん入ってるんだ」

「データならありがたい。すぐに署に送るよ」

携帯を受けとって、権田は中の写真データを抽出し、自分のパソコンから手早く送信した。作業しながら、苑世橋署へも連絡する。

パソコン画面に、数枚の写真が次々と現れては消える。一枚だけだと印象がわかりづらいが、何枚かながめるうちに、季穂は気がついた。

――あれ？　この子、さっきの……。

その顔に、見覚えがあった。だがいまは伝える手段がなく、夕暮れ時で薄暗かったから、確かにあの子だと言えるだけの自信もなかった。

幼児の行方不明事件となれば、最優先で捜査される。誘拐の可能性も考えて、田沢家には専門部署から捜査官が出張ることになったようだ。受話器を置くと、権田は千津にその旨を告げた。

「ばあちゃん、一応きいておきたいんだが、輝くんを連れ出しそうな人物に、心当たりはないかな？　たとえば、孫がことさらなついていたとか、田沢家によく出入りしていたとか……あるいは逆に、田沢家とトラブルになっていた人物とか」

千津の表情が、かすかに動いたようにも見えたが、気配はすぐに消えた。思い当たる人物はいないと、はっきりと答えた。

「じゃあ、いなくなる前、お孫さんにいつもと変わったようすは？」

「輝に？」

「妙に元気がなかったとか、屈託がありそうに見えたとか、どんな些細《ささい》なことでもいいから、気づいたことがあったら教えてくれないか？」

ふたたび、ふうっと薄い影のようなものが、祖母の顔によぎった。しかしそれも、やはり自身で否定するように、白髪が七割ほどの頭を軽くふる。

「実をいうと、少し前まではあったんだ。四月に年長さんになってから、クラスが替わってね。新しい友達や先生に、しばらくのあいだ馴染《なじ》めなくてね。行きたくないと、しょっちゅう駄々をこねて、四月のあいだは幼稚園を休みがちだったんだよ。終《しま》いには変な夢を見るようになって……」

「変な夢？」

「まあ、それもすぐに収まってくれてね。ゴールデンウィークの前くらいから、幼稚園にもちゃんと通うようになったんだ」

権田の疑問を封じるように、夢については詳しく語らず、無理に作ったような笑みを顔に広げた。

「もしかしたら、シュウちゃんのおかげかもしれないね」

「シュウちゃん？」と、千津の傍らで向谷が首をかしげた。

――シュウちゃんて、たしか……。

向谷と同じタイミングで、季穂はひそかに呟《つぶや》いていた。浮かんだのは、神田明神へ続く石段にならぶ親子の姿だ。

「ほら、さっき言った、近所の秋山さんちの男の子だよ。景修《けいしゅう》って名前でね、輝はシュウちゃんと呼んでいるんだ。いまどきの子にしては元気が良すぎるみたいでね、園からちょくちょく苦情が来るとかで、秋山さんの嫁さんはこぼしているがね。面倒見の良いところもあって、輝が幼稚園へ行きたがらないときくと、毎朝家まで迎えに来てくれたり……」

と、年寄にありがちな長話が、ふいに途切れた。代わりに、さっきと同じすすり泣きがもれる。たぶん、いなくなった孫のことが、にわかに思い出されてきたのだろう。

いまはこれ以上は無理だと判断したのか、らしくない調子で、権田が言った。

「ごめんな、ばあちゃん。根掘り葉掘りきいちまって。輝くんは、警察が責任をもって捜すからな」

「頼むよ……お願いします。どうか輝を、見つけておくれ」

「わかった。弦、ばあちゃんを家まで送ってやれ」

「はい……でも、先輩……」

「何だよ？」

「足子さんが、妙な体操を……」

季穂の必死のアピールに、向谷がようやく気づいてくれた。年寄のケアにかかりきりの向谷の目をこちらに向けるには、マルやバツでは埒《らち》が明かず、いまは交互に片足を高くふり上げ、完全にラインダンス状態だ。

「ごめんね、足子さん。これから千津さんを送ってくるから、帰ってきてから話をきかせてね」

向谷の察しの悪さは相変わらずだが、ありがたいことに権田はぴんときたようだ。

「もしや、足が何か知ってんじゃねえのか？」

「足子さんがですか？　そんなはずは……あ、先輩、マルになりました！」

「あんたたち、いったい、何の話をしてるんだい？」

田沢千津が、少々薄気味悪そうに顔をしかめる。それすら構わず、権田はただちに向谷に命じた。

「おい、弦！　奥に秘密兵器があるだろ。あれ使って、足からきき出してこい」

「先輩の先輩が作った秘密兵器は、失敗だったじゃないですか。足子さんには使えなくて……」

「上岡先輩の交信機は、失敗じゃなくカスタマイズ中だ。あれじゃなく、おれの作った秘密兵器だよ」

「ああ、あの紙っぺらですか」

「紙っぺら言うな。とにかくさっさと情報とってこい！」

オタクグッズだらけの自室へ、向谷を追い立てる。辛うじて畳半分ほどあいたスペースに、向谷はその紙をぺらりと広げた。たしかに秘密兵器というにはショボすぎる。

あかさたな、はまやらわ、１２３４５。

大判カレンダーの裏側に、縦に三、横に五、合わせて十五のマス目が切られ、油性ペンで大きく、その十五文字が書かれている。幼児か外国人向けに思えるが、いわば季穂専用の五十音表だ。

「あの3」ならつまり、あ行3文字目の「ぅ」、「まの1」なら「ま」、「わの3」は「を」というわけだ。いまのところ季穂は、これを使って意思の疎通を図っており、上岡や権田が言うところのカスタマイズとやらが成功しない限り、一生この紙っぺら頼りになるかもしれない。

内心でやれやれと思いながら、季穂は向谷の前で、カレンダーの裏に十回足を置いた。とはいえ解読者が向谷ただひとりだから、決してさくさくと進むわけではない。

「ええっと……あの5だから『お』、たの5は『と』で……最後の『わの5』って何だっけ？」

たった五文字だけで、イライラが募る。それでもどうにか伝わったようだ。

「お、と、う、さ、ん……ああ、『お父さん』か！　……って、足子さんの？」

──違うだろ！

突っ込みは後回しにして、「ひかる」と示す。

「輝くんの、お父さん、てこと？　お父さんが、どうしたの？　……い、つ、小、し、よ、小？　うーん、難しいな……か、ん、た、点、み、よ、小、う、し、点、ん……て、何？」

マス目の欄外に、濁点の点々と、半濁点のマル、さらに「小」と書かれた部分があるが、これが絡むと、ますます向谷の読解力は怪しくなる。

「おい、わかったか？」

しびれを切らした権田が、部屋の扉からでかい顔を覗《のぞ》かせた。

「すみません、先輩、イマイチわからないんですが……」

すべての文字をメモる律儀さだけは、向谷の良いところだ。書きとられた文字を見るなり、頭の中身だけはいたってスマートなトドは、すべてを察した。

「お父さん、ひかる、一緒、神田明神……つまり、輝くんはお父さんと一緒に、神田明神にいるってことか？」

「先輩、正解みたいです」

季穂のマルポーズを、向谷が通訳した。ひと仕事終わったと安堵《あんど》する間もなく、部屋の外から金切声がきこえた。

「輝が父親と一緒だなんて、そんなはずないよ！」

権田の声が届いたのだろうが、ただならぬ気配だ。驚いて権田と向谷が、続いて季穂が部屋から顔を出した。千津の顔は、様変わりしていた。両目がつり上がり、ぎらぎらと光を帯びている。それは怒りのようでもあり、同時に恐れも垣間《かいま》見える。

「あの子が父親といるなんて、そんな縁起の悪いこと、金輪際言わないどくれ！」

「縁起が悪いって、ばあちゃん……娘さんとの離婚の経緯《いきさつ》はおれもきいてるし、ばあちゃんが嫌うのもわかるけどさ、孫にとってはたったひとりの父親なんだ。子供に会いにきたとしても、何の不思議も……」

「そんなんじゃないんだよ！　だってあの子の父親は……」

千津がヒステリックに叫び、それからすうっとその顔が青ざめた。

「……輝の父親は、ふた月前に死んだんだよ」


田沢家は、外神田二丁目にあった。ちなみに神田明神も同じ二丁目で、例の石段は、田沢家から歩いて一分もかからない場所にある。権田と向谷は、田沢千津を家まで送りがてら、念のため神田明神にも寄ってみたが、石段にも境内にもそれらしき姿はなかった。

三人が二階建ての田沢家に到着すると、ちょうど玄関前で、輝の母親の真紀と鉢合わせした。

「お母さん！　輝は？　輝はまだ帰ってないの？」

知らせを受けて、慌てて会社を出てきたのだろう。パンツスーツ姿の格好はぴしりと決まっているのに、額は汗ばみ、後ろでまとめた髪にもほつれが目立つ。千津が辛《つら》そうにうなずいて、緊張の糸が切れたように、アスファルトの道路にくたりとしゃがみ込んだ。

「ひとまず、家に入りましょう。まもなく特殊班も到着しますし、いまのうちに少し休んでおいた方がいい」

権田が促し、向谷に支えられながら、真紀がどうにか立ち上がる。しかし出迎えた祖父の昌一が、黙って首を横にふると、玄関の上がり框《がまち》に座り込んだまま激しく泣き出した。その背中を、千津がさすりながら、やはり涙をこぼす。

唇を嚙《か》み、突っ立ったままの祖父に、権田は切り出した。

「田沢さん、輝くんのお父さんについて、伺いたいのですが」

「こんなときに、あんな男のことを、もち出さないでもらいたい！　不愉快だ！」

頼りない季穂のからだ――もとい足が、吹きとびそうなほどの一喝だった。

「ろくすっぽ仕事もせずに、競馬、競輪、競艇と、ギャンブル三昧《ざんまい》だ。金がなくなると、うちの親戚《しんせき》やら娘の友人やらに借金しまくったあげく、果てには街金《まちきん》から五百万もの借金をして、一時はこの家や真紀の職場まで借金取りが来たんだぞ！」

なるほど。典型的なダメ人間だ。田沢昌一が疎んじるのも無理はない。

「あの男は死んだんだ！　死んでくれたときいて、どんなにほっとしたか。これ以上、娘や孫が迷惑を被ることはなくなった。それがわかって、どんなに安心したか。あんな屑《くず》みたいな男、死んでくれてせいせい……」

「もう、やめて！」

悲鳴のような声がさえぎった。涙で真っ赤になった真紀の目が、父親を睨《にら》んでいた。

「わかるけど……お父さんにもお母さんにも迷惑かけ通しだったから仕方ないけど、それでも輝の父親なんだよ……もう、死んじゃったんだから、それ以上悪く言わないでよ」

「あんな男、輝の父親でも何でもない！　どこぞでのたれ死んだ、赤の他人だ」

祖父は頑固に言い張ったが、権田は抑揚のない声で念を押した。

「輝くんのお父さんが亡くなったのは、間違いないんですね？」

「三月の半ばに、仙台《せんだい》の建設会社から電話があってね……八尾達郎《やおたつろう》が事故で亡くなったから、遺体を引きとってほしいって」と、千津が答えた。

八尾達郎は、元妻の真紀より四つ下、まだ三十二歳だったが、建設現場で足場から落ちて事故死したという。憤然と昌一が吐き捨てた。

「娘とは二年も前に離婚している。あの男と金輪際関わるつもりはないと、即座に断ったがな」

「では八尾達郎さんの遺体は、この家の方は誰も確認していないということですか？」

「私、行きました……遺体の確認に、仙台まで」

権田の問いに、か細い声が答えた。たちまち父親が血相を変える。

「何だと！　どういうことだ、真紀！」

「だってあの人、家族が一家離散して、両親とも弟とも最後まで音信不通だったんだよ！　達ちゃんの家族は、あたしと輝しかいないから……だから私、お父さんやお母さんに内緒で、出張のふりで仙台に行ったのよ」

真紀は元夫の遺体を確認し、火葬を済ませ、仙台市内の寺の納骨堂に遺骨を納めてきたと告げた。「勝手なことを」と、父親は腹立たしそうに呟いたが、たったひとりで元夫の死に対処した娘のけなげさは伝わったのかもしれない。それ以上は何も言わなかった。

「ご遺体は間違いなく、八尾達郎さんでしたか？」

しつこく重ねる権田に、真紀はこくりとうなずいた。

「間違いありません……足場から落ちるとき、鉄柱に打ちつけられたとかで、からだの損傷はひどかったけど顔はきれいで……間違いなく、達ちゃんでした」

さっきとは別の涙を、真紀の頬が伝った。真紀の両親にとっては粗大ゴミに等しい男だが、それでも彼女は元夫を愛していた。

「仕事もできなくて、お金にだらしなくて、いくら言ってもギャンブルもやめられなくて……どうしようもない人でしたけど、私や輝にはやさしかった。少なくとも私たちの前では、良い夫で、良い父親だったんです」

「妻子も守れん男のことなぞ、もう忘れろ」

むっつりと昌一は重ねたが、向谷は労《いた》わるように真紀の前にしゃがみ込んだ。

「輝くんも、お父さんが大好きだったんですね？」

「……はい。離婚したとき輝は三歳でしたけど、長いあいだずうっと『お父さんはどこ？』とたずねられました」

「一度、おじいさんにひどく叱られて、それ以来口にしなくなったんだけどね、先月になって、また妙な夢を見はじめて……」

よしなさい、と夫にたしなめられて、千津はいったん口をつぐんだが、権田はきき逃さなかった。

「さっきも、言ってましたね？　輝くんが悪い夢を見たと。……ひょっとして、お父さんと会ったとか、そんな話をしていたんじゃ？」

「……実は、そうなんだよ」と、千津の薄い眉《まゆ》が、情けなさそうに落ちた。「輝が悲しむと思って、父親が死んだことは伏せてあったんだ。なのにひと月ほど経ってから、急にそんなことを言い出したろ？　あたしたちが話していたのが輝の耳に入って、父親の死を信じたくないあまりに、あんなことを言い出したんじゃないかって……もしそうなら不憫《ふびん》に思えてね。でも、やっぱりおじいさんに怒られて、言わなくなったんだよ」

「おれを悪者みたいに言うな。だいたい輝がいなくなったことと、何の関係もないだろう」

「でも、おじいさん、輝が父親風な男と一緒にいたって、そういう姿を見たって人がいるんだよ」

「……どういう、こと？」

それまでハンカチを握りしめ、うつむいていた真紀が、顔を上げた。

「このおまわりさんの知り合いが、ＳＯＳで知らせてくれたって――」

「ばあちゃん、ＳＯＳじゃなくＳＮＳな。この辺りの知人に、輝くんらしい子供を見なかったかと問い合わせたところ、ひとりから反応がありまして」

ＳＮＳは、インターネット上でコミュニケーションの場を提供するサービスの総称で、いわゆるツイッターやフェイスブック、ラインなどをさす。

田沢輝と思われる子供が、父親らしき男と一緒にいた——。誰からきいたのかと千津に問われ、とっさに権田はネットを通しての情報だと嘘をついた。

「つまり……孫は父親と名乗る男に、誘拐されたと、そういうことですか？」

「いえ、そういうわけでは。知人が見たのは、まったく別の親子だという可能性も十分に考えられますし」

顔色のいっそう失《う》せた祖父に向かって、権田は落ち着いて応えた。

「ただ念のため、輝くんのお父さんの、八尾達郎さんの写真をお借りできませんか？　たとえば、よく似た人物を輝くんが父親と間違えて、それに乗じた何者かに誘い出された——との可能性も捨て切れませんので」

「達ちゃんの写真なら、ここに……」

真紀が携帯をバッグからとり出し、写真一覧の中にあった、いちばん上の写真を示した。

「コピーして、よろしいですか？」

うなずいて、携帯を権田に渡す。厚ぼったい権田の手の中にある携帯を、季穂は覗き込んだ。

三つくらいと思しき長男をはさんで、両親がVサインをしている。何の変哲もない、幸せそうな家族の写真だった。

写真を自分のスマートフォンに送信し、権田が携帯を返す。受けとった真紀の指先は、震えていた。

「こんなことになるなら、やっぱりあの子にも、父親が死んだことを話しておけばよかった……一緒に仙台に行って、最後に達ちゃんと会わせてあげればよかった」

と、ふいに家の奥から、電話のコール音が響いた。

びくりと真紀のからだがはね上がり、祖父母夫婦もまるで金縛りに遭ったように固まった。誰の頭にも、最悪の事態がよぎったに違いない。しんとした家の中で、コール音だけが妙に大きく鳴り続ける。

権田の無言の合図で、祖父の昌一が居間に戻り、受話器をとり上げるまでの時間が、とてつもなく長く感じられた。

「……見つかった？　本当ですか！」

祖母と母親の顔に、初めて希望の色がさした。しかし安否をたしかめる昌一の声に、弛緩《しかん》しかけた空気がふたたび密度を増す。

「そうですか、膝をすりむいただけ……輝は、無事なんですね！」

わっ、と真紀が泣き出して、それまででいちばん大きな声を放った。

「いや、苑世橋署《うちちょう》の管轄内だったら、もう少し早くお子さんをお連れできたんですが、文京区《ぶんきょう》内の交番で保護されたために、多少よけいに時間がかかりまして……」

息子を抱きしめる母親と、祖父母の前で、大前田刑事が言い訳めいた前ふりをする。

この前、メイドカフェで出会った、マントヒヒ似の係長だ。警察の落ち度とされないかとの不安からか、ただでさえ赤い顔をさらに紅潮させながら事情を説明した。

外神田はちょうど、千代田区の北端にあたる。地図で見ると、千代田区からぴょこりととび出した格好で、東は台東区《たいとう》、西は文京区に接していて、ちょうど三区の境目にあたるのだ。区が違えば、管轄する警察署も変わってくる。

開け放された玄関に立つ大前田の力説は続いているが、しかし田沢家では、輝が無事に帰ってきてくれさえすれば十分なのだろう。

「孫のことで、お手数をおかけしました。ありがとうございました」

祖父の昌一が礼を述べ、千津と真紀も、何度も頭を下げる。

権田と向谷は、岩瀬刑事とともに、家の外からそのようすをながめていた。

「それにしても、まさか父親が亡くなっていたとはな」

上司とは逆に、カピバラに似たほんわか癒《いや》し系の岩瀬が、ため息交じりに呟いた。

「昌平橋通りを泣きながら歩いていたところを、通行人が見つけて交番に届けたんだけどね、あの子は一貫して、『一緒にいたお父さんとはぐれた』と、そう言っていたそうなんだ」

田沢輝が保護されたのは、神田明神と上野《うえの》・不忍池《しのばずのいけ》のちょうど真ん中あたりに位置する、昌平橋通り沿いの交番だった。その管轄署から知らせを受けて、輝を迎えに行ったのは、岩瀬ともうひとりの刑事である。ふたりが再度たずねたときにも、やはり輝は同じことを答えた。

「嘘を言っているようには見えないし、やっぱり父親を騙《かた》った別の男に連れ出されたのかもしれない。一応その方向で、捜査を続けることになりそうだよ」

「あの子は父親と一緒に、どこへ行こうとしていたんだ?」と、権田がたずねた。

「わからない。ただ、父親に促されるままついていったようだ。おまえが拾った目撃証言通り、最初は神田明神に続く石段のところにいて、そこから昌平橋通りを北へ——不忍池の方角に向かったみたいだ」

輝と父親は、保護した交番の前も通ったはずなのだが、ちょうどその時間、拾得物の届けがあって、その対応をしていたとかで、ひとりだけ詰めていた警官はその姿を見ていなかった。

「で、その父親とは、どうしてはぐれたんだ?」

「『ちょっとよそ見をした隙に、いなくなった』——輝くんは、そう言っている。不忍池が見えてきた辺りのようだ。泣きながら父親を捜していたところに、仕事帰りの会社員女性が通りかかったというわけだ」

ふうむと鼻からトドめいた息を吐き、権田は自分の携帯を開いた。画面に映っているのは、幸せそうな親子三人の姿だ。

「おい、さっきので、間違いないんだな？」

となりに立つ向谷に確認するふりで、権田は季穂にたずねていた。輝と刑事らの到着を待つあいだ、すでに同じ質問をされている。季穂はさっきと同じポーズをした。

――マル。

夕方で、日が翳《かげ》っていた。遠目だから確信はもてない。それでも季穂が見た父親は、死んだ八尾達郎に、とてもよく似ていた。

「先輩、足子さんは、間違いないって言ってます」

「生きてんのか死んでんのか、それはわかるか？　生きてりゃマル、死んでりゃバッだ」

――バツ。

あれが八尾達郎の幽霊だとの確証はない。ただ、最初に男が視線を向けたのは、たしかに季穂の足だった。そしてあの服装、ベージュの作業着姿も、建設現場で死んだときの格好だとすれば納得がいく。

「先輩、バツです」と、向谷が通訳する。

「マジか」

権田が呟き、たちまちげんなりする。誘拐犯が幽霊では、捜査のしようがない。

「おまえら、さっきから、何の話をしているんだ？」

「気にするな。こいつの言語は、原始時代で止まっているからな。わけわかんねえのは、いつものことだ」

不思議そうに首をかしげるカピバラに、権田が雑に応じる。

「ただ、父親似の不審者を捜すのは無駄足だ。そこそこのところでやめておけ。おまえから係長に、それとなく進言しろ」

何の根拠も説得力もない。それでも岩瀬は、腑《ふ》に落ちない表情をしながらも素直にうなずいた。どうやらカピバラは、このトドを信用しているようだ。

「……まあ、おまえが言うなら、ハズレではないんだろう」

「頼むわ。おれから言っても、藪蛇《やぶへび》になるだけだしな」

カピバラに似た小さな目が、しばし権田に注がれた。

「おまえさ、相変わらず昇進試験、受けてないのか？」

「まあな」

「おまえの学歴と実力なら、いまからでも上を目指せるだろうに。警察学校でも、トップを独走してたんだから」

「そういえば、先輩と岩瀬さんは同期でしたね」

会話に割り込んだ向谷に嫌な顔もせず、岩瀬がおっとりとした笑みを広げる。

「そうなんだ。東大出のくせに国家公務員試験を受けず、おれたちノンキャリと同じ道を行くなんてな、変わってるだろ？」

「おれの希望は最初から、秋葉原のおまわりさんだ」と、権田がふんぞりかえった。

警察官になる道筋には、最初からふた通りある。国家公務員試験をパスした、いわゆるキャリアと、地方公務員たるノンキャリアだ。キャリア組は最初から警察大学校で幹部教育を受けるのに対し、ノンキャリは警察学校を卒業すると、警察署の地域課に配属され、ほとんどが交番勤務からはじめる。つまり権田は、このノンキャリに課される職務を熱望していたということだ。

「警察学校時代から、こいつの第一希望は秋葉原だったけど、まさか本当に配属になるとはな」

「ただで希望が通るわけがなかろう。おれの努力と熱意の結果だ」

「あ、先輩。ひょっとして、最初から汚い手を使ったんですか？」

「汚い手とか言うな。ちょうど卒業前に人事に呼ばれたからよ」

「もしや、国家受けろって言われたんじゃないのか？　そういう噂が当時立ったんだよ。あれ、本当だったのか」と、カピバラが大きな鼻の穴をさらに広げる。

「人事にはおれの希望を言って……ちょっとくすぐってみただけだ」

「くすぐるって、先輩、どこを？」

「欲に、決まってんだろうが」

きいた向谷に、にちゃあ、と嫌な笑いを広げる。警官というより、完全に極悪人だ。

「ひとまず答えを保留にして、会いにきた人事課長について調べ上げた。これが仕事一筋、出世にしか興味のないつまんねえ野郎だが、当時その子供がさる付属幼稚園へのお受験を控えていてな、それで、受験マニュアル完全版を作ってやった」

予想される受験問題から必要なしつけ、親が着るべきスーツのブランドまで事細かに指示した代物だそうだが、そこまでならお受験専門の塾とそう変わりない。権田マニュアルには、さらにエグい情報が詰まっていた。どこから調べたのかわからないが、付属幼稚園の今年の面接官三人と、彼らの好む子供や家庭、つまりは面接のための傾向と対策が、リアルに示されていた。東大出の男の手によるものなら、それだけで説得力もある。

「それ、完全に賄賂《わいろ》じゃないか」と、岩瀬があきれた声をあげる。「おまえにその手の噂があるのは知ってたけど、都市伝説レベルだと思っていたよ」

「賄賂じゃねえ、努力と熱意だと言ったろうが。……おれは一生、秋葉原に居続けてやる。そう決めたんだ……あのときにな」

権田の仏頂面を仰ぎ、のどかな岩瀬の顔が、ふと翳った。

「おまえ、未だにあれを、引きずってんのか？」

ふん、と鼻息だけで応え、権田はそっぽを向いた。

「あれは、おまえのせいじゃない。だいたい、あのときおまえは秋葉原にいなかったろう。そこまでこだわる理由は……」

「いなかったからだ！」

ずん、と腹に響くような声だった。この男のこんな声も、こんな表情も初めてだ。権田は歯を食いしばり、いつもは陰険なだけの眼鏡の奥の細目にも、明らかに違うものが浮いていた。岩瀬はにわかに怯《ひる》んだが、相変わらず向谷は空気を読まない。

「先輩、あのときって、いつですか？」

権田からは答えは返らず、代わりに岩瀬が口を開いた。

「秋葉原の、通り魔事件だよ。おまえも知ってるだろ」

「知って、ます。僕が警察学校にいたころで……」

二〇〇八年六月八日、日曜日。秋葉原で無差別殺傷事件が起きた。たったひとりの犯人に、七人が殺され、十人が怪我を負ったという、史上まれに見る凶悪事件だ。

当時は中学生で、秋葉原とは縁もゆかりもなかった季穂でさえ、この事件は覚えている。

秋葉原にことさら強い思い入れがある権田には、タールのようにどす黒いしみとして、べったりと頭にこびりついているようだ。分厚い唇を嚙みしめた。

「あのふた月前まで、おれは先留交番にいたのに……」

「覚えてるよ。いくらおまえでも、肝心の交番がなくなったら、どうしようもないからな」

「なくなった？　って、どういうことですか？」

「そうか、向谷は知らなかったのか。先留はあの年、交番から地域安全センターになったんだ」

建物はそのままだが、交番から地域安全センターと名称が変わったことで、警官が常駐する場所ではなくなった。名前のとおり地域の安全のための活動拠点であり、防災パトロールや交通安全運動などのボランティアの集合場所である。原則として昼間だけ警察官OBがサポーターとして詰めてはいるが、業務はせいぜい道案内や落し物くらいだ。

岩瀬が向谷にもわかるよう説明してくれたおかげで、季穂にも違いが理解できた。

サポーターが不在の場合は、苑世橋署に直通のテレビカメラが応対するそうだが、いざというとき駆け込める交番とは、安心感においては比較にならない。

四月に先留交番がなくなると同時に、権田は同じ千代田区でも真反対にあたる、霞《かすみ》が関《せき》の交番勤務となった。それでも権田は、秋葉原にこだわり続けた。

「先留交番が、あの現場にいちばん近かったんだ！」

「権田……」

「おれひとりが出張ったところで、何の役にも立たなかったかもしれねえ。そんなことは百も承知だ。それでも、おれは警官なんだ！　体術習って警棒握ってピストルぶら下げて、一般人を守る立場にあったんだ。どうしたって考えちまう——もしもあのとき、あそこにいれば……先留に留《とど》まっていれば——もしかしたら、ひとりくらいは助けられたかもしれない！」

もしもあのとき——。こうしていたら、こんなことをしなければ——。誰もが一度は考えることだが、ある意味何よりも不毛な自問だ。どうあがこうと、過去は変えられない。

けれど権田にこびりついた黒光りするタールは、いまだに強烈なにおいを放っていた。それは油のにおいではなく、権田が嗅いでいないはずの血のにおいかもしれない。

「あのとき、おれは決めたんだ。どんな手を使っても、現場の警官として秋葉原に居続けてやるってな」

「権田、おまえ、もしかして……先留がまた交番に返り咲いたのも、おまえの仕業か？」

気づいたように、岩瀬が小さな目を精一杯広げた。権田がじろりとにらみ返す。

「言ったろ。どんな手を使っても、ってな」

笑っていない顔が、さらに凶悪に映る。この男なら賄賂に留まらず、強請《ゆすり》でも恐喝でも働きそうだ。常人では計り知れない異質なもの、ある種の不気味な気配が、権田の中に確かに垣間見えた。

気圧《けお》されたように岩瀬が黙り込み、季穂もかける言葉がなかった。しかし向谷だけは、相変わらず別の次元に立っている。

「そうかあ、先輩のおかげだったんですね。ありがとうございます」

「いったい、何の礼だよ」

「だって、先輩が先留交番を交番に戻してくれたおかげで、僕の最初の配属先が先留交番になったんでしょ？　おかげでこうして、謹慎中も先輩と一緒にいれますし、本当にラッキーです」

「おれにはアンラッキー以外の何物でもねえよ。前もって知ってたら、それこそどんな手を使っても、うちに来るのを阻止したものを」

権田の獰猛《どうもう》な気配が霧散して、いつもの漫才がはじまる。途中で、ぶふっ、とカピバラがふき出した。

「おまえら、結構いいコンビだな。権田には、向谷くらいがちょうどいいのかもしれないな」

「はい、僕もそう思います」

「おまえが言うな！　腹立たしい」

権田の突っ込みとともに、田沢家の玄関が閉まり、大前田が大股《おおまた》でやってきた。

「行くぞ、岩瀬。権田も戻れ。……そしておまえは、謹慎中の分際で現場をうろうろするな！」

田沢家でへいこらした腹いせか、いきなり向谷に八つ当たりをかます。

「係長、これから本件の対策会議がありますし、早く戻りましょ。なにせ係長がいないと、会議がはじまりませんからね」

カピバラがうまくフォローして、マントヒヒをなだめる。ふたりの刑事を見送って、権田がぼそりと告げた。

「岩瀬のああいうところは、マジですげーと思うわ」

「じゃあ、僕らも帰りましょうか」

権田と向谷に続いて、季穂はくるりと向きを変えた。

そのときはじめて、季穂の真後ろに、人が立っていたことに気がついた。

思わず悲鳴をあげて、とびすさる。誰にも届くはずのない声に、相手が反応した。

〈す、すみません。脅かすつもりはなかったんです〉

あ、と遅まきながら季穂は気がついた。目の前の顔には見覚えがある。神田明神の石段で見かけた男だ。

〈……ひょっとして、輝くんのお父さん？〉

〈そうです！　ああ、良かった。足だけだからどうかなと思ってたけど、ちゃんと話ができるんだね〉

嬉しそうに頰をゆるめる男は、まぎれもなく八尾達郎だった。

〈おれ、ずっとあそこにいたんだよ。もっと早くに声をかけたかったけど、話の邪魔しちゃ悪いかなって……おれ、タイミング悪いとかKYだとか、生前にさんざん言われてたもんで〉

ひとまず交番に連れ帰ると、季穂は権田が言うところの秘密兵器――もといカレンダー裏を使って、八尾達郎がここにいるとふたりに告げた。

「弦、おまえには見えないのかよ？」

「んー、確かに気配はするし、ぼんやりとした人影は見えるんですけど、顔や服装まではわからなくて」

「おまえの霊感は、マジで女限定なんだな」

「やだなあ、先輩、褒めないでくださいよ」

「褒めてねえよ。……せめて声がきけりゃなあ、事情聴取ができたんだが」

「そういえば、霊って目に見えるだけで、声とか匂いってしませんね……たまにパチッて音がして、光ったりはあるけど」

「いまのはおまえからきいた話の中で、過去最高に役立つ情報だわ」

無駄話を交わす権田と向谷のとなりで、実際に当人から事情聴取していたのは季穂だった。別に権田に命じられたわけではない。八尾達郎は、季穂に会ってからずっとしゃべり通しだった。

〈確かに、ちょっと遠出をしたのはまずかったけど――不忍池にね、輝を連れていこうと思ってさ。あそこはね、真紀ちゃんにプロポーズした場所なんだ。ちょうど桜が満開のころで、すごくきれいでさ。ただ、あの時期は花見客で深夜でも人がすごいから、プロポーズにはイマイチだけどね、でも平日の早朝だったからさすがに人もほとんどいなくてさ。その日は真紀ちゃんがうちに泊まって、着替えて出勤するっていうから、家まで送っていったんだよね〉

短髪より少し長めの茶髪、垂れぎみの一重の目。決してイケメンではないものの、寄ってこられると邪険にできないような、独特の人懐こさと愛嬌《あいきょう》がある。借金で一家離散したときいているが、目の前の男には、そんな陰など微塵《みじん》も見当たらない。

〈おれね、輝を置いてきぼりになんてしてないよ。おれはずうっと、輝と一緒にいたんだ。ただ途中から、おれの姿が輝に見えなくなっちゃって……あれはマジで焦ったよ。輝は泣いちゃうし、なぐさめても気づいてもらえないし。ＯＬさんが交番に連れてってくれて、輝が無事に真紀ちゃんのところに戻ったときは、本当にホッとしたよ〉

心の底からの、安堵《あんど》の表情を浮かべる。輝と自分にはやさしかった――元妻の言葉は本当のようだ。

〈あ、ごめんね、おれの話ばっかりで。まだ名前もきいてなかったね。歳はいくつ？〉

〈渡井季穂、二十歳です〉

〈季穂ちゃんでいいかな？　よろしくね。二十歳って若いね、御愁傷さまです〉

〈何かその言われ方、イラッとくる。あと、ちゃんづけもなれなれしい〉

〈えー、渡井さんの方がいい？　何か他人行儀に思えるな〉

〈おっさんとは他人だし〉

〈おっさんはひどいなあ。まだ三十二だよ。あ、でも季穂ちゃんとはちょうどひとまわり離れてるんだ。それならやっぱおっさんかな。だったら、季穂ちゃんでいいよね？〉

向谷よりは多少マシだが、まさに地に足がついていないような軽いノリは一緒だ。自分たちのすぐ横で、霊同士が同様の漫才をくり広げているとは、権田も夢にも思うまい。

断っておくと、いくらツンキャラのメイドをしていたからといって、季穂も初対面の人間にここまで暴言は吐かない。ただ霊同士だと、考えがそのまま相手に伝わってしまうのだ。ここはアメリカかと突っ込みたくなるほど、日本人にはらしからぬ歯に衣《きぬ》着せぬ本音トークの応酬となる。

〈いやあ、嬉しいなあ。死んでから初めてなんだ、誰かと会話するの。輝でさえ、おれの姿は見えるけど、声は届かないしね。この二ヵ月のあいだ、霊には時々会ったけど、みんな怖くてさ、とても話ができるような状態じゃないでしょ〉

〈そうそう、あたしも思った。一応、人の形はしてるけど、真っ黒なもやみたいなものがかかっていたり、全身血まみれで瞳孔《どうこう》が完全に開いてたりして、マジ怖かった〉

はからずも、幽霊談義に花が咲く。季穂にとっても、会話は死後初めてだ。

秋葉原に来て、まだ一週間も経っていないが、街中で二、三度、霊らしきものには出会った。代表的な柳の下とか、湿っぽくて暗い場所に出るものと思いきや、どっこいそうとは限らない。

人が大勢行き交う交差点、ケバブ屋台の傍ら、おしゃれなビルのエントランスと、ある意味、場所は問わない。ずるずると何かを引きずるようにして徘徊《はいかい》している霊もあれば、一ヶ所に留まり動かない霊もいる。

〈ひとつの場所にじっとしているのは、だいたい地縛霊だね。誰かとの思い出の場所だとか、その場所で死んじゃったとか、そこに未練があって動けないんだ。でも居場所があるだけ、まだましかもしれないね。たえず動いている霊は、完全に人だったことを忘れているみたい。あれはもう、恨みとか憎しみとかの集合体だよ〉

さすがに先輩だけあって、八尾は幽霊事情にもそれなりに詳しかった。

〈……実はおれもさ、そういう怖いものになりかけたんだ〉

〈まさか〉

〈ホントだよ。せっかくこっちに戻ってきたのに、最初は誰も気づいてくれなくてさ〉

〈話の腰折って悪いけど、仙台からはどうやって？〉

〈もちろん、東北《とうほく》新幹線に乗ってきたよ〉

〈やっぱ、そうなんだ……あたしも奥多摩から電車で来たの〉

〈おかしいよね、霊なんだから空くらい飛べてもいいのにね〉

生前の既成概念というものは、案外頑固にしみついている。逆に言えば、幽霊という人型を保っていられるのも、そのおかげかもしれない。

〈実は東京には、真紀ちゃんと一緒に来たんだ〉

憑依《ひょうい》したわけではないから、憑《つ》いてきたというより、単純に付いてきたようだ。元妻とともに、外神田までは問題なく移動できたものの、肝心の田沢家には入れなかった。

〈何でかわからないけど、結界張られてるみたいにさ、どうしても家の中には入れないんだ……たぶん、お義父《とう》さんの執念なのかな〉

輝の祖父の昌一は、死んだいまでも八尾を許していない。強烈な怒りと憎しみが、輝の父親を拒む結界と化している。八尾は少し寂しそうに、推測を語った。家に入れないだけでなく、最初のうちは誰も——息子の輝でさえも、八尾の姿を捉えてはくれなかった。

〈はじめはさ、それでもいいと思ってたんだ。窓の外から真紀ちゃんや輝をながめているだけで、十分だって思えたんだ〉

〈……それはそれで、ちょっと不気味だけど〉

〈でも半月、ひと月と経つうちに、だんだん悲しくなってきてさ。あいうのを、荒《すさ》むっていうのかな。寂しいとか虚《むな》しいとか、そういう気持ちが溜《た》まってきて、胸のところから黒いもやもやが出はじめたんだ〉

怖いものになりかけた——。八尾が語ったのは、そのころのことのようだ。八尾を救ってくれたのは、息子の輝だった。年長組になってから、輝は幼稚園に行けなくなった。その日も祖母と遊ぼうともせず、玄関のポーチで、ひとりでぽつんと座っていた。慰めることも励ますこともできない父親は、同じ姿で子供のとなりに腰を下ろした。

〈どのくらいそうしていたかわからないけど、ふと輝がこっちを向いて、びっくりした顔をしたんだ。まじまじとおれを見て、お父さん、って言ったんだ〉

頭上の空は、夕のオレンジに夜の色が混じりはじめていた。逢魔時が、この世とあの世の境の扉を、開いてくれたのかもしれない。

輝はたちまち抱きついてきたが、抱き止めてくれるからだはない。

――お父さん、からだどうしたの？　どっかに忘れてきたの？

声が届かないから、苦笑を返すしかできなかったが、

――からだを忘れてくるなんて、お父さんてば、慌てん坊だなあ。

大人の常識がまだ根付いていないだけに、輝は柔軟に解釈した。

もちろん輝は、大喜びで祖父母と母親に報告したが、信じてもらえないばかりか、祖父にはひどく叱られた。

どうやら自分にしか見えず、その事実を大人は誰も喜ばない。幼いながらも、それだけは理解した。窓から外をながめ、父親の姿を見つけては、祖母には内緒で玄関から抜け出した。田沢家の玄関は道路に面していて、人通りも案外多い。すぐ近くにある神田明神の石段が、いつのまにか親子の定位置になった。

〈輝の話をきいてやるくらいしか、おれにはできなかったけど……〉

知らない子ばかりで、なかなか友達の輪に入っていけない。女の先生だったのが、年長組で男の先生になってちょっとおっかない。シュウちゃんという男の子が声をかけてくれたけれど、やっぱりちょっとおっかない。

そんな話を、輝は父親に向かって語り続けた。解決策は教えてくれなくとも、少なくとも溜まっていた鬱憤《うっぷん》は、吐き出すことができたのだろう。同時に父親も、息子が自分を認めてくれたことで、やはり黒いもやもやを感じることがなくなった。

四月の終わりころには、輝はふたたび幼稚園に通いはじめ、八尾がほっと胸を撫でおろした矢先、妙なことが起きた。ゴールデンウイークが明けたころだった。日頃忙しい真紀も連休中は家族サービスに徹し、両親ともども遊園地や温泉などに輝を連れていった。その間は父子は顔を合わせる機会もなかったが、久しぶりに会った父親の前で、輝は何度も目をこすった。

——お父さん、何だかお父さんが見えづらいよ。

輝の目に映る父親の姿は、それから日を追うごとに輪郭がぼやけていった。

〈おれ、焦っちゃってさ。輝の前から消えちゃう前に、どうしても輝に伝えたいって……だからあの日、輝を連れ出して不忍池まで行こうとしたんだ〉

しかし池に行きつくより前に、輝の前から八尾の姿は完全に消えてしまった。

〈どうして、そんなことに……〉

〈たぶん、輝におれが見えたのは、輝があのとき、とても寂しかったからなんだ……〉

八尾もやはり、どうしようもない寂しさを抱えていた。互いの思いがリンクして、親子は再会に至った。真偽はともかく、八尾はそう考えていた。

〈あのときの輝には、父親が必要だった。そこを乗り越えたから、見えなくなった。たぶん、そういうことなんだ〉

表情だけでなしに、からだ全体から陽炎《かげろう》みたいに寂しさが立ちのぼる。

〈それでもね、輝のためにはこれで良かったんだ。輝には本当に感謝してるしね。輝が

見つけてくれなければ、いまごろは得体の知れない悪霊になっていたかもしれないからね〉

〈さっき言ってた、怖いものってこと？〉

〈そう。おれたちが見た、怨念《おんねん》のかたまりみたいな霊も、最初からあんな化け物じみた姿じゃなかった。最初はちゃんと人の姿をしていたのに、誰からも気づいてもらえなくて、長い時間の果てに、あんな姿になっちゃったんだ、きっと〉

そこに自分がいると、他者に認識してもらう。それは何よりも大事なことだ。

黒いもやが生じたときに、八尾はそれを、頭ではなくからだで――いや魂で理解した。

生きてさえいれば、たとえひきこもりだろうと役立たずだろうと友達がひとりもいなかろうと、存在だけは保証される。そんな生者ですら、自分は世間から認識されていないと、思う者は多い。

異性から相手にされない、能力を発揮できない、底辺に這《は》いつくばる自分を誰も気にも止めてくれない――。本当はもっとできるのに、本当の自分はこんなはずじゃないのに――。世間をあっと言わせたい、社会に向かって自分という存在を強烈にアピールしたい！

そんな人間が、さっき権田の口からも語られた。

秋葉原通り魔事件の犯人だ。

彼は生きながら、自身が生んだ悪霊にとり憑かれ、史上最悪とも言える殺人鬼と化した。

生きていてさえそうなのだ。霊という不確かな存在なら、より簡単に負の側に傾く。

〈もともとさ、おれたちは現世に心残りがあったからこそ幽霊になったんだ。悔いとか憎しみとか悲しみとか、そういうものを抱えもっている。その状態で存在が認められないのはキツいよね。自分がどんどんすり減って、抱えた負の感情だけが育つんだ〉

自我が崩壊して、恨みだけが残る。悪霊とは、そのなれの果てだった。

〈だからさ、おれや季穂ちゃんは、とてもラッキーな幽霊なんだ〉

〈ラッキー？　あたしが？〉

これまで一度も、そんなふうに考えたことはなかった。

たった二十歳で、わけもわからず殺されて、生きてきた短い人生も、ろくなものではなかった。自分ほど可哀想な人間はいない——。相手構わず、不幸を宣伝して歩きたい。少なくともその権利はある——。いままでは、そう思っていた。

〈ここには季穂ちゃんを見つけて、理解しようとしてくれる相手がいるだろ？　おれの場合は、息子の輝だった。でも、あのおまわりさんたちは、季穂ちゃんにとって他人だろ？　それって、すごくまれで、すごく恵まれていると思うよ〉

〈あたしが、ラッキーな幽霊……〉

とても間抜けにきこえるが、呟くと、何故だか足の指先が、ほんのりと温まる心地がした。

「権ちゃん、弦ちゃん、この前は孫が世話になったね。本当なら、お礼に菓子折りくらいは持参したいところなんだがね」

二日後、田沢千津がふたたび先留交番を訪ねてきた。

「前にも言ったけど、おれたちにとってはあくまで職務だから、よけいな気遣いは無用だよ。公務員が金品を受けとると、何かと問題になるからな」

「そう言われていたけどさ、せめてこのくらいなら構わないだろ？」

千津は手にしていた紙袋から、タッパーをふたつ出した。ひとつには五目ご飯のおにぎり、もうひとつには煮物と玉子焼きが入っていた。

「いや、ばあちゃんの厚意は嬉しいけどさ、どうかなあ……」

「先輩、せっかく千津さんが作ってくれたんですから、いただきましょうよ。稲香村に駐在していたときは、僕も漬物とか手作りケーキとかよくもらいましたよ」

「てめえはそれが高じて、謹慎食らってんだろうが」

「でも駐在さんなら、あたりまえだとききましたよ。ここもいまは、先輩が住んでいるんだから、駐在所でしょ？」

「まあ、そうなるか……」

しばし熟考した上で、権田も結局、千津の厚意を受けることにした。五目ご飯のおにぎりに手を伸ばす。

「ん、うめえ！　五目はやっぱ鶏牛蒡《とりごぼう》だよな」

「この玉子焼きも絶品ですよ。甘くてふわふわです」

舌鼓を打つふたりに、千津が目を細める。その光景を、まさに指をくわえて季穂たちはながめるしかない。

〈お義母《かあ》さんの五目ご飯、マジで旨《うま》いんだよ。もう一度、食べたかったなあ〉

〈こういうときって、ほんっとに悲しくなる！　人はパンのみに生きるにあらずって、生きてる人間だからこそ言えることだよね〉

霊体となってからは、空腹を覚えることがなくなった。それでも食べ物を目にするたびに、食べたい、味わいたいと記憶が騒ぎ出す。

〈でも、お義母さんの料理を食べられなくなったのは、おれのせいなんだよね。せっかくできた家族だったのに、大事にしようって思ってたのに……どうしてこんなことになっちゃったかなあ〉

〈どうしてって、あんたのギャンブル癖が原因でしょ〉

〈うん、やっぱそうだよね〉

〈あんないい奥さんと子供がいて、何でギャンブルに走るかなあ……そんなに好きだったの？〉

〈嫌いだったよ……信じてもらえないと思うけど、やめたくてやめたくて仕方なかった。どうしてって、おれ自身が飽きるくらい毎日考え続けた。競馬やっても全然楽しくないし、競輪場でも、罪悪感で真っ暗になってた。なのに無理にそこから離れようとすると、冷や汗が出たり手が震えたりして、どうしようもないんだ〉

〈禁断症状、みたいな？〉

〈まさにね〉

と、八尾はひどく辛そうな微笑を浮かべた。まるで季穂たちの会話がきこえたみたいに、千津が深いため息をついた。

「輝の父親もさ、そんな顔をして美味《おい》しそうに食べてくれたよ……本当にねえ、あの悪癖さえなければ、案外いい夫で、いい父親だったのにね」

たぶん何百回もため息とともに呟いた、詮《せん》ない繰り言なのだろう。八尾は消しゴムでもかけられたみたいに、しょんぼりと小さくなった。

「仕方ねえよ、ばあちゃん。ギャンブル依存は、当人にもまわりにもどうしようもできない病気なんだ。未だに効く薬がないからな、癌に匹敵するくらい重い病気だ」

権田は、明快にそうこたえた。

「未だに、本人の意志が弱いとか、享楽的な性格だとか思われがちだがな。薬物やアルコールとまったく同じ、本人がどうにもできない、いわば精神疾患なんだ」

雪だるま式に増えていくのは、借金ばかりではない。やめなければ、と思い詰め、焦れば焦るほど、かえってストレスを抱えて、さらにギャンブルにのめり込む。まさに負のスパイラルで、周囲が考えている以上に、本人もまた、苦しくて辛い思いをするという。

「まあ、おれに言わせれば、誰もが何かに依存しているとも思えるけどな。おれのオタク趣味もそうだし、こいつは女だろ？」

と、太い親指で向谷を示した。千津はそれなりに、このふたりとはつき合いが長い。なるほどと、納得のいく顔になる。一方の向谷も、この方面は詳しいようだ。依存症に悩む女性は少なからずいて、またそういう者たちを放っておけないのは、この男の性《さが》らしい。

「パチンコ、買物、過食や拒食もそうかも。最近は、SNSに嵌《は》まる子も多いよね」

「ネットやゲーム依存も同じだろうし、煙草やセックス依存もそうだよな。変わったところでは、借金依存てのもあるそうだ。人に借金しまくるのを、どうしてもやめられないんだってよ。逆に宗教とか家族とか、一見すると健全に見える依存もある。こいつも度が過ぎれば、全財産を宗教に注ぎ込んだり、配偶者や子供に過干渉するようじゃ、立派な依存だ」

「男の人の場合、案外、仕事依存が多いってききましたよ。リストラや定年で仕事がなくなると、人が変わったようになるって」

話の途中から、気分が悪くなってきた。季穂の父親もまさに、そういう人だったからだ。

いま思い返しても、季穂の父親は、サイテーな男だった。

体罰とか、性的虐待ではない。ある意味、そういうわかりやすいものではなく、ただ、あれはやはり一種の暴力だと、季穂は思う。当の父親が、まったく気づいていないからこそ、始末が悪い。

色々とダダ漏れだから、八尾は何か気づいたようだが、相手の口を封じるように、季穂は急いで話題を変えた。

〈そういえば、奥さんとは、どこで知り合ったの？　どこにも接点なさそうだけど〉

〈おれ、どこへ行っても仕事が長続きしなくてさ。いちばん長いので十ヵ月。でも、そこで真紀ちゃんと会ったんだ。おれがバイトしてたスーパーに、売り場交渉に来てたんだよ。美人だし、いつもきびきびしていて、格好良かったなあ〉

田沢真紀は、誰でも名前を知っている大手菓子メーカーで、フィールドスタッフとして働いていた。取引先を開拓するのが営業担当なら、既存の取引先を守るのがフィールドスタッフだ。スーパーマーケットなどの小売店に足を運び、売れ行きや陳列などを確認し、店との交渉やアドバイスはもちろん、品出しを手伝ったり、棚のアレンジに協力したり、クリスマスやバレンタインには、イベント用の売り場を作成したりする。

〈バレンタインにね、パートのおばさんも含めて全員に義理チョコをもらったんだ。そのお返しに、ホワイトデーに思い切ってデートに誘ってさ、ＯＫをもらえたときは嬉しかったなあ〉

〈正直、真紀さんがどうして八尾さんをえらんだのか、理解に苦しむ〉

〈あはは、おれも最初、不思議に思えたよ。交際してから理由をきいたらね、真紀ちゃんにはコンプレックスがあったんだって。お義父さんが厳しかったろ？　いつも気を張っていて、気づいたらその姿勢のまま動けなくなっていたって〉

たしかに真紀の容姿は整っているだけに、少し冷たい印象を受ける。弱みを見せない女は、並みの男には近寄りがたい存在かもしれない。

〈何の構えもなく、気さくに話しかけてくれたのはおれだけだって。それがすごく嬉しかったって、真紀ちゃんに言われたよ〉

なるほどと、季穂も思わずうなずいていた。かちこちに固まった鎧《よろい》の継ぎ目を、人懐こいこの男は、難なく外してしまった。八尾の温かい人柄が、そこから直接流れてきたのだ。

〈おれもね、嬉しかったんだ。あちこちの職場で捨てられたおれを、真紀ちゃんみたいな女性が拾ってくれたんだから〉

なのにどうして、ギャンブル通いの挙句に家庭を壊すに至ったのか。言わずとも、季穂の疑問はストレートに伝わったのだろう。八尾は申し訳なさそうに首をすくめた。

〈たぶん、真紀ちゃんに捨てられるのが、怖かったんだと思う〉

〈意味不明なんだけど〉

〈仕事続かなくて、家計は真紀ちゃんに頼りっぱなしで、お義父さんからは毎回叱られどおしで。自分のダメさ加減は、誰よりも自分でわかってた。だからこそ、ダメな自分

と向き合うのが怖かったんだ〉

　そしてギャンブルに逃げた。

　弱い人間だ、情けない男だ――。義父の昌一をはじめとするふつうの人々は、そう非難しただろう。だがそれは、強者の言い分だ。世間があたりまえとするふつうの暮らしを手に入れた者たちがふりかざす、常識という名の凶器だ。その刃物で、ぼろぼろになる人間も、この世にはいる。

〈借金の苦労は、誰より身にしみていたはずなのに、同じ苦労を真紀ちゃんや輝にさせるなんて、ほんと、最低だよね〉

　八尾が思い浮かべた過去が、そのまま季穂に流れ込んでくる。父親が親戚の連帯保証人になり、一家は大枚の借金を負った。四年ものあいだ居場所を転々として取り立てから逃げ回り、そのあいだ中学も高校も通えなかった。八尾はふつうを勝ち取るためのレールから、はじかれてしまったひとりだった。

〈みんながあたりまえに知っていることを、おれは知らない。どこの職場でも、使えないってポイされた。……いつか真紀ちゃんにも見限られる、それが何より怖かった〉

〈で、ギャンブルってわけ？〉

〈たとえ万馬券を当てたって、真紀ちゃんもお義父さんも喜んでくれない。ふたりの悲しそうな顔がちらつくと、どうしてだか、よけいに競馬場に行きたくなったりしてさ……そのくり返しだった〉

愚か過ぎる――。

耳なし芳一《ほういち》さながらに、「愚」とからだ中に書いてやりたいくらい愚かだ。

けれど依存というものの正体が、少しだけ、季穂にも見えたような気がした。まさに底なし沼に嵌まるのと、同じことだ。家族が懸命に岸から手をさし伸べても届かない。その泣き顔を毎日見続けながら、自分のからだだけが、ずぷりずぷりと泥の中に沈んでゆく。

怖い以上に、とても悲しい姿だった。

そして這い上がることができないまま、死んでしまった。直接流れてくる八尾達郎の無念は、やっぱり悲しい色をしていた。

〈ほんと、どうしようもないダメ男だけど、それでも父親としては悪くないんじゃない？〉

〈季穂ちゃん……〉

〈うちの親たちなんて、もっとサイテーだもん〉

さっきとは逆に、季穂の過去を、八尾は見ていた。

〈季穂ちゃん、君……若いのに、苦労したんだね〉

〈その言い方、おっさんくさいし。……でも、ま、世界中からダメ男と非難されても、息子にとっていいパパなら、あたしはそっちの方が人間としてマシだと思う〉

八尾達郎と輝が、石段に並んでいた姿を、季穂は思い出していた。幼稚園のあれこれを、懸命に息子が話し、父親はうんうんとうなずきながらきいてやる。季穂の目にしか映らない、他の誰にも見ることのできなかった光景は、目の前の父親に、直《じか》に響いたのだろう。八尾が視線を落とし、ぽつりと呟いた。

〈輝、大丈夫かな……〉

「輝くんは、大丈夫ですか？」

同じ台詞《せりふ》をくり返されて、思わずふたりの幽霊がふり返る。間髪を容《い》れずたずねたのは、向谷だった。まるで八尾の言葉をそのまま伝えたかのようだが、どうやら当人には自覚がないようだ。千津は表情を曇らせた。

「それが、あんまり大丈夫じゃないんだよ」

「知恵熱でも、出したのか？」と、権田がきく。手にしたおにぎりはすでに三つ目だ。

「あの子、お父さんと一緒にいたってきかなくてね。父親が途中でいなくなって、置いてきぼりにされたと思ってるんだ。自分が何かいけないことをしたから、いなくなったんじゃないかって、そう思い込んで、あれ以来すっかり元気がないんだよ」

昨日は幼稚園にも行かず、一日中塞ぎ込んでいたという。また登園拒否がはじまるのではないかと、大人たちは気を揉んでいるようだ。

〈せっかく元気になったのに、また逆戻りさせるなんて……やっぱおれ、父親失格だ〉

いまにも体育座りでもしそうな落ち込みようだ。傍にいるこっちがいたたまれない。

季穂はしばし考えた。

〈見えないというなら、あとは声を届けるしかないよね〉

〈……声って、もとから届かないよ〉

〈届くかもしれない。少なくとも、本気でやろうとしている人間を知ってるの。とりあえず、発破かけてくる〉

台所に引っ込んだ向谷を追いかけて、懸命に合図を送る。気づいた向谷は、タッパーを洗っていた手を止めた。

「足子さん、どうしたの？」

カレンダーの裏で、季穂の訴えを確かめて、向谷は権田に伝えた。

「先輩、足子さんから伝言です。『交信機、早く』って」

上岡が幽霊交信機を手に交番に現れたのは、それから二日後、週が明けた月曜日だった。

「よく一週間で仕上げましたね、上岡さん」

「いやあ、当の幽霊さんから激励されちゃあ、張り切らざるを得ないからね。不眠不休でがんばったよ」

「激励っていうか、催促すけどね」

少なくとも季穂のかけた発破は、無駄ではなかった。不眠不休は嘘ではないようで、ただでさえ痩《や》せた上岡のからだは、鉋《かんな》をかけたようにさらにひとまわり削《そ》げて、目の下には大きなクマが張りついている。それでもいまにも歌い出しそうなほど、足取りはかろやかだ。

「じゃーん！　これが完成した、幽霊交信機・壱号だ」

「一号は、この前見たのじゃないんですか？」

「あれはプロトタイプだから零号。これが初号機だ」

向谷に向かって、嬉しそうに解説する。権田は机に広げられた壱号を、しげしげとながめた。

「何か、でかいっすね」

「足指で操作ができるよう、大きくした。実を言うと、よく似たキーボードはすでに市販されていてね。メーカーの了解をもらって、東大《うち》の技術連中が改造したんだ」

上半身の障害をもつ人が、足で操作できるよう開発されたもので、横幅は並のキーボードの一・五倍、縦は二倍もありそうだ。キーが丸型にへこんでいるのは零号と同じだが、キーの直径も底に書かれた文字も、やはり倍近く大きい。よくあるＪＩＳ配列ではなく、銀行のＡＴＭのような五十音配列になっていた。

「各々のキーの底についた磁気センサーも、すでにペンタブレットに導入されている既存の技術だ。ごく微弱な磁気を感知するために、改良はしたけどね」

「電磁誘導式ってことっすね」

「先輩、何ですか、それ？」

「弦に説明しても、無駄とは思うが……」

と言いながらも、権田が説明をはぶかなかったのは、季穂にきかせるためかもしれない。

「専用のペンで操作するタブレットがあるだろ？　あれはペンの先に、磁界を発生する装置がついてんだよ。画面の側にあるセンサーが、その電磁エネルギーを受けて、位置を検出する仕組みなんだ」

「言ってみれば、ペンタブ方式のキーボードってことだね。唯一の難点は、軽量化が図れなかったことかな。四キロはあるから、持ち運びには不便だよね。時間かければもっと軽くできるけど、そのあいだに幽霊さんが消えちゃうんじゃないかって気が気じゃなくってさ」

いそいそと床にキーボードを据え、パソコンには無線で繋《つな》がるようだ。スチール机にあった権田のパソコンを借りて操作した。メール画面を開き、準備万端整えたところで、不安そうに辺りを見回した。

「ね、まだいるよね、幽霊さん。消えたり、してないよね？」

「はい、ちゃんといますよ。幽霊じゃなく、足子さんですけどね」

向谷に保証され、上岡が乙女の祈りポーズで両手を握りしめる。

「よかった！　じゃあじゃあ、さっそく使ってもらって」

「でも、これ、本当に大丈夫ですか？　磁石だか電気だかが流れたとたん、ビリビリッときて、足子さんが消えちゃったりしませんか？」

向谷の素朴かつ無邪気かつ鋭い指摘に、浮き立っていた上岡が、たちまち静かになる。

「どうしよう……そればかりは、保証できない」

「まあ、なくもねえ話か」

権田に無表情でうなずかれ、さすがに季穂も血の気が引いた。

「足子さん、やっぱり怖いよね？　せっかく作ってもらったけど、足子さんのからだを考えると、僕も勧められないよ」

向谷の労わりが、さらに躊躇《ちゅうちょ》を倍増させる。何も応えられず、じっと突っ立っていると、となりから声がした。

〈おれが……おれが実験台になるよ〉

八尾達郎だった。男らしさには甚だ欠ける青白い顔が、にらむようにばかでかいキーボードを凝視していた。

〈おれはどうしても、輝にメッセージを届けたい。それが父親として輝にしてやれる、唯一のことなんだ。だからおれが……〉

〈おっさんは、引っ込んでてよ。これはもともと、あたしのためのものなんだから、最初に使うのは、あたしに決まってるでしょ〉

八尾の覚悟が、季穂に腹を決めさせた。足ぶりで向谷に、キーボードの前に椅子を運べと命じる。

「足子さん、ほんとにいいの？」

向谷の心配顔を無視して、季穂は椅子に腰かけた。キーボードの上に、右足を出す。

向谷と八尾はもちろん、何も見えていないはずの権田と上岡も、鼻息すら止めて見守っている。

左端にある窪《くぼ》みに、そろりと親指をさし込んだ。

かすかな刺激が爪先《つまさき》に走り、とたんに抑えていた恐怖が音を立てて襲いかかる。

――消える！

「足子さん！」

〈季穂ちゃん！〉

動揺がそのまま伝わったのか、向谷と八尾が同時に叫んだ。

知らずに、ないまぶたを閉じていたようだ。おそるおそる目をあけると、白い足は、ちゃんとボードの上にあった。次いで、おおっ、と大きな歓声が上がる。

「『わ』だ！　権田、『わ』だぞ！」

「すげえ！　マジですげえよ、上岡さん」

パソコンの画面はこちらに向けられている。真っ白なメール画面の左端に、確かに『わ』の字が見える。

「おい、弦、間違いねえか？　足子が打ったのはこの文字か？」

「はい、先輩。間違いないです。足子さんの親指、『わ』のところに刺さってます」

消えると思ったのは、恐怖が見せた錯覚だった。安堵と拍子抜けでぐったりしながら、季穂は残りの文字を打った。やはり指先に刺激はあるものの、痛みではなく、違和感といった方が近いかもしれない。ただ、決して嫌な刺激ではなく、梱包《こんぽう》材のプチプチを潰《つぶ》すときのような快感すらある。

それは霊体になって初めて経験する、『触覚』という五感だった。

慣れない文字配列にとまどいながらも、新しい遊びを見つけた子供のように、足はキーボードの上を軽やかに行き来する。

「わ、た、し――私！　おおっ、漢字変換までできるなんて！　すごいぞ、権田！」

「足は一応、平成生まれらしいすから」

季穂が入力するたびに、上岡がプロレス会場のアナウンサーのごとく、感情と気合を込めて実況中継する。ひとまずテスト入力を終えたとき、その興奮は最高潮に達した。

「『私は渡井季穂。交信機、ありがとう』……権田、見たか。ついにやったぞ！　僕の積年の夢、幽霊との交信に成功したんだ！」

「マジすごいっす！　ただ上岡さん、先にそれ止めてください。ぶっ倒れますよ」

上岡の顔を、たらりとひと筋、伝うものがある。権田はティッシュの箱を押しつけた。顎を伝い、ぽたりと落ちたのは、汗でも涙でもなく鼻血だった。

「いらっしゃい、輝くん。真紀さんもようこそ」

「交番に、いらっしゃい、ようこそって、どうよ」

権田の突っ込みは意に介さず、向谷はさわやかスマイルでふたりを迎え入れる。狭い交番内に据えられたスチールデスクの前に、ふたりを座らせた。母親の膝《ひざ》の上に収まってから、輝がたずねる。

「お父さんに会えるって、ほんとう？」

「輝、言ったでしょ。会えるんじゃなくて、お父さんがメッセージを送ってくれるって」

「メッセージじゃつまんないよ。僕、お父さんに会いたいよ」

母親の説明に、輝が口を尖《とが》らせる。デスクの上にはノートパソコン。モニターは親子の方を向いており、昨日と同じに白紙のメール画面が開いている。その奥に、ばかでかいキーボードが鎮座して、デスクをはさんだ、いつもは権田の定席に、八尾達郎がちんまりと座っていた。

目の前にいる父親の姿に、やはり輝は気づかない。八尾は少し寂しそうに、息子に向かって微笑んだ。

「それじゃあ、お父さん、お願いします」

権田のひと声に、八尾が黙ってうなずいた。少し緊張した面持ちだが、八尾も交信機を使えることは、すでにテスト済みだ。キーボードの上に、両手——正しくは両手の人差し指を構えた。画面に、文字が現れた。

「ひ、か、る、え……あ、お父さんからのメッセージだ！」

つまらないと言ってたくせに、画面に仮名文字が現れると、輝は即座に食いついた。

そのようすを、権田と向谷、それに季穂は、交番の外から見守っていた。

時計は午後六時半をまわっている。真紀は定時に退社して、駆けつけたようだ。もちろん真紀には、輝を元気づけるための芝居だと、権田はその方便を通している。権田の友人が、まったく別の場所から父親のふりをしてメールを打っていると、真紀はそう信じていた。

「こ、の、ま、え、わ、ご、め、ん、ね……お母さん、お父さんがごめんねって言ってる」

五歳児が読めるようにと、文字はすべてひらがなだ。いわゆる「てにをは」などの助詞のたぐいまで音に合わせているのは、幼児をもつ父親らしい配慮だが、権田は途中で鼻を鳴らした。

「入力おっせえ！　足が足で打つより遅いって、どういうことだよ」

口の中だけで悪態をついたが、まるできこえたように真紀がくすりと笑った。

「これ本当に、達ちゃんが打ってるみたい……お父さんね、携帯は得意だったけどパソコンは苦手でね」

「そうなの？」

「お母さんと出会ったスーパーでもね、最初は事務のお仕事で雇われたのに、パソコンが使えなくてフロアにまわされたんだ。懐かしいなあ……店長さんからは叱られてばかりだったけど、お父さん自身はいつもにこにこしていて、誰に対してもやさしくて……だからお父さんのまわりの人は、みんなお父さんが好きだった」

「お母さんも？」

「そうよ、だからお父さんと結婚したの」

覚束ないメールの隙間を埋めるように、母親が輝に語りかける。

「ひかると、しのば、ずのいけにい、きたかつた……あ、不忍池知ってる！」

「輝を、不忍池に？」

真紀がはっとして、顔を上げた。モニターの向こうから、八尾は真紀を見詰めていた。夫婦が互いに見つめ合っている姿を知る者は、世界中でただひとり、季穂だけだった。

「不忍池って、蓮《はす》のお池でしょ？　おじいちゃんやおばあちゃんと行ったことある」

「うん、そう……蓮のお池」

「お父さんはどうして、僕とお池に行きたかったのかな？」

「それはね、輝……お父さんが初めて輝に会ったのが、不忍池だからだよ」

あの日、不忍池のほとりで、真紀は子供ができたことを八尾に告げた。ひと晩一緒にいて、帰りがけに打ち明けたのは、たぶん不安だったからに違いない。真紀は四つ年上で、八尾の経済力では結婚は難しい。尻込《しりご》みされ、逃げられることも覚悟していたのだろうが、八尾達郎はおなかの子供を心から喜んで、その場でプロポーズしてくれた。

「輝の名前もね、そのときにお父さんが考えたの。男でも女でも、『ひかる』って名前にしようって……それからお母さんの前にしゃがんで、おなかに両手を当てて、お父さんね、輝にこう言ったの。『こんにちは、ひかる。お父さんだよ』って……」

嗚咽《おえつ》を無理に押し戻すように、真紀が片手で口を覆った。妻をながめる八尾もまた、ほろほろと涙をこぼしている。

——夫婦とは、こういうものか。

唐突に、季穂は理解した。血縁上は赤の他人でも、ふたりだけの思い出を共有することで、誰よりも深い絆《きずな》で結ばれる。

長針が大きくまわり、文字盤の2を過ぎたころ、輝へのメッセージはようやく完成した。

——輝へ。この前はごめんね。黙っていなくなったのは、輝のせいじゃありません。お父さんは遠くへ行かないといけなくて、いままでみたいに輝の傍にいれなくなりました。

でも輝のことは、遠くからいつも見ています。

幼稚園に元気で通っている姿も、シュウちゃんと遊んでいるときも、おじいちゃんやおばあちゃんとご飯を食べているときも、寝る前にお母さんに絵本を読んでもらうときも、ずっとずっとお父さんは輝を見ています。輝が泣いていても怒っていても、落ち込んでいるときも辛いときも、姿は見えなくても、お父さんは遠くから輝を応援しています。

だから輝、お父さんがいないことを、悲しまないでください。

お父さんは、とてもとても幸せでした。

お母さんと結婚できて、おじいちゃんやおばあちゃんと家族になれて、何よりも輝が生まれてくれて。お父さんは輝のおかげで、世界一幸せなお父さんになれました。

輝が生きて、元気でいてくれることが、お父さんの幸せです。

輝、生まれてきてくれてありがとう。

「こんなに長いメッセージじゃ、輝にはかえってわかりにくいよね……ほんとに、要領悪いんだから」

細い背中が丸くなり、大きく震える。真紀は輝を抱きしめて、泣いていた。

その膝の上から、あ！　と幼い声が叫んだ。

「お父さん！」

輝が目を凝らしている机の向こうで、不思議なことが起きていた。立ち上がった八尾のからだが、淡い光を帯びている。虹《にじ》色にも見える光の粒は、上へと流れていく。

「お父さん、行っちゃうの？」

八尾が息子に向かって、ゆっくりとうなずいた。それ以上、追いすがるそぶりを見せなかったのは、父親が幸せそうに微笑んでいたからかもしれない。

「お父さん、ちゃんと見ててね！　僕のこと、忘れないでね！」

うん、ともう一度うなずいた瞬間、八尾の姿は煙が上へと流れるように消えていた。

「お父さん、行っちゃった！　もう、会えなくなっちゃった！」

輝が母親にしがみつき、おいおいと盛大に泣き出した。

季穂とともに、ぼんやりと煤《すす》けた天井を見上げていた向谷が、そっと声をかけた。

「でも、輝くんにも見えたよね？　お父さん、どんな顔してた？」

「……お父さん、笑ってた。しやわせ？　な顔してた」

えぐえぐとしゃくりあげながら、輝がこたえる。

ふいに八尾の声が、余韻のように季穂の中でこだました。

――だからさ、おれや季穂ちゃんは、とてもラッキーな幽霊なんだ。

金曜日のグリービー

「家電《いえでん》と携帯に留守電残したのにかかってこねえし、この二日間さんざん電話して、ようやく電話口に出たかと思えば、『うちの娘は、東京にはおりません。変な言いがかりはつけないでほしい』、あげくの果てに『本当に警察の方ですか?』、だとよ」

いかにも父らしい台詞《せりふ》だと、季穂は内心でため息をついた。

幽霊交信機が完成し、五日が過ぎていた。

権田は本格的に、季穂からの事情聴取に着手して、そのおかげもあってか、季穂が足でキーをたたく速度もみるみる向上した。向谷のとんちんかんな通訳も要らなくなり、コミュニケーションはいたってスムーズになったが、肝心の事件についてはとっかかりさえ摑《つか》めない。

「行方不明者届は、『桃飴屋』のオーナーに頼んで出してもらったから、どうにか動けるものの、こっから先は身内の協力なしじゃ、早々に行き詰まるぞ」

ブフーッと、トドそっくりの大きなため息を鼻からもらし、権田は引き出しからカップ麺《めん》をとり出した。「台湾《たいわん》ラーメン・名古屋《なごや》風」という、発祥地がはっきりしない特大サイズだ。ポットの湯を注ぎ、蓋《ふた》をして三分待つ。

「仕方ねえ。こうなったら腹を括《くく》って、おれたちだけで捜査にあたるしかねえか」

《さんせー》

こたえると、吸引力を誇る掃除機顔負けの勢いで、権田はラーメンをすすり出した。

向谷はランチに出かけたまま、まだ帰らない。

五月も末、梅雨にはまだ早く、すでに日差しはきついが、真夏とくらべてさわやかだ。交番の内から見える歩道の花壇は、鮮やかな黄色とオレンジで埋め尽くされていた。

「しっかしこの先、どうすっかな。足の住まいやもう一軒のバイト先は、空振りに終わったからな」

ものの三分でカップ麵を平らげて、さらに一リットルサイズのコーラを飲み干して、盛大なゲップを一発かましてから、権田がひとり言《ご》ちた。

昨日、権田と向谷は、まず季穂の住んでいたシェアハウスを訪ねた。

その狭い空間は、あの日の朝から時間が止まっていた。

飲みかけのマグカップは、液体部分がほとんど蒸発して、底の方にタールのようにコーヒーを沈殿させたまま小さなテーブルの上に置かれたままだし、その朝、どちらにしようか迷って結局やめたブルーのスカートは、ベッド代わりに敷きっ放しにした布団の上に放り出されていた。

渋谷区笹塚。京王《けいおう》線の沿線だが、都営新宿線も乗り入れている。

そのシェアハウスは、築三十五年の一軒屋に、女性九人が同居している。渋谷区とはいえ、渋谷駅からは十五分はかかる距離で、新宿からならわずか五分という好立地にもかかわらず、家賃は五万二千円。そのぶん個室は、ダブルベッドさえ入るかどうかという狭さだ。それでもアパートと違って、敷金や礼金などの初期費用が要らず、保証人も不要、しかも冷蔵庫や洗濯機なども買わなくていい。しがないフリーターに等しい季穂にとっては、好条件の物件だった。

「ここは女性限定のシェアハウスですから、一階の窓にはすべて柵《さく》をとりつけましたし、防犯カメラも玄関の内と外、さらに二階廊下にも、計三台設置しています。不審な人物が出入りすれば、すぐに住人の目につきますし」

シェアハウスを管理する不動産会社の従業員は、警察の手前か、安心安全をことさら力説しながら、季穂の個室の鍵《かぎ》を開けてくれた。

大きさと重量が災いし、頼みの交信機は外では使えない。もし、部屋に侵入された形跡があればバツ、なければマルを示せと、あらかじめ権田から指示されていた。

権田と向谷に続き、部屋に入ってすぐにわかった。

あの日の朝から、何も変わっていない――。

それはとても不思議で、奇妙な感覚だった。季穂の境遇はこんなにも激変したのに――、もはやこの世に存在すらしていないというのに――、マグもスカートもテーブルも布団も、その時を形づくり、季穂が生きていた証《あか》しを保存し続けている。

まるで日常を、博物館に収めたようだ。

この上なく懐かしいのに、無機質で哀しい空間だった。

季穂のマルを向谷に確認すると、権田はシェアハウスの住人たちにも聞きこみを行ったが、成果はなかった。ちょうど同じ町内のご近所同士に似て、キッチンなどの共有スペースで顔を合わせたり、かるい雑談はするものの、プライバシーには互いに干渉しない。季穂の顔は覚えていても、仕事の内容さえ誰も知らなかった。

「おし、次はもう一軒のバイト先へ行くとするか」

笹塚から秋葉原に戻ると、ふたりはその足で、昭和通りの東側へ足を向けた。季穂のもうひとつの職場であり、最後に向かった先でもあるガールズバー、『リモート』だった。


店長をはじめとする桃飴屋の皆は、季穂が週に一、二度、ガールズバーで働いていたことは知っていたが、店の名前や場所までは把握していなかった。交信機が使えるようになって初めて、季穂からその情報を引き出したというわけだ。

店は十九時開店だから、笹塚の帰りに寄ることにしたのだろう。電車での移動のために、権田も制服ではなく、ダサい私服姿だった。こいつは基本、チェックのシャツとパーカー以外は、持っていないようだ。くすんだ灰色のパーカーを着ているから、いつもよりよけいにトド感が増していた。その姿を追い越して、先に行こうとすると、トドが言った。

「おい、弦。足はいるよな？」

「はい、ちゃんと僕らの前にいますよ」

「事件当日、おまえが桃飴屋を出たのは、二十三時半だったよな？」

――マル。

「あと、一時間半てとこか。おし、晩飯がてらどっかで時間潰《つぶ》して、二十三時半に桃飴屋から出発する」

「先輩、これから行くのはガールズバーで、桃飴屋じゃありませんよ」

「足は桃飴屋からリモートに向かう途中で被害に遭った。そのときと同じ時間、同じルートを辿《たど》れば、何か思い出すかもしれねえだろ？」

多少面倒ではあるが、確かに理にはかなっている。季穂も同意して、どこの駅でも必ず看板を見かけるチェーンの居酒屋で腹ごしらえするあいだ、つき合うことにした。

「先輩は相変わらず、呑《の》まないんですね」

向谷は、ワイングラスを手にしている。目の前にあるのは、チーズのかかった生ハムサラダと、サーモンのカルパッチョ。ルックスと相まって、テーブルのこっち側だけ見ていると、小粋なイタリアンレストランにいるかのような錯覚を覚える。ただ残念ながら、テーブルの半分から向こう側は、まったく景色が違う。山盛りの鶏《とり》の唐揚げにフライドポテト、焼きギョーザにあんかけチャーハンと、ほぼ脂肪と炭水化物で占められた料理を、コーラで流し込む権田の姿があった。

「おれは弦ほど、酒強くねえしな。万一、事件が起きたときに酔っぱらってちゃまずいだろ。駐在勤務の辛《つら》いとこだが、仕方ねえな」

権田はそう言ったが、別に駐在勤務に、禁酒が条件づけられているわけではない。以前、働いていたキャバクラできいた話では、警察官や教員など堅い職業に限って、酒量が多かったり、酒癖が悪かったりするそうだ。たぶん日頃嵌《は》めている箍《たが》が、酒で外れてしまうのだろう。それでもこのメガネトドは、秋葉原のおまわりさんという職に何よりこだわっている。食事をはじめとする生活習慣には無頓着《むとんちゃく》な一方で、仕事に関しては、からだに似合わぬ繊細な心配りをしていた。

「十一時十五分か、そろそろ行くか」

向谷がワインやハイボールを三杯あけたころ、権田が腕時計に目をやった。

「宿泊料ってことで、ここはおまえ持ちな」

「仕方ないなあ。僕が女の子以外に奢《おご》るのは、先輩だけですからね」

「その特別扱いは、何故だかイラッとくるな」

厚かましい先輩風に口を尖《とが》らせながらも、向谷が身軽に席を立つ。

「あいつの酒量ときたら底なしでよ、しかもどんだけ呑んでも、あのとおり涼しい顔のままなんだよ」

ひとり言にきこえるが、季穂に向かって言ったようだ。向谷や交信機なしでは、会話はなり立たない。それでも悪い気はしなかった。

居酒屋から桃飴屋までは三分ほど。夜の桃飴屋は、窓ガラス越しに見える暖色系のライトのせいか、レトロ感がいっそう際立つ。その日は金曜日。休日前だから十一時まで営業し、警官たちが覗《のぞ》いたときには、後片付けをしていた。権田は中に声をかけることはせず、季穂に言った。

「おし、こっからは足が先頭な。弦、ちゃんと伴走しろよ」

「伴奏って……鼻歌でも歌えってことですか？」

「その伴奏じゃねえよ。足を見失うなってことだ」

「それなら大丈夫です。人通りも少ないし、足子さんは昼間より夜の方がはっきり見えますから」

真夜中に近いこの時間になると、秋葉原の人口は、ぐっと目減りする。それでも駅周辺の繁華街にあたる桃飴屋近辺は、まだ人通りが残っていたが、中央通りへ出て北へ進むと、だんだんと人の姿はまばらになる。途中で信号を渡り、東へ折れて、上をＪＲが走る高架下を抜けた。そこから先は、がらりと街の佇《たたず》まいが変わる。この辺りはオフィス街で、昼間でも決して繁華とは言いがたく、深夜となればほとんど人影がなくなる。

季穂はあの日と同様、昭和通りを過ぎて、けれどそこで足が止まった。

リモートは、次の角を左に曲がった、その先にある。なのにどうしても、そこから足が動かない。

「足子さん、大丈夫？　怖いんだよね？　無理しなくていいんだよ」

女性の気持ちにだけは敏感な向谷が、後ろから声をかけた。

「怖いって……もしかしてこの辺りが、殺人現場か？」

応じることすらできず、季穂はただ突っ立っていたが、権田が重ねて言った。

「おい、足。怖《こえ》えのはわかるが、事件現場がわかれば、手がかりもあるかもしれない。いまのところ、手がかりどころか、遺体も凶器もない。おまえが頑張らねえと、事件にすらならねんだぞ」

「先輩、無理強いしちゃ駄目ですよ。ショックで足子さんが消えちゃったりしたら、どうするんですか」

「それじゃたしかに、元も子もねえが」

向谷に言われて、いっとき黙り込む。それでも権田の主張は正論だ。いま現在、事件ですらない殺人を立証しようというのだ。警察はもともと、起きた事件を捜査する組織だ。たとえ警官でも、とっかかりがなければ進みようがない。

季穂は見えない両手を握りしめ、ない唾《つば》をごくりと呑み込んだ。

――わざわざ足だけの幽霊として、よみがえったんだもの。ここで一歩を踏み出さなくてどうする！

綱渡りに挑むような心境だった。ひたすら念じながら自分を鼓舞し、右足をそろりと前に出す。

「足子さん……」

本当に、細いロープの上を、渡っているかのようだった。ひと足踏み出すごとに、まるで谷底の強風に煽《あお》られるように、両足の均衡が保てなくなる。たぶん、からだがないからだ。気持ちの揺れが、そのまま霊体に作用する。向谷だけは、その揺れを感じているようだ。無理をするなと声がかけられたが、季穂は脂汗を垂らすような心地で、一歩一歩前に進んだ。ほんの数メートルが、とてつもなく長く感じられる。

ようやく角にさしかかり、道を左に曲がった、そのときだった。

轟《とどろ》くような突風が、足許《あしもと》から突き上げた。

——駄目だ、消える！

一瞬、観念し、目を閉じた。視界から一切が消え失《う》せ、同時に、音もにおいも感じなくなった。それは初めて覚えた感覚だった。

——何も、ない……全部、失くなる、無くなる、亡くなる——。

季穂をとり巻いていたのは、虚無だった。圧倒的な虚無が季穂を包みこみ、ぱくりと口をあけた異次元へ連れ去ろうとしていた。声があれば、あらん限りに叫んでいたろう。さっき感じた恐怖など、比較にならない。どんな悲しみも怒りも、いま覗き込んでいる虚無とくらべれば、ましに思えた。

「足子さん！　足子さん！」

「足、しっかりしろ！　消えるんじゃねえぞ！」

季穂を現実に引き戻したのは、ふたりの警官の声だった。事態を察した向谷はもちろん、権田も懸命に励まし続ける。

目を開けると、心配そうな端整な顔と、いつになく狼狽《ろうばい》したでかい顔が覗き込んでいた。

「足子さん、大丈夫ですか？　慌てないで、ゆっくり深呼吸して」

「そうだぞ、気を落ち着けて、ゆっくりでいいからな。急に動くんじゃないぞ」

よほど動顛《どうてん》しているのか、向谷のとんちんかんなアドバイスにも、突っ込む余裕すらなさそうだ。ふたりの背後に、低いビルと暗い空が見え、と同時に、街のざわめきが戻ってきた。

「ああ、良かった！　このまま消えたらどうしようかと思った」

「本当に大丈夫なんだろうな、弦。足はちゃんとあるんだろうな」

ひと仕事終えたように額を拭《ぬぐ》う向谷に、権田が何度も念を押す。

――ここには季穂ちゃんを見つけて、理解しようとしてくれる相手がいるだろ？

――それって、すごくまれで、すごく恵まれていると思うよ。

この前成仏した、八尾達郎の笑顔が、胸によみがえった。

たしかに、そうかも――。

幽霊は、この世には存在すらしていない頼りないものだ。たぶんひとりきりだったら、あっさりと虚無に呑み込まれていたろう。けれど季穂には、このふたりがいる。季穂を励まし、味方になり、無念を晴らそうとしてくれている。

　胸の中に、それまでと別のものがこみ上げた。

　たぶん、勇気とか、そういうものだ。

　季穂がすっくと立ち上がると、向谷が気づいた。

「足子さん、どこ行くの？　もう、無理しない方がいいよ」

「そうだぞ、足。おまえの証言はとれたから、後はおれたちが現場周辺を当たってみるからよ」

　ふたりは止めたが、季穂は大丈夫の合図にマルポーズをして、さっきとは違う確かな足取りで、その場所を目指した。はらはらしながら、ふたりがその後を尾《つ》いてくる。

　両側を低いビルに塞《ふさ》がれた狭い路地。左側には建設中のビルがあり、工事中を示す銀色の囲いが続く。右側に、青と黄色の看板が目印のコインパーキングが見えた。

　――ここだ。……あの晩、ここで襲われたんだ。

　パーキングの少し手前、小さな会社と思《おぼ》しき茶色いビルの前だった。

　リモートは、この先の角を、曲がったところにある。時間を確かめるつもりで、バッグから携帯を出したとき、何かが落ちる音がした。いつももち歩いているメガネケースが、携帯と一緒にバッグからとび出したのだ。

　プラスチックのケースは、アスファルトの上で勢いよく跳ねながら、雷柱の陰に落ちた。季穂の視力は〇・二だ。仕事中はコンタクトにしているが、花粉のとびかう春になると、外では目がしぶしぶして、外さざるを得ないことがある。この時期は、メガネは必須《ひっす》アイテムだった。

電柱の前にしゃがみ込んでケースを拾い、その場で中をたしかめた。レンズが割れていないか心配だったからだ。三千九百円の安物だが、フリーターにとっては痛い出費となる。

幸いレンズに支障はなく、ほっとして立ち上がろうとしたとき、ふいに背中から、その気配が近づいた。靴音はほとんどなく、ただ、人の発する気配だけが急にふくらんだ。ふり返ろうとした瞬間、後頭部を強く殴られて、それが最後の記憶だった——。

「ここが、現場なんだな？」

電柱の前に立ち尽くしていると、後ろから権田が言った。

季穂はかかとをつけて、力なく歪《ゆが》んだマルを作った。

「玲那ちゃんが、行方不明？」

一週間でマスカラ一本を消費しそうな、いかにも重たげなまつ毛の目を、ママは大きく見開いた。キャストの女の子たちからは、千沙《ちさ》ママと呼ばれている。オーナーは別にいるのだが、千沙ママは二十代後半とまだ若い。ロングの茶髪にギャル風のメイクで、キャストとくらべても遜色《そんしょく》のない容貌《ようぼう》だった。

それでも、やはり店を任されているだけあって、見かけよりよほどしっかりしている。

「玲那ちゃんが最後にキャストとして入ったのは、五月一日です」

千沙ママは、いったん店に戻り、タブレット型パソコンを抱えてドアから出てきた。

この店は着替えの必要がなく、キャストは私服で店に立つ。二畳くらいしかなさそうな事務室に、千沙ママ専用のデスクと、女の子たちの鞄《かばん》を入れておく小さなロッカーが置かれ、男ふたりを詰め込む余裕はない。季穂のことで話を伺いたいと、店の女の子を通して伝えられると、千沙ママはふたりの警官を連れて、店のある雑居ビルの外に出た。

リモートは、このビルの地下一階にあった。

ところどころに居酒屋やバーの看板はあるものの、決して多くない。他はほとんど小さな会社のオフィスばかりで、人気《ひとけ》はほとんどなかった。

パソコンの画面にあるのは、キャストのシフト表だった。五月一日、午後十一時から翌朝の五時まで、他三人の女の子とともに、玲那のラインがある。季穂はこのリモートでも、同じ源氏名を使っていた。

「玲那ちゃんには、店がいちばん忙しい金曜日だけ入ってもらってました。だから五月は、一日の金曜日が最後で……」

店内はカウンターのみで、椅子は十五席。造りはあたりまえのバーと同じだが、キャストに可愛い子をそろえているせいか、週末は常に満席になる。ガールズバーはキャバクラなどと違って、原則、風営法の規制を受けない。いわゆるカフェバーと同じ扱いだから、深夜でも営業が許される。そのかわり、接待行為は認められていないから、お酌はもちろん、カラオケでデュエットすることさえ禁止ときいて、びっくりした記憶がある。

季穂が週一度、ここでバイトをはじめたのは、お金のためだ。桃飴屋ではフルタイムで入っても、生活費しか稼げない。もしものときの備えとか、また先々の不安もあった。キャバクラと違って、同伴やアフターなどのノルマもなく、カウンター越しという安心感はあるものの、やはり酔客相手だからそれなりに面倒くさい。昼間から深夜までの労働となるとからだもきついし、週一回が限界だった。

「では、六日の深夜、彼女がこの店に向かっていたことは」

「まったく、知りませんでした」

桃飴屋からリモートへ向かうあいだに、事件に巻き込まれた可能性がある。権田からそうきかされて、千沙ママはひどく驚いていた。心配ととまどいが、ない交ぜになった表情が、街灯の明かりに白く浮かび上がる。

「金曜でもないのに、どうして玲那さんは、店に向かったんでしょうか？」

「もしかしたら、忘れ物をとりにきたのかもしれません。五月一日に来たときに、トイレに化粧ポーチを忘れていって、預かっておくからとメールで伝えてありました。時間があったら、そのうちとりに行くかもしれないと、返事がありましたから」

権田は、すでに季穂から聴取済みであるにもかかわらず、そんな素振りは毛ほども見せず、なるほどともっともらしくうなずいた。

「ただ、それ以来、玲那ちゃんと連絡がとれなくて……それだけは私も心配してました。翌週の八日は、お休みをとりたいと、あらかじめきいていたんですけど、次の週の十五日も、その次の金曜日も姿を見せなくて、何度連絡しても携帯は繋《つな》がらないし……」

心配してくれていたのは本当だろう。一方で、何の断りもなしに、ある日店に来なくなるキャストは過去に何人もいた。

「玲那ちゃんは決して、そういうタイプには見えなかったんですけど、私もよくあることだからと、自分に言いきかせて……納得させてしまって」

バイト代は振り込みだし、シフトを変えれば、店にもさして損失もない。まさか事件に巻き込まれたとは想像もしなかった。千沙ママはそう言って、警察に届けなかったことを申し訳なさそうにあやまった。

「玲那さんが事件に巻き込まれるきっかけになりそうな、トラブルや心当たりはありませんか？」

聴取の鉄則たるその質問にも、ママは中途半端に首をかしげていたが、

「どんな小さなことでも構いませんから、お願いします」

イケメン向谷がいつもの台詞を、もとい刑事ドラマの常套句《じょうとうく》を口にすると、ひとつだけ、と言い出した。千沙ママは旦那《だんな》持ちなのだが、イケメン威力は既婚独身にかかわらず作用するものだ。

「けっこう前のことですけど……最近妙に視線を感じるって、玲那ちゃんがお客さまと、そんなことを話してて……ちらりと耳に入っただけなんですけど」

「それは、いつごろですか？」と、権田が身を乗り出す。

「たしか先月の……四月の初めころだと思います。私はとなりで、別のお客さまと花見の話をしてましたから」

千沙ママに言われて、季穂も思い出した。昼や夜に関係なく、秋葉原の街を歩いていると、何となく見られているような気がしてふり返ることが何度かあった。しかしことさら怪しい人物は見当たらなかったし、自分の目立つルックスは承知していた。ふり向きざまにちらりと視線を送られたり、すれ違いざま背後から、「いまの人、足長いねー」などと、はしゃぐ声もする。その話を打ち明けた客からも、「そりゃ、玲那ちゃんを見つけたら、どこのモデルかなって、誰だってつい見ちゃうよ」と笑われた。実際、その視線についても、ストーカーとか変質者とか、そういう危ないたぐいではないような、何故だかそんな気がして、季穂自身さほど深刻にはとらえず、そのうち忘れてしまった。

しかし権田と向谷にとっては、何より気になる情報だったようだ。

「足子さん、やっぱり誰かに、狙われていたんじゃありませんか？」

「秋葉原限定なら、絞れるかもしれねえ。署の不審者リスト、とり寄せてみるか」

俄然《がぜん》、不審者説に傾いていたが、今日になって、その方向が大きく変わった。

権田がカップ麺の昼食を済ませ、やがて向谷がランチから戻ってきた。週末だから、交番は大忙しで、向谷までが駆り出されていたが、夕方になってようやく途切れたころ、そのふたりが訪ねてきた。

「あのお、思い出したというより、だんだんと気になってきたことがあって」

先留交番に現れたのは桃飴屋のメイド、明華と鞠鈴だった。

「昨日、お店の前にいましたよね？　後片付けをしていたとき、店の中から窓越しに、ちらっと見えて……」

同じ時間に、季穂が通ったと思われる道筋を辿ってみたと、権田は明華にこたえた。

「玲那、まだ、見つかってないんですよね？　あたし、少し前から気になってきたことがあって……」

「ねえ、明華ちゃん、やっぱりやめようよ」

「だって、気になるよ。調べてもらって何もなかったら、それでいいし」

「警察に調べられたら、それだけで迷惑になるもん。そんなの申し訳なくて」

「もし、あの人が犯人で、玲那に何かしたんなら、見過ごしにしてもいいって言うの？」

「そんなこと、言ってないよお」

「鞠鈴がかばう気持ちはわかるけど、いま言わないと、後で絶対後悔するよ」

仕事の休憩時間に抜けてきたようで、ふたりともメイドの格好のままだ。しっかり者の姉キャラと甘えっ子な妹キャラの応酬は、姉妹萌《も》えの連中なら、よだれを垂らしそうな場面だが、話の趣旨は甚だわかり辛い。しかしこの場でひとりだけ、正確に読みとった者がいた。

「もしかして、桃飴屋の客の中に、気になる人物がいるということですか？　鞠鈴さん目当ての、常連客の中に」

「そのとおりです！」

明華が嬉《うれ》しそうに権田を見上げた。洞察力にかけては、このトドは天下一品だ。

ただ鞠鈴だけは、自分の客を犯人あつかいすることに、ためらいがあるようだ。不満そうにむくれ顔のままだった。権田は構わず、鞠鈴に向かってたずねた。

「その鞠鈴さんの常連客というのは、どういう人ですか？」

「……ふつうのお客さんでえ、特に変わったところもなくて」

大ざっぱ過ぎる鞠鈴の説明だが、これには明華も同意する。

「ほんとにふつうの人です。背は高くも低くもなくて、太っても痩《や》せてもいなくて、服装も秋葉原のノーマルルックだし、印象も薄いし、顔もものすごくふつうで、思い出そうとしても思い出せない感じ」

それでも顔を見れば、すぐにわかると、ふたりともその点だけは同じこたえだった。

「どうして、その客が怪しいと？」

「その人、鞠鈴の熱心なファンで、週に二回は必ず来てたんです。週末に一度と、あと水曜か木曜に一度。あたしは鞠鈴とシフトが重なることが多くて、だから覚えてて」

　一方の季穂は、フルタイム勤務だが、水曜と木曜に休みをとっていた。一応、店のナンバーワンだったから、週末となると自分の客で手一杯だ。ごくごくふつうという、その客のことは、いくら頭を捻《ひね》っても思い出せなかった。また、たとえ常連客でも名前はわからない。店に来る男性はすべて、「ご主人さま」だからだ。

「そのお客さん、毎週二度、欠かさず桃飴屋に通ってたのに、あの日以来、ぴたりと来なくなったんです」

「あの日というと……」

「玲那が最後に出勤した、五月六日です」

「それ以来、一度も？」

「そう、一度も！　だから日が経つにつれて、だんだん気になってきて」

　明華は権田の質問に、はきはきとこたえていたが、そこで初めて表情を曇らせた。

「そのお客さん、玲那のこと、あまり良く言ってなかったし……」

「具体的には、どのような？」

「玲那のいない日に来店すると、もう言いたい放題で。あの電信柱女がいないと、せいせいするとか。いくら足が長くても、胸がないんじゃ男と同じだとか。さらに愛想もないんじゃメイド失格だとか」

　もしそいつが犯人なら、絶対に呪い殺そうと、季穂は見えない拳《こぶし》を握りしめた。

「一年くらい前までは、鞠鈴が店のナンバーワンだったのに、それを玲那に奪われたから逆恨みしてたのかも」

「たしかにそう考えると、動機に繋がりそうですね」と、権田がうなずいた。

ついこの前、抱きつき魔の事件を解決したばかりだ。メイドへの執着が尋常ではない客も、中にはいるとよく承知している。

「あなた自身は、その客とトラブルは？」

鞠鈴が子供のように、首を横にふる。

「では、店に来なくなった理由は、思い当たることがないんですね？」

「はい……」

「五月六日、最後にその客が来たとき、何か変わったようすはありませんでしたか？」

「……特には、何も」

鞠鈴はやはり、歯切れが悪い。何の証拠もないのに、容疑者にしたくないという思いと、もしも自分のファンが自分のために犯罪に手を染めたとなれば、責任の一端は自身にもはね返ってくる。何よりもそれが怖いのかもしれない。

「メイドカフェに通うくらいだから、オタクですよね？　何オタですか？」

「ふつうのアニオタで、美少女好きでした」

鞠鈴のこたえに、権田が不満そうに鼻の穴を広げた。この秋葉原では、ほぼ九割が該当する。外見同様、あたりまえ過ぎて手がかりにならない。

「ひとまず、モンタージュだけは作ってみるか。特徴がなくとも、証言者がふたりいれば大丈夫でしょう。明日にでも、署から担当者を呼びますので、ご協力を……」

権田の要請が終わらぬうちに、「ちわっす!」と、外から元気な声がかかった。

しかしメイドふたりに気がついて、すぐにばつの悪い顔になる。

「すんません、とり込み中でしたか」

「おう、ヒロか。こっちはもうすぐ終わるから、ちょっと待ってろ」

レッサーパンダに似た、愛嬌《あいきょう》のある小柄な姿は、ヒロこと槇村洋六だった。

権田とは旧知のオタク仲間で、半月前に二十二万三千五百二十五円のララたんフィギュアを盗まれて、この交番へ駆け込んできた。

「あっちの方は、あれからどうなった?」

「はい、おかげさまで、ARAとはすっかり仲良くなって」

ARA20のハンドルネームを使っていた、西山新のことだろう。フィギュアのもとのもち主で、槇村から盗んだ窃盗犯でもある。犯人と友達になるなんて、あり得ない話だが、それもオタク故かもしれない。ふたりはともに、大のララたんファンなのだ。

「金は分割で払ってもらうことにして、支払いが終わるまでは、ララたんは僕が預かることになりました。先に返してもよかったんだけど、払い終わるまではヒロのものだからって、あいつけっこう律儀で」

「そうか。もう二件も示談で済んだし、よかったな」

ヒロは自分のことのように嬉しそうだ。西山新は、同様の窃盗事件を他にも二件犯したが、父親ともども先方に丁重にお詫《わ》びして、被害届をとり下げてもらった。盗んだフィギュアだけでなく、父親がどうにか金をかき集め、フィギュアの代金も返却した。いまは契約社員の父親には痛い出費だったろうが、おかげで息子に前科がつかずに済んだと、有難がっているという。

被害届がとり下げられた件は、もちろん権田は知っていたが、槇村は秋葉原に来たついでに、事後報告したかったようだ。

「今日も一緒に行きたかったのに、ARAは抽選から外れちゃって」

「行くって、どこへだ?」

「『まほリル』のシーズン2の、DVD発売イベントっすよ! もちろん、ララたんの声優の荻上《おぎうえ》まおりも来るんす! 権田先輩なら当然、覚えてると思ってました」

「そっか、あれ、今日だったのか……おれは『まほリル』より『マギラン』派だし、円盤がうざくて、応募はあきらめたんだ」

「円盤に負けるなんて、オタクの名折れっすよ!」

オタク熱をメラメラさせるヒロの前で、向谷は首をかしげた。

「先輩、円盤って……」

「UFOじゃねえぞ。円盤商法っていって、この手のイベントは抽選があたりまえでな、応募券をゲットするだけでも、けっこう大変なんだよ。応募しても、当たるとは限らねえしな」

「今回のイベントの場合、DVD第一巻と、サウンドトラックCD、さらにラジオCDの三点をアニゲイトで買って、ようやく応募券が手に入るんす」

「DVDやブルーレイ、CDはみんな円盤形だろ？　これを買わせる目的だから、円盤商法っていうんだよ。ま、最近は違法動画がネットにあふれているからな、こうでもしねえとDVDなんて売れねえんだろ」

　男たちが円盤談義をしている最中、ふいに傍らから声がとんだ。

「そうだ、ララたん！　荻上まおり！」

　叫んだのは、明華だった。権田と槇村が、びっくりしてふり返る。

「さっきの鞠鈴のお客も、ララたんと荻上まおりのファンなの。そのイベント、行くって言ってた！　抽選で当たったって、すっごく喜んでた。そうだよね、鞠鈴？」

「え、と……そうだっけ？」

「言ってたよ。たしか先月の半ばか、終わりくらいだったかな。すっごい楽しみにしてるって、鞠鈴に話してるの、あたしきいたもん」

　明華の話に、権田の顔つきが変わった。

「てことは、イベントには来るかもしれないな」

「もしその男が犯人なら、イベントなんて来ないんじゃないですか？」

「ばかやろ、オタクを舐《な》めんじゃねえ。声優ってのはアニオタにとって神なんだぞ」

向谷の懸念を、権田は一蹴《いっしゅう》した。相変わらずこの手の話にはゲンナリさせられるが、権田の言い分にはたしかに一理ある。

「場所は、『秋葉キューブ』だよな？」

ウス、とヒロがうなずく。秋葉キューブは、秋葉原ではもっとも大きなイベントホールで、その二階にあるシアターホールが会場だと、ヒロが補足した。

「てことは、千人弱か……多いな」

シアターホールの座席数は、約九百だと、権田が渋い顔をする。

「ヒロ、イベントは何時からだ？」

「十七時開始です」

「あと三十分か……時間ねえな」と権田が交番内の、丸い掛時計をながめた。「ふたりとも、顔を見れば、その男だとわかりますよね？　イベント会場まで、ご足労願えますか？」

「まかせてください！」

明華は気合満々だが、ここにきても鞠鈴はふんぎりがつかないようだ。

「犯人あつかいして、もし違ったらどうするの？　ご主人さまに嫌われちゃうよ」

「もう三週間以上も来てないんだから、いまさら一緒だって」

渋る鞠鈴を無理やり承知させ、ふたりはいったん桃飴屋に戻ることになった。小一時間、バイトを抜けねばならず、メイドの格好では目立ちすぎるから着替える必要もある。

「店長さんには、僕から説明して了解もらいます」

向谷が申し出て、女の子ふたりと一緒に出ていくと、権田も着替えのために自室に入った。警官の制服では、やはり目立つ。ものの二分で、トド色パーカー姿で出てきた。

「権田さん、話見えないんすけど、まさかイベント中止なんて事態には、ならないすよね」

「おれもオタクのはしくれだ。そんな野暮はやらねえよ」

権田がえらそうにふんぞり返り、ヒロがあからさまにほっとする。

「あれ、そういや足は……？」

《いるよ》

すばやく端末に打ち込むと、画面を確認して権田がうなずいた。

「おまえは、そいつの顔、覚えてるか？」

《ぜんぜん　まったく》

「仕方ねえな。それでも何かに使えるかもしんねえし、ついてこい。会場は人でごったがえしてるから、はぐれんなよ」

「権田さん、誰と話してるんすか！　やっぱここって、何かいるんすか？」

槇村の訴えは無視して、権田はパトロール中の札をガラスの引き戸にかかげた。

秋葉キューブまでは三分の距離だったが、着いたとたん、季穂は早くも後悔しはじめた。

　――スゴ過ぎる……キモオタの巣窟《そうくつ》だ。

　妙に黒々としたかたまりで、一階の入口前は埋め尽くされている。権田と似たりよったりの、おしゃれにはとんと縁のない連中がほとんどだから、地味色の集団と化すのは否めない。顔ぶれの九割が男だったが、一割ほどは女子もいた。

　ヒロはすぐに地味色の海に浸《つ》かるように紛れていき、権田は派手な黄色のイベントジャンパーを身につけたスタッフをつかまえて、目立たぬように警察手帳を見せた。

　まもなく責任者とおぼしき中年のスタッフが、緊張した面持ちで駆けつけた。

「ある人物を探しておりまして、このイベントに来場する可能性が高いとの情報を得ました。ご協力願えませんか」

「ある人物って、ひょっとして犯人ですか？　凶悪犯だったりしたら、会場で暴れる恐れもあるんじゃ……」

　何を言うより早く、とり越し苦労をはじめた責任者に、権田は冷静に告げた。

「いえ、犯人でも容疑者でもありません。ただ、至急で話を伺いたい旨がありまして」

　いまのところ、怪しいというだけだから、嘘ではない。責任者は、少しだけ肩の力を抜いたが、権田の次の申し出には、ちょっと嫌そうに顔をしかめた。

「二階のシアターホールの入口には、四つの扉がありますよね？　これを入場時だけ、ふたつに絞ってもらえませんか？」

「それだと、入場者を収容するのに、倍の時間がかかることになりますし」

たぶん公ではなく、私の目的で来たことがあるのだろうが、権田はこのホールの造りも熟知していた。ただ、責任者はやはり色よい返事をしてくれない。

「最悪、十分ほどはイベント開始が遅れるかもしれませんが、それ以外は決してご迷惑をおかけしません。お願いします！」

大きな権田が、腰を直角に曲げて、深々と頭を下げた。さすが警察官だけあって、しまりのない服装とボディを払拭《ふっしょく》するほどの、しっかりとしたお辞儀だった。そのままの格好で動こうとしない警官に、責任者もついに降参した。

「わかりました。スタッフに言って、入場口は、一番と三番だけにします」

「ご協力、感謝します！」

殊勝な態度で責任者を見送ると、権田は雰囲気をがらりと変えて、腕時計に向かって毒づいた。

「弦のやつ、おっせえな。十分前には来いって言ったのに。あと五分で開場だぞ」

苛々《いらいら》と一、二分待ったが、やはり向谷たちは現れない。権田が携帯をとり出して、向谷の番号をプッシュしようとしたとき、権田を呼ぶ声がした。

「先輩、遅くなってすみません。女の子たちが、着替えにちょっと手間どって。でも、もうひとり助っ人を連れてきましたよ」

向谷の後ろに、私服に着替えた明華と鞠鈴、さらに環の姿があった。

「環もその人の顔、見ればわかるっていうから、連れてきました」と、明華が語る。

「助かります。でも、三人もメイドがいなくなって、店は大丈夫ですか？」

「長くて、一時間くらいですよね？　週末だからたしかに混んでるけど、そのぶん給仕に入ってるキャストも多いし。男爵、じゃない店長も、玲那のためなら、しっかり働いてこいって激励されました」

　環も明華同様、張り切っている。子供のころ、台風が来る前は妙にわくわくした。それと同じで、たとえ季穂の災難に関わることでも、日常とかけ離れた事件はそれこそイベントだ。ふたりにとっては他人事で、捜査協力という名目もある。だからこそ無責任にわくわくできるのだろうが、捜査対象が自分の客である鞠鈴だけは、心配そうな表情のままだった。

「扉は一番と三番のふたつだから、本官と向谷がそれぞれついて、女性は二、一で分けます。鞠鈴さんがいちばん相手の顔を覚えているでしょうから、明華さんと環さんに組んでもらって……」

「僕と鞠鈴ちゃん、環ちゃんで、一番を担当します。先輩は明華ちゃんと、三番扉を見張ってください」

　めずらしく、向谷が途中で口を出し、その場を仕切った。いつもどおりのさわやかスマイルだし、決して命令口調でもないのに、有無を言わせぬ雰囲気がある。権田は片方の眉《まゆ》をひそめ、ちらと向谷を見たが、黙って申し出に従った。

「こっちのスタッフ専用の階段から行く。あと一分で開場だ、急げ！」

あらかじめ使用の許可をとっていた、スタッフ専用の階段を権田が示し、残る四人も大慌てで続いた。それまで季穂は、男ふたりと女三人の、あいだに立っていた。向きを変えた三人の女の子が、季穂の中をすり抜ける。

その瞬間、大きな衝撃が走った。

――いまの、何？

見えたのは、あの路地だ。リモートへ行く途中、片側は工事現場の銀色の囲いで塞がれて、反対側にパーキングの青と黄色の看板。街灯のまばらな暗い道に浮かぶのは、季穂の後ろ姿だった。

――どうして、この光景が？　誰の中にあったの？

季穂は先にいる、女の子たちの後ろ姿を茫然《ぼうぜん》と見詰めた。三人はほぼ団子になって、季穂の中をすり抜けたから、誰の中にあるイメージかわからない。

「足子さん」

夢から醒《さ》めたように、はっと顔を上げた。気がつくと向谷が立っていた。季穂を見下ろす目の中には、不思議なものが浮いていた。

「大丈夫だよ、足子さん。僕がついているからね」

手を引っ張ってもらったかのように、それまで床に張りついていた足が、自然と向谷を追っていた。

向谷に連れられる形で、季穂はひとまず、鞠鈴と環とともに一番扉の前に立った。ほぼ着いたと同時に、スタッフから開場が告げられて、二ヶ所の扉が開かれた。地味色の人の群れが、いっせいに動き出す。チケットには席番が表示されており、あらかじめ入場整理が行われていたらしく、人が扉に殺到するような騒ぎはないものの、やはりチェックする数は多い。鞠鈴と環は向谷の陰から覗き込むようにして、扉に向かってくる観客の顔を食い入るように見つめている。

「あ！　あれじゃない？　ほら、白と青のチェックのシャツに、緑のリュック」

ふいに環が声をあげた。とはいえ、半分がチェックと言っても過言ではないから、とっさには判別がつかない。

「ね、鞠鈴、そうだよね？」

「どの人？　よく見えないよー」

ひときわ小さい鞠鈴は、季穂と同様、識別できないようだが、

「もしかして、彼かな？　黒いTシャツを着た、太った人の前にいる」

「そうそう、あの人！　間違いないです」

環が保証すると、向谷はうなずいて、そして言った。

「協力、ありがとう。君たちは、ここまででいいよ。明華ちゃんと一緒に、気をつけて帰ってね」

「えー、あたしもできれば、事情聴取とか立ち会いたいです」

「それはダメ。君たちに容疑者あつかいされたと知ったら、逆恨みされるかもしれない。そんな危ない真似は、させられないからね」

たとえ彼が無実だとしても、いや、無実ならなおさら良い気持ちはしないだろう。逆に犯人であっても、証拠がなければ逮捕できない。そのあいだ、彼女たちに危害をおよぼすことも十分に考えられる。そんな危険にはさらせないと、向谷は譲らなかった。

「おまわりさんの言うとおりだよ、環ちゃん。もう帰ろうよ」

口を尖らせる環に対し、鞠鈴は速攻で向谷を支持した。鞠鈴に手を引っ張られ、環も渋々ながら承知する。権田と明華にも知らせてくれと頼み、向谷は最後にもうひとつつけ加えた。

「あ、そうだ、環ちゃん。結果は報告するから、携帯のメアド交換できる？」

体のいいメアドゲットではないかと、ちらりと季穂は疑ったが、環は「喜んで！」と言いたげに、嬉々《きき》として携帯の赤外線装置を作動させる。

「すみません、ちょっとよろしいですか？」

ふたりがその場を離れ、白と青のチェックが目の前を通り過ぎようとしたとき、向谷は声をかけた。男がこちらをふり返る。

明華の人物描写は正確だった。たとえ一時間ガン見し続けても、顔を逸《そ》らした瞬間忘れてしまいそうな、何とも印象の薄い男だった。

待つほどもなく、人をかきわけながら権田が駆けつけ、警察手帳を見せた。

「何の件かわかりませんけど、イベントの後じゃダメですか？　もうすぐはじまるんで」

警察に呼び止められれば、誰だって不安になる。やたらとキョドりながらも、これだけは譲れないとばかりに男が主張した。

「お手間はとらせません。スタートには間に合わないかもしれませんが、こちらの用件が済めば、心行くまでイベントを楽しめます。ご協力をお願いします」

口調はていねいだが、縦横にでかい体格だけで十分に威圧感がある。

「早く終わらせてくださいよ」

男は不服そうにしながらも、権田の後ろに従った。

今晩、イベントが行われるのは二階だけで、地下と一階のスペースはあいている。権田はあらかじめ秋葉キューブの社員に、地下会場脇にある控室を使わせてほしいと申し出ていた。控室のテーブルに向かい合うと、権田はまず相手の名前や年齢をたずねた。

「小早川《こばやかわ》典人《のりと》、二十八歳。派遣でプログラマーをしています」

身分証明書の提示を求めると、小早川は素直に従って、カード型の保険証を権田に見せた。向谷はドア側の壁際に並んだスツールに季穂を掛けさせ、自分もとなりに腰を下ろした。

「急いだ方がよさそうなので、単刀直入に伺います。『桃飴屋』のメイド、玲那さんの行方を、ご存じありませんか？」

「……玲那？　行方って、どうして僕に？　ていうか、彼女、行方不明なんですか？」

いっぺんに十個くらい、？マークが浮かんだように、矢継ぎ早に疑問を口にする。

「玲那さんの行方を、ご存じありませんか？」

権田は質問にはこたえず、もう一度、同じ台詞を口にした。そのひと言で、自分が何故ここに連れてこられたか、おおよそを察したのだろう。火がついたように、必死で弁解をはじめた。

「玲那の行方なんて、知りません！　ていうか、僕はあんな女に、興味も関心もありません！　背は僕より高いし、いっつも人を上から目線で見下ろして。モデル体型を自慢してるけど、胸はないし、足は棒っきれみたいだし、ぜんっぜん色気ないし。可愛げもなくて、いちばん嫌いなタイプです。あんな女、百万円積まれたってご免です」

弁解のつもりだろうが、途中からは季穂への中傷と罵詈《ばり》雑言《ぞうごん》の嵐になった。

――こっちこそ、一億積まれたってご免だし！

呪い殺す方法を知っていたら、確実にこの場で実行していたろう。

「足子さん、ドンマイ」

向谷に励まされると、怒りを通り越し、何だか悲しくなってくる。

「では、質問を変えます。五月六日以降、桃飴屋に行かなくなったのは、どうしてですか？」

　それまで興奮ぎみだった小早川が、頭から冷水を浴びたように、ふいに沈黙した。

「実は玲那さんはその日以来、行方がわからなくなってまして」

「……それで僕を、疑ったんですね」

　納得のため息をついてから、小早川はリュックから、ピンク色のものをとり出して、白いテーブルの上に置いた。

　手の平くらいの大きさの、フェルトでできたピンクの人形。かなり年季が入っているらしく、全体的に薄汚れていた。季穂は穴があくほど、その人形を見詰めた。

「原因は、これです」

「これって……グリービーですよね？　ひと昔前に流行《はや》った」

　季穂も、よく覚えている。たしか中学一年のころだから、七、八年前だ。

『北欧からやってきた、七人の妖精《ようせい》』

　たしかそんなキャッチフレーズで、当時は爆発的に人気があった。全身タイツにくるまれた小人のような外見は、七人一緒だが、月曜は黄色、火曜は緑というように、曜日ごとに色分けされて、それぞれ月曜グリ、火曜グリなどと呼ばれていた。

「僕は昔から、グリービーが大好きで、特にこの日曜グリが気に入ってました」

　小早川が持っていたピンクは日曜グリで、ピンクに染まった頬が愛らしい、可愛い人形だ。他の曜日も、おおむねキュートな外見だったが、ただ、このグリービーには、一体だけ例外があった。

金色の全身タイツをまとった、金曜グリだ。

この金曜グリだけは、顔も他の六人とはまったく違う。ぎょろりとした目に、にかりと笑った口。その口から、歯並びの悪い歯がむき出しになっている。何ともグロテスクな人形だが、それがまた、キモかわいいと話題になった。

季穂はこの人形が嫌いだった。嫌いになる理由があった。

そしてもうひとり、やはりグリービーを嫌う子が、ごく身近にいた。

「桃飴屋で鞠鈴ちゃんを見て、すぐにファンになりました。小っちゃくて女の子らしくて可愛くて、大好きな日曜グリそのものだったから」

「なるほど」

「だからいつか、日曜グリをプレゼントしようって決めてました。僕が大事にしてたこの人形じゃ、さすがに汚いから、新しいのを買って。ただ、ブームはとうに終わってたから、新品が案外入手し辛くて……ようやくこの前見つけることができて、あの日、大喜びで鞠鈴ちゃんにプレゼントしたんです。だけど結果は最悪で……」

その場で包みを開けて、箱に入ったグリービーを見たとたん、鞠鈴の顔色が変わった。真っ青になり、まるで大嫌いな虫の玩具《おもちゃ》でも手にしたように、「嫌っ！」と叫びざま、人形の箱をテーブルに放り投げ、ぶるぶると震え出した。

あれか、と、季穂も思い出した。

季穂はそのとき、となりのテーブルで接客していた。

休日の店内は、ほぼ満席の状態で、人のざわめきにかき消され、鞠鈴の小さな叫び声をきいたのは、たぶん季穂だけだった。ふり返ったとき、青ざめた鞠鈴と目が合った。

小さな顔は、それまで見たことがないほどに、怯《おび》えきっていた。

声をかけようとしたが、まるで季穂から逃げるように鞠鈴は席を立ち、バックヤードへ入ってしまった。残された客――小早川は、しばし呆気《あっけ》にとられていたが、季穂の鋭い視線を受けて、逃げるように店を後にした。

てっきり小早川が、鞠鈴に何か嫌らしい真似をしたのだと、勘違いしていたからだ。テーブルの上の箱は小早川がもち帰ったから、それがグリービー人形だとはわからなかった。

「まさか僕の大好きな日曜グリを、あんな顔をするほど彼女が嫌ってたなんて夢にも思わなくて……あれ以来、どんな顔して会っていいかわからなくて、足が遠のいちゃって……」

「そういう事情でしたか」

権田がひとまず納得したが、なおも小早川は、季穂の行方不明には自分は関係ないと弁明を続ける。

――違う……。日曜グリじゃない。彼女のトラウマになっているのは、あの……。

怯えきった鞠鈴の青白い顔と、季穂の記憶にあるグリービーの嫌な思い出が、そのとき、ぴたりと重なった――。

　ぞくりと足許から、からだを真上に貫くような寒気が走った。

　季穂の動揺を、心のゆらぎを、となりにいる向谷は、正確に察知した。

「足子さん……彼女に、何かされるような心当たり、ある？」

　向谷の声は平淡で、やさしかった。凍りついたからだから、ふっと力が抜けた。

　季穂はゆっくりと立ち上がり、マルのポーズを作った。

　うなずいた向谷は、自分も腰を上げてドアのノブに手をかけた。

「先輩、僕、先に行きます。いまは環ちゃんに引き止めてもらってますけど、早くしないと間に合わないかもしれない」

「何だよ、いきなり。てか、頼むから日本語で説明してくれ」

　権田には何が何だかわからないようだが、向谷が環のメールアドレスを得た理由が、季穂にはようやく呑み込めた。

「いまの彼女、すごく危ないから。ひとりにしちゃ、いけないんです。先輩も来てくださいね」

　話す時間も惜しいのだろう。それだけ言って風のように部屋を出ていく。

「だから、どこへ！」

「桃飴屋ですー」

　すでに遠くなった向谷の声が、廊下の向こうからこだまする。

「いや、マジで、基礎から日本語習得してくれ」

権田のぼやきを背中でききながら、季穂も急いで向谷を追った。

「あたし、気分が悪いんで早退したんです。話なら、また今度にしてください」

季穂が追いついたときには、向谷は桃飴屋から二軒離れたビルの前で、彼女を引き止めていた。

「今度って、いつ？　もう二度と、秋葉原には来ないつもりじゃない？」

「どうして、そんなこと……」

「だって君は、もう限界でしょ？　辛そうで、見ていられなかった。君たちが交番に来たときからずっと、気づいてたんだ」

「いったい、何の話ですか！」

「足子さん……玲那ちゃんを、あの晩襲ったのは、鞠鈴ちゃん、君だよね？」

鞠鈴という甘ったれの妹キャラの仮面が、ふいに半分ずれて、別の顔が覗いた。

硬くこわばった、表情のない顔。

目の中にある恐れと不安を閉じ込めるために、かちかちに硬く焼いた、白い陶器で拵《こしら》えた半分だけのお面。

たぶん彼女はずっと、鞠鈴というキャラの下に、この仮面をつけ続けていたのだ。

だから季穂は、気づけなかった。桃飴屋で一年半以上も一緒にいたのに……。

「どうして、あたしが？」

半分ずれた仮面が、歪《いびつ》なまま張りついていた。向谷はそれを、痛ましそうに見つめる。

「あたしには玲那ちゃんを襲う動機なんてありません。ナンバーワンをとられたくらいで、逆恨みなんてしませんから。だいたい、玲那ちゃんとあたしじゃ、十センチ以上も身長差があるんですよ。どうやって後ろから襲うっていうんです？」

と、季穂の背中から、野太い声がかかった。

「玲那が後ろから襲われたことを知っているのは、犯人だけだぞ」

え、とふり返った視線の先に、権田の姿があった。

「おれたちはひと言も、事件の詳細については語っていない。語りたくとも、何も摑めていないのと同じだからな、語りようがないんだよ。知っているのは、この世でただひとり、犯人だけなんだ」

幽霊からの事情聴取では、警察は事実だと認定できない。だから権田と向谷は、外に向かってはひと言も発していない。なのに秋葉キューブの一階で、季穂はあの日の映像を見た。ある意味、季穂が決して見ることのない、事件現場を歩く自身の後ろ姿——。

あれは、鞠鈴の中にあったものだった。

「いまのは、言葉のあやで……あたしがやったなんて証拠、どこにあるんですか？　たとえば、凶器とか……凶器がないと、立証されないんですよね？」

理屈も言い訳も、疑惑を深めるばかりだ。権田はとどめを刺すように、右手に持っていたものを、鞠鈴の鼻先につきつけた。

「凶器は、これだ」

それが鼻先に触れそうになったとたん、鞠鈴は悲鳴をあげてとびすさった。地面にへたりこむ寸前で、向谷が後ろから支える。鞠鈴の目は、権田の右手にあるものを凝視していた。

「……どうして、ここにあるの？　ちゃんと、捨てたはずなのに……」

「語るに落ちるだな――。こいつが凶器に見えるのは、やっぱり犯人だけだろうからな」

緑色に赤い絵が入った、子供の頭ほどもある大きな缶は、業務用ホールトマトの二・五キロ缶だった。

向谷にからだを預けた鞠鈴が、両手で顔を覆い、泣きくずれた。

「玲那と初めて会ったとき、すぐに気がつきました。中学一年のころ同級生だった、渡井季穂だって……向こうは気づいてなかったみたいだけど」

ひとまず先留交番に落ち着くと、彼女はそう話しはじめた。

さっき激しく泣いたために、濃いマスカラは剝《は》げてドロドロになってしまった。向谷が気を利かせ、交番に着くと顔を洗うように言った。自分のバッグにあったクレンジングシートでメイクを落とし、顔を洗うと、まるで別人のような素顔が現れた。

——ああ、やっぱり、酒井史央里《さかいしおり》だったんだ。

その顔を見れば、季穂もすぐに思い出したろう。目も鼻も小作りで、口だけが少し横に広い。丸い眼鏡をかけた、地味で大人しい、真面目そうな女の子だった。

「桃飴屋で、一年半以上も一緒に働いてましたよね？　それでも渡井さんは気づかなかった？」

「大学に入ってから、メイクはすごく研究したし。妹キャラで通してたせいで、声のトーンもかなり高かったし」

こうして地声で話していると、鞠鈴の面影は皆無だ。なるほどと、権田がうなずいた。

「あたしがメイドカフェのキャストになったのは、まったく違う自分になりたかったからです。酒井史央里の部分なんて欠片《かけら》もない、他人に可愛がられて甘やかされて、それでも許される妹キャラ……鞠鈴でいるときだけ、過去の自分を忘れていられた。だから玲那にも、絶対に悟られたくなかった」

「過去とは、中学生のころのことですね？」

権田がたずねると、パイプ椅子の上の小さなからだが、まるで身を守るように固くこわばった。彼女の横顔をながめる格好で座った向谷が、そっと肩に手を置いた。

「昔のこと、話すの恐いよね。ずっと誰にも、話してなかったでしょ？」

錆《さ》びた蝶番《ちょうつがい》みたいに、ぎこちなくうなずいた。

「無理させるつもりはないけど、話して楽になることもあるよ。ただでさえ事件の日からずっと、秘密を抱えて苦しかったよね？　僕たちは君の話を、真剣に聞くから。だから、話してくれる？」

やさしい口調は、何よりの潤滑油になったのか、史央里は少し涙ぐみ、急に蝶番のすべりが良くなったように、こっくりと大きく首を縦にふった。

「あたし、中学のときイジメに遭って……」

そうでしたか、と机をはさんで正面にいる権田が、真面目な顔でうなずいた。

「もしや、イジメた相手というのは……」

「渡井さんじゃありません。別のグループの四人の女子で……」

当時を思い出すと、季穂ですら胸が痛くなる。机の物入れに、残飯や虫の死骸《しがい》を入れたり、体操服を切り刻んだりといった古典的なものから、学校の裏サイトに誹謗《ひぼう》中傷や恥ずかしいアイコラが載せられたりという、今風な方法も使われた。

だが、季穂の記憶に鮮明に残っているのは、朝の黒板に描かれた落書きだった。

『あたし史央里♥金曜は性格変わっちゃいます♪』

グリービーの金曜バージョンに似せた史央里の姿が、黒板いっぱいに残されていた。

悪意と嫌らしさに満ちた、その絵を目にしたとき、季穂は打ちのめされた。

自分はイジメに加担していない、私は悪くない、私のせいじゃない――。

ずうっと自分をあざむき続け、見て見ぬふりをして、責任逃れをしてきた。そういう欺瞞《ぎまん》の包みを、べりべりと破られたような気がしたからだ。

「イジメのグループではなかったけど、私がイジメられる、きっかけを作ったのは渡井さんです……あたしが、金曜グリに似てるって……最初に言ったのは渡井さんです！」

中一のころ、史央里は縁なしの丸い眼鏡をかけていた。横に長い口許からは歯並びの悪い歯が覗き、友達が持っていた金曜グリを見て、つい言ってしまった。

『この金曜グリって、酒井さんにそっくりだよね！』

悪意がなかったなんて言い訳は、いまさら通じない。あっという間にクラス中に広まって、それがイジメのネタになったのだから。

季穂もその事実を知っていた。知っていて、知らんぷりをした。

積極的に加担しなくとも、史央里をかばうことは一切しなかった。それどころか、裏サイトで同意を求められ、一緒に悪口を書いたこともある。

史央里の側に立てば、今度は自分がイジメられる——。それが何よりも怖かった。

——あたし、サイテーだ。……殺されても、仕方ないや。

梅雨の終わりごろから始まって、結局、中学一年の終わりまで、イジメは執拗《しつよう》に続いた。二年になるときクラス替えが行われたが、史央里の姿は学校になかった。父親が横浜に転勤になり、当初は単身赴任の予定だったが、どうしても一緒に行きたいと史央里ががんばり、一家で引っ越すことになったと——史央里とは家が近く、母親同士につきあいのある別のクラスの子からきいた。史央里自身が懸命に隠していたから、たぶん大人たちは、何も気づいていなかったはずだ。

ひととおり中学時代の聴取が終わると、権田はたずねた。

「常連客からグリービー人形を見せられて、昔の恨みを思い出し、犯行に至った。そういうことですか？」

「違います！」

史央里はびっくりするような大声で、権田や季穂の推測を否定した。

「あたしはただ、メイドを続けたかっただけです！　みんな二年くらいでやめちゃうし、あたしも二年経ったけど……でもあたしは、もっと続けたかった！　そのためにずっとがんばってきたんです。お客さんを大事にして、一生懸命話をきいて、好かれるように努力してきたんです！　なのに……」

史央里の顔がくしゃりとゆがみ、目に大粒の涙が浮かんだ。

「日曜グリを見せられて、わけわかんなくなって……あのとき、玲那と目が合ったんです。あたしの顔と、テーブルの上の人形を見くらべてて、バレたって思いました。あたしが酒井史央里で、金曜グリにそっくりだってイジメられてたことも、とうとうバレちゃったって」

これればかりは完全に史央里の勘違い、被害妄想だ。テーブルに置かれた箱がグリービー人形だったなんて、季穂はまったく知らなかった。

「あたしはただ、玲那にあの日のことを忘れてほしくて」

「忘れる？　まさかそのために、殴ったと？」

権田が疑わしげに問う。二・五キロの缶詰は、人の頭に落とせば立派な凶器だ。殺意がなかったなんて、単なる言い逃れにもきこえるが、史央里はそこだけは懸命に言い張った。

「大学の友達が、この前、駅の階段から落ちて……怪我は足の捻挫《ねんざ》だけで済んだんですけど、頭を打ったみたいで、その日一日の記憶が完全にとんじゃって、どうしても思い出せないって言ってたから」

「頭を殴れば記憶がなくなると、本気で？」

なんて幼稚な考えだと、権田がにわかに呆《あき》れた。

「それより他に、いい方法が浮かばなくて……急がないといけないって、とにかく焦ってて。だって私の過去が広まったら、もう桃飴屋にはいられなくなる。可愛い妹キャラが、実は冴《さ》えないイジメられキャラだとわかったら、鞠鈴にかかってた魔法が解けてしまう。みんなにガッカリされて、相手にされなくなる。いまは何でもネットで広まるから、アキバはもちろん、どこに行っても正体ばれちゃう。そうしたら、二度とメイドさんなんてできない。せっかく見つけた居場所なのに、あたしがあたしでいなくていい、唯一の場所なのに……なくなったら、もう生きていけない。だからどうしても、渡井さんに忘れてほしかった」

あたしがあたしでいなくてていい――。

その言葉は、思いがけないほど深く、季穂の胸に突き刺さった。

自分を否定するしかなかった、史央里が哀れに思えただけではない。季穂自身もやっぱり、過去の自分を捨て去ってきたからだ。

「あのよ、いまさらこんなこと言っても、ホント、いまさらだけどよ」

権田が急に口調を変えた。

「あんたのところに通っていた連中は、あんたの過去をきいたって、動じなかったと思うぞ」

「え？」

「まあ、中にはそんな奴もいるかもしれねえが、ほとんどの連中は、あんたに同情したり、逆に親しみを感じて、もっとファンになってくれたと思う。あんたの客は、ほとんどがオタクだろ？　オタクってのは所詮《しょせん》、コンプレックスのかたまりみたいなもんだからな。あんたと同じにイジメを受けた奴もいるだろうし、そこまでいかなくても、キモいとか変態とか、さんざん趣味をけなされてきた。いわば自分を否定されて、中二病をこじらせているような野郎ばっかりだ」

「先輩も、同じってことですか」

「おまえに言われると、マジ腹立つわ。……まあ、ともかく、メイドのあんたでも、そういう目に遭ってきたんだなとわかれば、いままで以上に守ってやりたいと思ったはずだ。妹キャラが、さらにパワーアップすること間違いなしだ」

それまで権田の能書きを、黙ってきいていた史央里が、ふっと微笑んだ。

「そう、ですよね……」

肩に重くのしかかっていた荷物が、ふいにどかされたように、彼女の気配が軽くなった。

唇から覗く白い歯は、きれいに矯正されて、昔の面影など微塵《みじん》もなかったが、中学に入学して、まだ何の屈託もなく笑っていた、あのころに戻ったみたいに、自然で無理のない微笑みだった。

「いまなら、わかります……あのときは自分のことでいっぱいいっぱいで、そんなこと考える余裕なかったけど……いまならおまわりさんの言ってることが、本当だってわかります。もっとお客さんやメイド仲間や大学の友達を、信じていればよかった……」

もう、遅いけど――。ぽつりと呟《つぶや》いて、ぽろぽろと涙をこぼした。

向谷はハンカチをさし出して、小さな子にするように頭をなでた。

やがて史央里の涙が一段落すると、質問を続けていいかと、権田はたずねた。どこかすっきりした顔で、史央里は、はい、とこたえた。

「あの日あなたは、被害者たちより早く、バイトをあがってますよね？」

「はい。私は九時あがりでしたから……カフェや本屋さんで時間を潰して、玲那がラストであがるのを待ちました」

桃飴屋から駅までは、人目が多すぎる。本当は、季穂の暮らす笹塚まで尾行して、犯行におよぶつもりだったが、予想に反して季穂はあの晩、リモートへ向かった。

史央里はあの日、ゴム底のぺたんこ靴を履いていた。足音もせず、尾行にはうってつけだったが、誤算もあった。

「人気がない場所に出たし、玲那はあたしに気づいてなかったし、チャンスだと思って。でも玲那は脚が長いぶん歩くの速くて、置いてかれないようにするのが精一杯で、諦《あきら》めかけていたんですけど……」

リモートで化粧ポーチを回収し、終電に間に合わせる必要があったから、季穂は急いでいた。

「だけどあの道で玲那が何か落として……その後しばらくしゃがんでたから、いましかないって、そう思って……」

犯罪者が、必ず口にする言葉がある。何か些細《ささい》な出来事に、背中を押された。あの一瞬さえなかったら、ぎりぎりで踏み留《とど》まっていられたのに――。言い訳にしか聞こえないが、そういう魔が差したと思える瞬間が、犯罪者には必ずあるそうだ。後になって権田が、教えてくれた。

「被害者がしゃがんだのは、いわば偶然ですよね？　正直あなたの身長では、缶詰で被害者の後頭部を殴るには無理がある。何か、もうひと工夫しませんでしたか？　たとえばストッキングのような長いものに缶詰を入れるとか……」

「そのとおりです……白いニーハイを二枚重ねにして、そこに缶詰を入れました……そうしないと、玲那の頭に届かないと思って」

腿《もも》まであるニーハイソックスは、メイドの必需品だが、タイツと同じによく伸縮する。重い缶詰を詰めて、長い袋状の端を持てば、ニーハイの伸縮力と缶詰の遠心力で、かなり強力な鈍器となる。

「そういえば、先輩。トマトの缶詰を使ったって、どうしてわかったんですか？」

向谷が、思い出したように権田にたずねた。

「秋葉キューブから弦を追いかけながら、小早川とおまえの言ったことを、おれなりに整理したんだよ。話の流れからして、加害者の見当はついたし、犯行の発端がグリービー人形なら、その日に思いついた犯行のはずだ。だとすると、凶器は店で調達した可能性が高い。だから桃飴屋に寄って、当日、何かなくなったものはなかったか店長に確かめたんだ。そういえばあの日、業務用のトマト缶の数が合わなかったと、調理スタッフが申告していたときいてな、それでぴんときたんだ」

たいして得意そうなようすも見せず、権田は淡々と語り、話を先へ進めた。

「被害者が倒れてからは、どうしましたか？」

「どうって……そのまま、逃げました」

えっ？　と権田が、初めて大きく表情を変えた。

「遺体……じゃない、倒れた被害者を、そのまま放置したんですか？　何らかの手段で、どこかへ移動させたのではありませんか？」

「あたしじゃ、持ち上げることさえできませんし……それに、玲那が倒れてすぐに、後ろから声がしたから、慌てて逃げました」

「声とは、どんな？」

「『季穂！　季穂！』って、女の人が名前を叫んでて……だからたぶん、渡井さんの知り合いだと思います」

季穂をそう呼ぶのは、季穂の家族か、高校までの友人に限られる。女性の声だとすると、女友達だろうか？　そうも考えたが、同じ推測を口にした権田に、史央里は言った。

「友達にしては、声が老けてました。たぶん、あたしたちのお母さんくらい……」

ないはずの心臓が、ばくん、と大きくはずんだ。

——まさか……そんなはずない。

混乱する頭で、必死に考えた。

——五年前にいなくなったお母さんが、秋葉原にいるなんて。あの晩あの場所を通りかかるなんて、そんな偶然、ありっこない。

頭に収まりきらず、こぼれ落ちる思考が、胸の中でしだいに大きな渦となる。

季穂の母親は五年前、季穂が高校に入学した春に、家を出たきり行方がわからなくなっていた。

泣けない白雪姫

「まあ、犯人が自供してるなら、少なくとも傷害罪では立件できるかもしれないが」

カピバラに似た大きな鼻を、岩瀬刑事がひくひくさせる。

権田から連絡を受け、酒井史央里の身柄を引き取りに来たのだ。史央里はすでにパトカーに乗せられ、これから苑世橋警察署へと移される。岩瀬は権田から、ざっと事情をきいたが、被害者は未《いま》だ行方不明のままだと知ると、さすがに面食らった顔をした。

「しかしやっぱり、被害者当人が出てきてくれないことにはなあ。生きている可能性も、もちろんあるんだろ？」

まあな、と権田がこたえる。権田は岩瀬には、向谷の霊感や季穂の存在については語らなかった。

「あいつはいい奴だが、この上ないリアル適合者だからな。心霊やオカルト系は、頭から信じちゃいねえんだ」

岩瀬が助手席にからだを収め、パトカーが去っていくと、権田はそう説明した。

「にしても、まさか襲撃犯と死体遺棄が、別の人間の手によるものだったとはなあ」

「史央里ちゃんのあのようすは、嘘をついているようには見えませんしね」

犯行当日からこれまでの心境も、史央里はふたりの警官の前で吐露した。

自分の犯行が事件にならず、被害者の季穂は行方不明のままだ。誰よりも不思議に思っていたのは、史央里だった。

「テレビでもネットでも、いつまで経ってもニュースにならなくて……それがかえって怖くて気持ち悪くて……あたしの後ろ姿、誰かに見られちゃったし、絶対警察に逮捕されるって思ってたのに、おまわりさんたちが桃飴屋に来たとき、事件にすらなってないってわかって」

ようやく少し安心できたと、史央里は語った。安心とは、自分の保身ばかりではない。事件にならないのは、季穂が無事な証《あか》しだと、史央里には思えたからだ。

「もし渡井さんが死んだりしたら、事件になるはずでしょ？　ならないから、怪我はたいしたことなかったのかなって。もしかしたら頭を殴ったせいで、記憶が一日分じゃなく、もっとたくさんとんじゃって、いまはどこかで静養してるのかなって」

かなりご都合主義な解釈だが、人を殺してしまったかもしれないという、その恐怖から、一時だけでも逃れられた。季穂の行方がわかったら、ちゃんとあやまりたい。史央里は神妙な顔でそう告げたが、事実を知っている権田と向谷は、居心地が悪そうに顔を見合わせた。

「どちらにせよ、鍵《かぎ》は、事件現場に居合わせたという女だな」

「名前を叫んでたってことは、足子さんを知ってる人ですよね？　その人が、病院に運んだんでしょうか？」

「いや、すでに都内の病院は、しらみ潰《つぶ》しに当たってみたが、五月六日の深夜から七日にかけて、後頭部の打撲で運び込まれた若い女性はいなかったんだ」

　史央里の一撃で、すでに死んでいたとしても、家族や知人ならなおさら、救急車を呼ぶなり一一〇番通報するなりするはずだ。なのに季穂のからだは、何故か奥多摩の山奥に運ばれていた――。自分で自分の遺体を確認したわけではないが、霊体のまま、縁もゆかりもない稲香村に移動したというのは考えにくいし、季穂自身にも覚えがない。

「足が足の幽霊だときいたときから、思ってたんだがよ」

「何をです？　先輩」

「やっぱ、バラバラ遺体ってのが、いちばん妥当なんじゃねえかって」

「足子さんがいるのに、デリカシーなさ過ぎです。気をつけてください」

「おれも一応、当人の前では控えてたんだよ。ただの憶測にすぎないしな。でも、どうして足だけの幽霊なのかって考えたら、他に理由が見当たらなくてよ。おまえわかるか？」

　まったく、と向谷は、さわやかな笑顔を返す。

「いいんです、どんな姿でも。足子さんは、足子さんですから」

「そういう話じゃねえんだが……いや、おまえにきいたおれが馬鹿だった」

権田は気をとりなおし、灰色の事務机の上にある、タブレット型のパソコンを開いた。交番の備品ではなく、権田の私物のようだ。別売りのキーボードがついていて、太い指でタカタカとキーをたたく。

「何してるんですか、先輩？」

「ちょっと事件を整理してるだけだ。捜査のポイントを、絞らねえとならないからな」

これから捜査をはじめるのは、苑世橋署の刑事課だが、岩瀬を通せばこちらの推理や考えも、少しは反映されるはずだと、権田は手を動かしながら説明した。

やがて入力音が止まり、おし、できた、と権田は画面を、向谷と季穂の側に向けた。

五月六日の事件の詳細が、時系列に沿って要領よく並べられ、最後に、謎一から謎五まで羅列してある。

謎一・事件現場に居合わせた女は誰か？（渡井季穂の家族、あるいは知人と思われる）

謎二・救急車も呼ばず、病院にも運んだ形跡がなく、警察への通報もないのは何故か？

謎三・意識のない渡井季穂を、どうやって奥多摩まで運んだか？　また、その理由は？

謎四・渡井季穂を、殺したのは誰か？（酒井史央里か、あるいは女を含む別の誰かか？）

謎五・バラバラ遺体にされたと仮定すると、その理由は？

謎一から謎五までを、声に出して読んでから、最後のところで向谷が顔をしかめる。

「バラバラはやめてくださいと言ったのに。ホントにデリカシーないですね」

「仕方ねえだろ、可能性大なんだから。それより、謎一の女の正体だが……」

「足子さんの、お母さんじゃないですか？　そんな声だったって、史央里ちゃんも言ってましたし」

「母親なら、真っ先に救急車呼ぶだろうが。襲われた現場も目撃してるんだ。警察に犯人逮捕を頼むのが、フツウじゃないか？」

フツウという言葉が、心に突き刺さった。思った以上に痛くて、思った以上に応《こた》えた。

季穂の家は、フツウじゃない――。

フツウが何なのか、ときかれたら、誰だってこたえに詰まる。フツウには明確な線も基準もないからだ。それでも季穂の家はフツウじゃない、それだけはわかる。

フツウのフリを、しているからだ。本当にフツウなら、フリなんてする必要がない。

父はいまでもあの家で、フツウのフリを続けているのだろうか――。

母も、兄も、そして季穂も、誰もが逃げ出した家で、未だに良き夫、良き父親を演じ続けているのだろうか――。

――現場にいたのは、お母さんかもしれない。

ふと、さっきとは逆のことが浮かんだ。偶然にしろ、そうでないにしろ、もし季穂が襲われた場所に母がいたとしたら、少なくとも謎二は解決する。事件にしたくなかったからだ。事件になれば、父のもとにも連絡が行き、母の居場所も知られてしまう。それが何より、怖かったのではないか――。

季穂も同じだった。父に見つかるくらいなら、それこそ死んだ方がましだと思った。もし逆の立場なら、母が襲われてその現場にいたとしたら、季穂もやはり警察への通報は避けただろう。父のいるあの家に戻されるかもしれない……そんな危険は冒せなかっただろう。

「足子さん、どうしたの？　何か、心配事でもあるの？」

相変わらず、こういうことだけは向谷は察しがいい。権田はじろりと季穂をにらんだ。

「おい、足。何か心当たりを思い出したんなら、さっさと言えよ。いまんとこ、完全に手詰まりなんだからな」

それでも季穂はためらっていた。警察なら、母を捜し出せるかもしれない。けれどそれは、母のいまの生活を壊すことになる。

たとえ事件の全容が解明されても、季穂が生き返るわけではない。それならせめて、母のささやかな暮らしを守ってやることが、季穂にできる最後の親孝行ではないだろうか。そんならしくない、殊勝な気持ちがわいた。

権田もいまのところ、母親は除外している。季穂さえ口をつぐめば、真相は闇に葬られ、母は父が知らない場所で生きていける。

半ばその思いに傾いたとき、若い男が先留交番を訪ねてきた。

「すみません、先留交番というのは、こちらでしょうか？」

「ええ、そうですよ。何かご用ですか？」と、向谷が愛想よく応じる。

「こちらの権田さんから、妹の渡井季穂のことで連絡を受けて……僕は季穂の兄の、渡井茂希《しげき》です」

――お兄ちゃん！

季穂にとっては、四年ぶりになる兄との再会だった。


「こんな時間にすみません。明日の一便で、福岡《ふくおか》に帰る予定なので」

「構いませんよ。交番は基本、二十四時間、開いてますから」

すでに夜の十時をまわっていたが、権田はあたりまえのように応じた。

「父が、失礼な態度をとったようで申し訳ありません。昨日、研修を終えて、今日一日だけ実家に帰りました。その折に、留守電に残っていた権田さんのメッセージをきいて……季穂は、妹は、まだ見つかっていないんでしょうか？」

「残念ながら……」

権田が告げると、真新しいスーツが急にくたびれたみたいに、兄の肩がくたりと落ちた。

兄はこの春、大学を卒業して社会人になっていた。ダークグレーのスーツや、白いワイシャツとネクタイが、まだからだから浮いてるような。新入社員らしい初々しさはあるものの、高校の制服姿で記憶していた季穂には、ずいぶんと大人びて見えた。

「そうですか、京都《きょうと》大学を卒業して、ジノテック社に」

「ご存じですか？」

「コンピュータの周辺機器メーカーとしては、大手ですからね」と、権田が応じる。

ジノテック社は、本社だけは東京に移されたが、工場や研究所は福岡にあるという。兄は研究員として採用され、五月半ばまでは福岡で研修を受け、その後二週間、東京本社での研修に入った。

そのついでに、田舎へ帰省したようだが、季穂には意外に思えた。

父公認の形で、家を出たのはこの兄だけだ。京大という難関を突破して、京都で寮暮らしをしていたが、少なくとも季穂が家にいた二年のあいだは、勉強やサークルを理由に、一度も家には戻らなかった。

兄は季穂と違って、出来のいい子供だった。県内トップの進学校で、常に上位の成績をキープしていた。東大も射程圏内だと、教師にも太鼓判を押されていたが、直前になって志望校を京大に変えた。

兄もやはり、父からできるだけ遠ざかりたかったからだ。

それから二年後、季穂もまた家を出た——兄とは違う、家出という形で。

「妹さんの家出は、ご存じだったんですよね？　捜そうとは、なさらなかったんですか？」

「二年前、妹が家を出たと知ったとき、僕は心の底からほっとしました」

家出に安心――。まったく逆に思える話に、権田と向谷が顔を見合わせる。

「僕はあのころ、自分のことで手一杯で……妹を置き去りにして、自分だけ先に家を出た。そのことに、ずっと罪悪感を覚えてました。母を恨んでいたくせに、結局は母と同じことをした……兄として、最低です」

権田はそのひと言で、渡井家の複雑な事情を、正確に理解したようだ。

「あなた方の母親は、家族を残して家を出た。そういうことですか？」

「はい……妹が高校に入学したての、四月末でした。いまから五年前の話で、僕は高三でした」

「それから、お母さんとは？」

「僕も父も、一度も……たぶん妹も……。母は自ら望んで、家を出ていきましたから」

「お母さんは、どうして？　家出の原因に心当たりはあるんですか？」

向谷が心配そうに、初めて口を出した。

「原因は、父の暴力です」

「つまり、DVということですか？」

権田の問いに、兄は皮肉な笑いを浮かべた。

「たぶん、警察が逮捕できるようなDVじゃありません。いわゆる殴る蹴《け》るといった暴力とは違いますから」

ふっと、向谷の顔つきが変わった。真剣な顔を、兄に向ける。さっきとは逆に、兄の言葉を正確に理解したのは、向谷だった。

「お父さんから受けていたのは、精神的な暴力、ということですか？」

昔の傷がうずいたように、兄はうなずきながら、痛そうに顔をしかめた。


少なくとも、中学に上がるころまでは、フツウの家族だと思っていた。

群馬県高崎市《たかさき》。県庁所在地の前橋市《まえばし》よりも人口が多く、群馬県下ではもっとも大きな都市といえる。東京—高崎間は、新幹線で五十二分。行き来が難しい距離ではなく、だからこそ兄は、東京ではなく京都の大学に進学したのだろう。

父は食品会社の営業マンで、帰りは深夜、土日も接待ゴルフだのスーパーへのマーケティングだのに忙しく、ほとんど家にいなかったが、別にそれを不服に思ったことはなかった。専業主婦の母と、ふたつ上の兄。ごくごく一般的な家庭だと、そう信じていた。

しかし季穂が中学に進学した春——酒井史央里と、クラスメートになったその年、急に父の帰宅が早くなった。

理由はわからない。たぶん何か失態をしでかして、営業部を外され、内勤にまわされたのだろう。家で酒を飲みながら、「おれのせいじゃない」とか、「部長に責任を押し付けられた」とか、ぐちぐちとこぼしていたが、季穂には興味も関心もなかった。

ただ父親は、仕事の鬱憤を家族に向けた。

殴る蹴るの暴力ではない。もっと陰湿な方法で、家族を確実に蝕《むしば》んでいった。

午後七時――。季穂はその時間が、死ぬほど嫌いだった。

内勤に替わった父は、判で押したように六時に帰ってくる。そして、夕飯は必ず家族そろって食べるものだと強要した。

「茂希、学校はどうだった？」

録音を再生するように、毎日、まったく同じことをきく。

「別に。いつもと同じだよ」

ここまでは、どこの家庭でも同じやりとりが交わされるはずだ。しかしそこから、執《しっ》拗《よう》な質問責めが続く。学校の出来事を逐一たずね、放課後の過ごし方、各教科の教師の教え方、どんな友達とつき合っているか――。

内容だけなら、やはり親子の会話にはありがちかもしれない。ただ、その目つきも口調も、明らかに異質だった。子供のようすを気にかけたり、コミュニケーションをとろうなどという朗らかさが微塵《みじん》もなく、まさに刑事の訊問《じんもん》さながらだった。どろりとした、濁った粘液を吐きつけられているようで、父の訊問が続くあいだ、いたたまれない心地がした。

ただ成績のよかった兄は、被害は最小限で済んだ。試験の結果や、部活の報告をするだけで、ほぼクリアできた。兄は子供のころから電子機器に強く、高校では情報機器部に入っていた。いわゆるソフトではなく、ハードを専門とするクラブだ。大学も工学部だったから、その延長で、いまの会社に入社したのだろう。

「男はやっぱり、スポーツができないと。やはり運動部に、所属した方がいいんじゃないか？　内申にも影響があるときくぞ」

「うちの情報機器部は、レベルが高いって有名なんだ。内申にも、プラスにこそなれマイナスにはならないよ」

父のもっともらしい意見にも、ただちに切り返せるだけの能力が、兄にはあった。

一方の季穂は、常に平均点の辺りを、うろうろしているような状態だ。もっと頑張れだの、努力しろだの、成績のことは絶えず言われ続けていたが、兄ほどの熱心さはなかった。

季穂が、女の子だったからだ。

「女がなまじ学力をつけても、生意気になるだけだ。結婚して家庭に入り、子供を育てるという何より大事な仕事があるだろう」

この二十一世紀に、公然と言い放つ。もしかすると父だけに限らず、そういう昔ながらの考えは、日本中に根強く残っているのかもしれない。高学歴の女性が、履歴書にはそう書かず、パートの面接を受けるという話はよくきくからだ。

ただし勉強のかわりに、交友関係や服装には、兄以上に口うるさかった。

母と兄と三人で夕飯を食べていたころは、好きなことを言い合い、笑いが絶えなかった。家族の団欒《だんらん》に、急に割り込んできたのは父親の方だ。理不尽な思いは絶えず胸にくすぶっていた。

兄とは、お互いに中学、高校に上がってからはあまり話もしなくなったが、父への不満は同じだったはずだ。それでも兄妹《きょうだい》ともに、その不満を父に投げつける真似はしなかった。ふたりが逆らえば、とばっちりは母に行くからだ。

家族の中で、誰よりも深刻な被害者となったのは、母だった。


もともと、そういう傾向はあった。

服装、髪型、外出先と、母に関してはいちいちうるさかったが、以前は仕事が忙しく、目についたときだけ注意する程度だった。

しかし暇ができた父は、その一切を母に傾けた。

「この肉はどこで買ってきた？」「その服は襟もとがあき過ぎている」「そのネックレスは見たことがない」「先月、美容院に行ったばかりで、また行く必要があるのか」

いちいちそこまでほじくられては、出かける気さえ失《う》せる。

父は、母のすべてを管理して、家に縛りつけたかったのだ。

たまに外出しようものなら、何時何分、どこで誰と会って、何を食べ、何を飲んだか。事細かに報告を強要し、そして必ずけちをつける。

「山本《やまもと》さんと磯川《いそかわ》さんの奥さんと、ランチだと？　どうせ中身のない井戸端会議だろう。

そんなもの、行く必要がどこにある」

「でも、この前もお断りしましたし、そう何度も断っては角が立ちますし……」

「それでいいじゃないか。あの人たちとのつきあいは、そろそろやめなさい」

「そんな……」

「前々から、あの奥さんたちは気に入らなかったんだ。山本さんの奥さんは、年甲斐《としがい》もなく格好が派手だし、磯川さんの奥さんは、いかにも口が軽そうだ。つきあいは控えた方がいい」

「でも……」

「口ごたえするな！　おまえのために言ってるんだぞ！」

怒鳴りつけられて、母が黙り込む。毎日のようにくり返される、最低の家内行事だ。

結局は母が折れるしか、収まりがつかない。そういう母を、季穂はどこかで軽蔑《けいべつ》していた。

父のもとを去り、家族三人で暮らせたら、どんなに楽か——。

経済力のない母には、もとより無理な話で、あの父のことだ。離婚など絶対に応じない。

営業マンだけあって、外面のよさだけは秀でている。時間に余裕のできた父は、町内会だのＰＴＡだのに盛んに出かけるようになり、傍目《はため》には「教育熱心な良いお父さん」というレッテルを貼られていた。

ただ、このときは、季穂の方が我慢できなくなった。母親の味方をしたというよりも、たまりにたまった父への鬱憤が、一気に爆発した。

「お父さん、サイテー」

「何だと？」

「お母さんの友達なんだから、お父さんには関係ないし。それに、友達の悪口言われたら、誰だって頭にくるよ」

「お父さんは、お母さんを心配してるんだ。お母さんは世間知らずで、人を見る目がない。だからかわりにお父さんが……」

「よけいなお世話だって言ってんの！　誰もそんなこと頼んでないし」

「季穂、やめなさい、季穂」

母親がすがるようにして押し止《とど》めたが、一度起きた爆発は容易には収まらず、連鎖反応を起こしながら、次々と父への非難として口からとび出す。

「お母さんだけじゃない、あたしもお兄ちゃんも、もううんざり！　どうでもいいことを毎日毎日ぐだぐだと注意されて、お父さんの考えを押しつけてるだけじゃない！」

「季穂、お願いだから、もうやめて」

「まったく、おまえが甘やかすから、こういうことになるんだ。だいたい季穂の出来が悪いのは、おまえの遺伝だろう」

瞬間、頭の中がスパークした。頭から胸に引火して、その日最大の爆発が起きた。

ただ、爆発の後は、妙に白々しい煙だけが残った。喉《のど》が変にいがらっぽい。無理に押し出した声は、冷たく乾いていた。

「お父さんなんて、高卒のくせに。大学行ったのは、お母さんでしょ」

ぱん、と鳴ったのが、自分の頬だとわかるのに、時間がかかった。はずみでカーペットに横向きに倒れ、耳と頬にじんじんとした痛みが上ってきた。目と耳に、仁王立ちでこちらを睨《にら》みつける父の姿と、母が泣きながら季穂をかばう声が、ぼんやりと届いた。

「どうしたんだよ。何があったの？」

塾から帰った兄の前を素通りし、父は二階に上がっていった。

父が手を出したのは、初めてだった。その後も続くことを危惧《きぐ》したが、それはなかった。訊問や注意も相変わらずで、季穂への態度にも目に見える変化はなかった。

ただ、その見返りのように、母への態度だけは、それまで以上に執拗さを増した。

母が家を出る、二ヵ月前のことだった。


テーブルに残された書き置きは、かなりシュールだった。

『家を出ていきます。ごめんなさい、さようなら』

「子供じゃあるまいし、家出とは」

苦虫を噛《か》みつぶしたような顔で父は吐き捨てたが、たぶん本気にはしていなかった。

けれど三日経ち、一週間が過ぎ、ひと月を越えても、母は帰ってこなかった。

兄がどんなに意見しても、父は捜索願を出そうとしなかった。

世間体が悪いという、ただその理由だけで。

そしてあろうことか、世間には平然と嘘をつき通した。

「どうもこのところ体調がすぐれなかったんですが、どうやら更年期からくる鬱症状みたいで……妻を休ませるために、しばらく実家に帰しました」

ほとんど他人との接触を断たれていた母だが、買物くらいは行っていた。それでも、母がしだいに憔悴《しょうすい》していくようすは、ご近所やママ友も気づいていたのだろう。父の嘘は妙に信憑《しんぴょう》性を帯びて、見事に周囲を欺きとおした。病気の妻のかわりに、家庭を支える献身的な夫。その役割を、父は見事に演じきった。

しかし実際に母の役割を、家政婦としての仕事の一切を、担わされたのは季穂だった。料理、洗濯、掃除。手を抜けば、その日の夕食のあいだ中、嫁をいびる姑《しゅうとめ》のごとく、いつまでもねちねちと文句をこぼされる。

「なんであたしばっかり！　お兄ちゃんが何もしないなんて、ずるいよ！」

「女の子なんだから、あたりまえだろう。嫁に行って何もできないようでは、苦労するのはおまえだぞ。だいたい茂希は、受験なんだ。レベルの高い大学を目指しているんだから、少しは協力しようとは思わないのか」

兄はこのころ、口数が極端に減った。高校三年生で受験を控えていたが、兄が東大を目指すと宣言したのは、母が家を出て間もなくのころだった。

そのころの兄の偏差値は、六十五前後だった。七十を超えなければ東大はねらえない。何かにとり憑《つ》かれでもしたように、兄は食事以外は自室に籠《こ》もり、本当に勉強しているのだろうかと、最初は危ぶんでもいたけれど、兄の成績は着実に上がっていった。

兄が志望校を京都大学に変えたのは、センター試験の後のことだ。

試験は一月半ばの土日に行われ、自己採点を済ませて、その結果によって希望大学に願書を提出する。そのころになって、兄は浮かない顔で父に告げた。

「ごめん、センター試験の結果が、思ったより芳しくなかったんだ。二次試験で頑張っても、東大は無理かもしれない。感触としては五分五分だけど、浪人はしたくないし」

「五分五分か」

「志望校、京大に変更しちゃ駄目かな？　京大なら百パーセント受かるって、塾の先生も」

これが兄の策略だったと気づいたのは、後になってからだ。兄が目指していたのは、最初から京大だった。父親は、世間への見栄《みえ》だけでできている。兄は父の性格を見抜き、その部分をくすぐったのだ。受験に失敗するという不名誉を避け、優秀な息子を育て上げた親という自己満足も得られる。もっと早い時期だったら、東大を諦《あきら》めることを承知しなかったろうが、願書提出までは時間がない。兄のねらいどおり、父は兄の京都行きを認め、見事合格した兄は、母に次いで家を出た。

兄と別れる寂しさはなかったが、父とふたりきりで家に残されることだけは辛《つら》かった。

そんな季穂に、ひとつだけ、兄は希望をくれた。

「いいか、季穂。おまえはともかく勉強しろ」

「お兄ちゃんまで、あたしに意見する気？」

「そうじゃない。おまえも、家を出たいんだろ？」

「……うん」

「だったら勉強して、お父さんを納得させるくらいレベルが高くて、できるだけこの街から遠い学校を受験しろ。最初は東京あたりの大学を目指して、間際で志望校を変えるのがこつだからな」

そのとき初めて、兄の書いた筋書の裏設定が見えた。

大学のランクなんかより、できるだけ父と離れて暮らすことを兄は望んだのだ。

それは季穂も同じだった。できれば北海道《ほっかいどう》か沖縄《おきなわ》、いや、かなうことなら外国に逃げたかった。

母と同じように——。

「何を言ったところで、父には通じない。父の考えを曲げるなんて端《はな》から無駄で、だから僕ら家族は、逃げることしかできなかった」

兄がひととおりの経緯《いきさつ》を語り、長い葛藤《かっとう》を吐き出すように、ほうっと長いため息をついた。

「まるで、『わがままな巨人』だな」

権田が、ぽつりと呟《つぶや》いた。

「オスカー・ワイルドの童話です。巨人は立派な城と、広い庭を持っていたが、そこには春も夏も秋も来なかった。ただ冬だけが、一年中吹きすさんでいた。『おれの庭はおれだけのものだ』と、庭に遊びにきた子供たちを追い払ったためです」

後に巨人は改心し、庭にめぐらした壁をとり払い、子供たちとともに春を招き入れる。

権田が簡単に物語の顛末《てんまつ》を語ると、兄は深くうなずいた。

「まさに父は、わがままな巨人です。もっとも父は改心などせず、未だに冬の庭にひとりでとり残されていますが……」

季穂が突然いなくなったときも、やはり父は懸命にとりつくろったが、さすがにおかしいと気づく者たちが出はじめた。季穂の高校時代の友人や、その家族たちだ。そういう噂が広まって具合が悪くなったのか、父は会社には通っているものの、いまは近所づきあいもほとんどせず、町内会からも遠ざかっているという。

「たぶん父自身が、自分から逃げていたのだと思います」

自分が会社で評価されないことに、大卒の母に対して強いコンプレックスを抱いていたことに、その母が、父を捨てていったことに――。そういう現実と向き合わず、ただ惨めな自分を世間の目にさらさないために、懸命に石垣を築く。

傍から見るとひときわ大きく、けれど心の貧しい巨人の姿は、これ以上ないほどぴったりと、父の姿と重なった。

「妹さんが家を出たときのことは、何かきいてますか？」

「父からではなく、磯川という僕の友人と、その妹から、おおよそのことは……その兄妹が、僕とも妹ともちょうど歳が同じで、以前は母親同士も仲が良かったので」

磯川匠馬《しょうま》と佳奈《かな》の兄弟は、季穂もよく覚えている。佳奈とは小中高と同じ学校で、親しくなったのは高校で同じクラスになってからだが、兄と匠馬は小学生からの友達だった。佳奈の母親も気さくな人柄で、父は口が軽いなどと悪口を言っていたが、母は父に止められるまでは、よく行き来していた。

「妹が家を出たときも、父は母のときと同様、勝手な真似をしてと電話口で怒っただけでしたが」

「やはり捜索願は、出さなかったんですね？」

「妻や娘が家出したなんて、外聞の悪いことを、父は認めたくないんです」

権田からの連絡に無視を決め込んだのも、同じ理由だろうと兄は告げた。

「妹には、本当に可哀想なことをしました。僕の助言どおりに、あんなに一生懸命勉強したのに……」

兄はそのことを、友人の匠馬を通して、妹の佳奈からきいていた。

本当に、あれほど頑張ったことはなかった。しかも季穂は兄と違い、高三になっても家事から解放されず、スーパーでカートを押しながら単語帳をめくったり、料理の合間に歴史の年号を暗記したりと、いまから思うと涙ぐましい努力をした。それでも、兄が大学へ行ってすぐ、つまりは二年の春から始めたことも功を奏し、偏差値を五十の後半にまで引き上げた。兄には遠く及ばずとも、大いに健闘したと言えよう。

しかし季穂の野望は、脆《もろ》くも崩れ去った。

「東京の大学を受験しちゃいけないって、どういうこと？」

「女の子のひとり暮らしなんて、危ないだろう。東京なんてもってのほかだ。おまえはこの家から大学へ通うんだ。だいたいおまえがいなくなったら、この家の家事は誰がやるんだ」

——そんなこと、知ったこっちゃない！

父が勧めたのは、偏差値四十五程度の、地元大学の介護福祉科だった。家政婦のみならず、一生父の介護をしろとでもいうのか。

感じたものは紛れもなく、底の知れない恐怖だった。

この父親に、一生飼い殺しにされる——。

その恐怖が、季穂を動かした。何食わぬ顔で父の言いつけどおり志望校を変え、かわりに自動車教習所に通わせてほしいと頼んだ。

田舎では、車がないと何かと不便だ。一家に一台では足りず、家族各々が一台ずつ所有するのもめずらしくはない。就職や推薦入学で、すでに進路の決まった者たちは、卒業前に免許を取得する者も少なくない。ランクを大幅に落としたことで、季穂も同じ立場となり、父も異論は唱えなかった。

必要だったのは、運転技術ではなく、免許証だ。

ひとりで自活するには何が必要か。季穂はネットで徹底的に調べた。当座の生活資金はもとより、アルバイトでも水商売でも、身分証明書の提示を求められることがある——。その事実を知ったからだ。パスポートもなく、保険証は父が握っている。

運転免許証しかないと、教習所通いを決意した。

筆記と実技をパスして、父の言ったとおりの大学を受験した。佳奈は同じ大学の別の学部を受けて、どちらも合格し、喜びを分かち合った。

そして、卒業式の翌日、季穂は家を出た。

なけなしのお年玉貯金と、できたての運転免許証。そして学歴の証明がわりに、卒業証書を入れた紙の筒をもって。


「季穂さんは、お兄さんのところには一度も？」

「ええ、訪ねてきませんでした……僕を頼らなかったのは、僕を恨んでいたこともあるでしょうけど、それ以上に、父に見つかって連れ戻されるのが嫌だったのだと思います」

「なるほど」

「磯川の妹の佳奈ちゃんにすら、季穂はうちの事情も含めて、何も話していなかったみたいだし」

父から固く止められていたこともあるが、季穂自身も他人に話したくはなかったからだ。何も知らない他人の前だけで、季穂はフツウの高校生を演じていられた。演じることさえできなくなったら、気が変になりそうだった。

本当は東京より、もっと遠くへ逃げたかったけれど、予算の都合で北海道や沖縄は無理だ。さらに東京の圧倒的な人の多さは、季穂に安心感を与えてくれた。どこからこんなに人が湧いてくるのかと戸惑いながら、この中に紛れれば見つかりっこないと思えた。

「変な話ですけど……妹が家出して初めて、母を許す気になりました。父のことは嫌いですし怨《うら》んでますけど、母のことも、ずっと憎んでいた。僕と妹を捨てて、黙って出ていくなんてひどすぎるって……でも、僕は結局、母にも妹にも何もしてやれなかった。助けてあげることができなかった。だからふたりとも、出て行っちゃったんだって……妹がいなくなってからは、そう思うようになりました」

スーツのぴんとした肩の線が、情けなくゆがんだ。

「お母さんが家出してくれて、良かったですね」

「え？」

「僕は、そう思います」

「こいつの主観ですから、気を悪くしないでください」

一応、脇から言い添えたものの、権田は向谷を、止めようとはしなかった。

「僕、よく似た話を知ってます。ふたりいて、ひとりは旦那《だんな》さんから、もうひとりは実のお母さんからですけど……毎日嫌なこと言われて、ずっと自分を否定され続けてきたのは一緒です。……でもふたりとも、逃げようとしなかった」

「逃げずに、どうなったんです？」

「ひとりは自殺をはかって……幸い発見が早くて助かりましたけど。もうひとりは、子供が犠牲になりました」

「子供って……」

「お母さんから、否定され続けてきた女性の息子です。その男の子は中学生で、毎日おばあさんに責められるお母さんが、かわいそうでならなかった。何も言い返さないお母さんのかわりに、その子がおばあさんを刺したんです」

つまり、孫が祖母を刺したということだ。すっと兄の顔が、青ざめた。とても他人事とは、思えなかったのだろう。母があのまま家にいたら、同じことが起きないと誰に言えるだろう？　十代が起こす事件は、概《おおむ》ね衝動的なものだ。母を庇《かば》うという名目で、何かの拍子に、兄や季穂が父に刃物を向けたかもしれない。

「家を出ないと、生きていけない——。お母さんが身をもって、手本を示してくれたから、だからお兄さんも足子さんも、同じことができたんだと思いますよ」

「足子さん？」

「いや、すんません、そこは気にしないでください」

権田が急いでフォローにまわる。幸い兄は気にとめず、嚙みしめるようにうなずいた。

「言われてみれば、そうかもしれません。父に抗《あらが》えるような人じゃなかったし、誰にも相談できなかった……あのまま家にいたら、最悪の事態になっていたかもしれません」

やさしくて、弱い人だった。あれ以上父のもとにいたら、本当に精神を蝕まれていたか、追い詰められて自殺という選択も有り得た。家出以上に、子供たちの一生の傷になる。母はそれを避けたかったのかもしれない。

兄と向谷の感傷にはつき合わず、権田は季穂の事件へと話を転じた。

「実は、さきほど判明したのですが、妹の季穂さんが事件に巻き込まれまして」

酒井史央里が、季穂を襲った事実を、順を追って伝えた。話の途中から、兄の顔がみるみる青ざめる。

「じゃあ、妹は、季穂は、いまどこにいるんですか！」

向谷は悲しそうにうつむいて、権田は捜索中だとこたえた。

「その事件現場に居合わせたという女性なんですが、ちょうどあなた方のお母さんくらいの年代の、女性の声だったと犯人は証言しています。母親なら、警察に通報してあたりまえだと除外していましたが……いまのお兄さんの話を伺って、可能性が出てきました」

「……母も妹も、父に見つかることを恐れていたから、あえて通報しなかった。そういうことですか？」

「あり得ると思います……お母さんの行先に、心当たりはありませんか？」

権田に問われ、兄は思い出したように、パイプ椅子の横に置いてあった鞄《かばん》を探った。中から出てきたのは、やや古い型のノートパソコン。季穂にも見覚えがあった。

「実は、僕が今回、高崎の家に帰ったのには理由がありまして。先月、四月の初めに、磯川が僕に連絡をくれたんです」

ほとんど寄りつかなかった家に足を運んだ理由を、兄はそう述べた。

「母から、磯川の家に電話があったって」

「本当ですか？」

「はい。母はたぶん磯川のおばさんと話したかったのでしょうが、そのとき家にいたのが佳奈ちゃんだけで」

「お母さんは、いまどこに？」

「それだけは、わかりませんでした……元気でいるからと、そのひと言だけで」

代わりに母が熱心にたずねたのは、兄と季穂の近況だった。

「父から知らされていないのかと、佳奈ちゃんは改めて驚いたそうですが、僕と妹について、知っている限りのことを話してくれたそうです」

兄がこの春、無事に福岡の企業に就職したときかされたときには、母は声をつまらせながら喜んでいた。しかし季穂が二年前に、高崎からいなくなったときくと、電話の向こうで息を呑《の》んだ。

ただ佳奈は、ひとつだけ季穂の消息についてて、手がかりをつかんでいた。

「秋葉原のメイドカフェに、妹によく似たメイドがいるって、友達内で噂になっていたんです。ただ、写真を見ても、佳奈ちゃんですら確信を持てなかったようで」

桃飴屋のサイトに載せていた、玲那の写真だった。ここに来てすぐのころ、権田のパソコン画面にあった、あの写真だ。

酒井史央里ほどではないにせよ、すっぴんに制服姿だった高校生と、濃いめのメイクにウィッグをつけた玲那では、やはり別人だ。佳奈に判別がつかなかったのも無理はない。

「それを、妹さんの友達は、お母さんに伝えたんですね？」

「はい。僕も本当は研修が終わったら、そのメイドカフェに行ってみるつもりでした。でもその前に、妹が行方不明だとの連絡を権田さんから受けて……」

季穂を心から、心配してくれているのだろう。兄の顔に、焦燥が強く浮いた。

「我々も全力で捜査しています。そのパソコンに、妹さんの情報が入っているのですか？」

「あ、違います。妹ではなく、母です」

思い出したように、鞄から出してデスクに置いた旧式のノートパソコンの電源を入れた。もしあの日の現場にいたとしたら、母を捜せば季穂の行方もつかめることになる。

母の消息の手がかりが、そのパソコンに残っていたという。

「これは僕が、中学三年まで使っていたものです。高校に上がるとき、新しいのを買ってもらって、捨てるのももったいないから、自分が使いたいというので母に譲りました」

「その中に、何か残っていたんですか？」

「表向きは何も……メールも検索履歴も、きれいに削除されてましたから。実は母が出ていったとき、一度調べました。でも、足跡を完璧《かんぺき》に拭《ふ》きとるみたいに、何も残ってなくて」

家出するためには、情報は不可欠だ。一方で、これまでの友人や知人のもとでは、父に見つかる恐れがある。誰にも頼らず家出を決行するためには、できる限り情報を集めなければならない。季穂の携帯はスマートフォンだったから、家出お役立ち情報も携帯で調べ、やはり父の目に触れぬよう履歴はすべて削除した。ただ母の場合は、携帯での情報収集は不可能だった。

「母の携帯はガラケーでした。ネットに繋《つな》がらない機種だから、家出のための情報を入手することもできない。やっぱりこのパソコンしかなかったはずだと、大学時代に思いなおして」

それでも父と会うのが嫌で、ずっと取りに行けないままだったと、苦笑いした。

「ジノテックには、データを復旧させるシステムがあります。高崎からの帰りに本社に寄って、この端末のメールや検索履歴を復元させせました。本社は東京駅に近い、大手町にあるので。今日は休日ですけど、技術系は休日出勤も多いときいて、あらかじめシステムの使用許可をとっておきました。二時間ほどかかりましたが、母が頻繁にアクセスしていたサイトや、やりとりしたメールも復元できました」

やがて画面が表示されると、ここのＷｉ－Ｆｉを使わせてほしいと兄が申し出た。

「もちろん構いませんが、そういやこの端末は、十年以上前の機種ですよね？　無線ＬＡＮには対応していないはずでは？」

この手の知識に長《た》けた権田が、気づいたようにたずねる。

「その辺は改造しました。僕ら技術屋にとっては朝飯前ですから。ハードやメモリも増設して、ついでに無線ＬＡＮ対応にしました」

つまりは携帯と同様に、有線で繋《つな》がなくてもネットに接続できるということだ。兄が表示させたのは、あるサイトだった。

「救心会宝輪寺《きゅうしんかいほうりんじ》？」

「はい。母は家出する半年くらい前から、頻繁にこのサイトにアクセスしてました。二、三ヵ月前からは、メールのやりとりも……」

権田は兄の後ろから画面を覗き込み、サイトやメールの内容を検《あらた》めている。でかい後頭部にさえぎられ、季穂には見えなかった。

「メールの内容からすると、家出した母の最初の落ち着き先は、この寺だと思います。電話をかけてみましたが、信者については、たとえ家族でも何もこたえられないと言われて……」

母が入信したかどうかすらわからないと、兄は残念そうに告げた。

「僕も明朝の便で、福岡に帰らないとなりませんし」

「いえ、とっかかりが摑《つか》めただけで十分です。後は責任をもって、我々警察が調べます」

兄の顔が、ぱっと明るくなった。

「どうか、母と妹のこと、よろしくお願いします！」

何度も何度も頭を下げて、兄は交番を出ていった。

妹が生きていることに、一縷《いちる》の望みをかけている兄に、季穂の死を告げるわけにはいかない。

——お兄ちゃん、ありがと……元気でね。

暗い街を遠ざかってゆくその背中を、季穂はいつまでも見送っていた。

翌日、権田と向谷は、救心会宝輪寺へと向かった。

前夜、兄が帰ってから、こんなやりとりが交わされたからだ。

「先輩、この救心会って……」

「動悸《どうき》、息切れに効く、気付け薬じゃないからな」

ふり向きもせずに権田がこたえる。よれよれのTシャツとジャージに着替え、権田は自室のパソコンの前にあぐらをかいている。すでに深夜一時になろうとしていた。向谷はその後ろでベッドに腰掛けて、忙《せわ》しなく画像を変える五つのモニター画面をながめていた。

またいつもの漫才がはじまったかと思ったが、今回は違った。

「そのお寺の住所って、東京都山野辺《やまのべ》町ですよね？」

「ああ、そうだ。離島を除けば、都内に三つしかない町《ちょう》の、そのひとつだとよ」

「山野辺町って、稲香村のとなりなんです。関係ないかもですけど……」

「いや、大アリだよ！　マジか！」

かつてない食いつきようで、権田がふり返った。向谷が、マジです、とこたえる。

権田はキーボードから手を離し、向谷にではなく、ひとり言のようにしゃべりはじめた。

「救心会宝輪寺は、昭和三十年代に建てられた寺で、どこの仏教宗派にも属していない。いわば新興宗教法人と変わらねんだ。いまは妙連《みょうれん》ていう女住職がいてな、どうやら女性支援、特に主婦の味方ってのを謳《うた》い文句にしているんだが」

子供の非行、家庭内暴力、嫁姑問題に介護疲れ。社会との繋がりを断たれた主婦たちは、そういう悩みを誰にも相談できない。季穂の母もそうだった。宝輪寺はそんな女性たちの相談相手となり、それが縁で入信するものが多いと、権田は語った。

「女性の味方ってことですね？　いいお寺じゃないですか」

「現代の駆け込み寺だと、自ら銘打っちゃいるが、おれにはかえって胡散《うさん》臭く思える。人の弱みにつけ込んで、金儲《かねもう》けする宗教法人は、いくらでもあるからな」

営利目的で、数十万もするお札を何枚も買わせたり、祈禱《きとう》の名目で数百万を騙《だま》しとるといった、明らかな詐欺商法も存在するし、信者の財産を根こそぎ寄進させたり、信者の女性たちに水商売をさせていた宗教団体もあるという。

「もっと危ねえのは、怪しげな経典を自分流に解釈して、信者に犯罪を強いる連中だ。オウム事件はその最たるものだが、他にもいくらでもある。治療と称して、効きもしない薬や施術を与えたり、逆にいますぐ治療が必要な患者を、病院から担ぎ出して死なせた例もある……もしも宝輪寺がそのたぐいなら、足のその後の顚末にも説明がつく」

「説明って？」

「前にあげた五つの謎が、すべて解決できるんだよ」

謎一・事件現場に居合わせた女は、季穂の母。

謎二・母は季穂を助けるために、病院ではなく宝輪寺にはこんだ。そのため警察へも通報しなかった。

謎三・季穂はまず、奥多摩に近い山野辺町の宝輪寺にはこばれた。使用したのはおそらく車、母ひとりではなく他の信者が手伝った可能性もある。

謎四・季穂は宝輪寺で、適切な治療が受けられなかった。頭の傷だけでなく、それが死因となった可能性も高い。

謎五・見つかることを恐れ、遺体を稲香村の山中にはこんだ。はこびやすさ、あるいは宗教上の理由から、遺体を切断した。

たしかに権田の言うとおり、五つの謎がすべてすっきりと片付く。

ただ、見知らぬ他人にからだをいじられたり切断されたりしたのかと思うと、たまらなく不快だった。

「足子さんのお母さんが、そんなことしたなんて、僕には信じられません」

「宗教ってのはな、神さまの教えが絶対なんだよ。人の心情は二の次だ」

「……僕はおじいちゃんから、逆のことを教わりました」

「そういや、おまえの母ちゃんの実家は神社だったな」

権田が少しばつが悪そうに、顔をしかめた。

「子供のころに、おじいちゃんにきいたんです。神さまは本当にいるのかって。そのときに、おじいちゃんが言ったんです。神さまは、人のためにあるんだよって。人が生きていくのに必要だから、神さまが存在するって」

子供だった向谷には、真理まではわからなかった。それでも何となく、祖父の言うことが理解できたような気がした。向谷が、見える体質だったからだ。

「うちは代々そういう家系で、霊が見えるのも同じ理由だよって。死んじゃった人の悲しい気持ちをわかってあげたり、見えない人に気持ちを届けてあげたり。だから見つけたら、僕にできることをしてやれって。おじいちゃんには霊は見えないけど、やっぱり神さまが必要な人たちのために神主を続けてるって、そう言ってました」

「宗教家がみんな、そういう輩《やから》なら良かったけどな」

ため息をつき、権田はいくぶん声を落とした。

「獣や悪魔みたいな、人の理《ことわり》から外れた連中も確かにいるんだ。なにせ人間は、神じゃねえからな」

向谷も、わかっているのだろう。ちょっと寂しそうにうつむいた。権田はくるりと背を向けて、またパソコンに向かい出した。

翌朝ふたりは、九時十八分発の電車に乗った。秋葉原から総武線でひと駅、次の御茶《おちゃ》ノ《の》水《みず》駅で中央線に乗り換え、立川《たちかわ》からは青梅《おうめ》線。ここまででたっぷり一時間半かかり、さらにバスで十五分に、プラス徒歩十分。

稲香村の景色と変わらない山奥に、救心会宝輪寺はあった。


権田はあえて、前もって約束をとりつけなかったが、幸い住職は寺にいた。

「私が、住職の妙連です。何か、ご用でしょうか？」

本堂の脇に庫裏があり、中にいた女性に住職に会いたいと乞《こ》うと、三分ほど待たされた。そう広くはないが、山々の緑が見渡せる、気持ちの良い境内だ。やがて現れた住職は、黒の僧衣を身につけてはいたが、髪は肩上まであって、尼僧というより、ごくごくふつうのおばさんに見えた。

太ってはいないが、顔立ちはふっくらしている。二重の目はぱっちりしていて、美人といえる容姿だった。すでに五十代だそうだが、歳よりも五つ、六つ若く見える。権田はその場で本題に入った。

「実は、ある女性を捜しています。私は苑世橋署の巡査で、権田と申します。こちらは同じく向谷です」

警察と知れば、逃走や証拠隠滅の恐れもある。権田は住職が出てくるまで、警察だとは名乗らなかった。権田の写真と名前の下に、逆三角形の大きなバッジがついた警察手帳を見せる。謹慎中の向谷は、手帳を携帯していない。見せろと言われたら困ったろうが、住職は強要することはなかった。

「警察の方でしたか」

少しばかり驚いた顔をしたものの、しかしそれだけだった。警察ときけば、誰もがしそうなあたりまえの反応で、多少は緊張が増したものの、不自然な態度は見受けられない。

「渡井静世《しずよ》さんという女性なんですが、ご存じありませんか？」

ほんのわずか間をおいて、妙連は思い当たる顔になった。

「ここでは、渡井さんという姓は名乗っておりませんでしたが……静世さんのことは、よく存じ上げております」

「こちらに、この宝輪寺に、いるのですか？」

「たしかに二ヵ月ほどは当寺でお世話しましたが……かれこれ、五年ほど前になりますか。私どもの寺では、さまざまな理由で家族との縁を断った女性の、お世話をしていますから」

「家出のほう助、ということですか？」

歯に衣《きぬ》着せぬ言いようだが、住職は否定しなかった。

「そう言われても、仕方がありません。ただ、そうでもしないと、生きていけない方がいるのも事実です。私もまた、同じ境遇のひとりですから」

妙連の大きな目が、まっすぐに権田を仰いだ。夫の暴力に耐えきれず、赤ん坊だった子供とともに家を出た。水商売をしながら子供を育てたが、死にたいと思う時間の方が長かったと、感情の混じらない淡々とした口調で語った。そんな彼女を励ましてくれたのは、アパートの近くにあった、さる寺の住職だった。

「悩みをきいてもらったり、時には酔っ払いながら支離滅裂な不満をぶつけたり……、私の祖父くらいのお歳でしたけど、いつでも嫌な顔をせず、私の気がすむまで黙ってきいてくださいました」

子供が成人すると、仏門に帰依したのもそのためだという。当の住職はそれより前に亡くなっていたが、宝輪寺の前住職と親しかった。妙連はその後を継いで住職となり、自分と同じ立場にある女性たちを、少しでも助けたいと願った。

「人生には時折、人の力ではどうしようもできない苦難がふりかかる。神仏は、そのためにあるのです。人ではとても越えられない、辛い思いをやり過ごすために、もっと大きな存在が必要となる。そのための神であり、仏です」

向谷の顔が、ぱっと明るく輝いた。

「僕のおじいちゃんも、同じことを言ってました！　僕のお母さんの実家が、和歌山の神社で」

「そうでしたか」

にっこりと妙連が微笑んで、自分もお世話になった住職の受け売りだと語った。

「ここに辿《たど》り着いた皆さんは、いずれも大きな傷を抱えて、精も根も尽き果てています。ひと月から三ヵ月ほど、長い方で半年くらいでしょうか、ゆっくりと静養していただいて、それから仕事を見つけて、また社会に出てゆきます」

寺の掃除や炊事、裏の菜園を手伝ったり、山歩きをしたり。また同じ境遇の者たちばかりだから、寝起きを共にしながら、互いの胸の内を語り合ったりもする。そのあいだの生活費は、寺が負担してくれる。結構な経費がかかりそうだが、近在の農家から野菜を分けてもらったり、あるいは以前この寺に滞在していた者たちからの寄付や援助で成り立っているという。

「仕事と自然と人。三つがバランスよく働いて、癒《いや》してくれます。静世さんも、そうやって少しずつ傷を治していき、ふた月後にこの寺を出てひとり暮らしをはじめました」

「それで、いま、静世さんはどこに？」

「都内に住んでらっしゃいますが……もしやご主人が、静世さんを捜しているのですか？」

季穂の家庭内事情も、承知しているのだろう。妙連はかすかに難色を示した。

「いえ、そうではありません。静世さんには、季穂さんという娘さんがいまして」

「娘さんのことは、お気の毒でした……あんなにきれいなお嬢さんでしたのに……」

「渡井季穂さんを、知っているんですか？」

権田が思わず、大声をあげる。

「生きているときは、お会いできませんでしたけど……死に顔も、とてもきれいなお嬢さんでした」

「渡井季穂さんの遺体と対面した……そういうことですか？」

「はい。季穂さんのご遺体を、お母さまが病院からお連れして、当寺でご葬儀を行いました。あんな若い方が命を落とされるなんて、本当に切なくてならなくて……」

「病院？　病院て、どういうことですか？」

妙連の感傷をさえぎって、権田がたたみかける。

「お嬢さんが運ばれた病院ですが……」

「季穂さんは、たしかに怪我を負いましたが、病院に運ばれたとの確認はとれていません」

「ですがあの事故で、たしか、台東区の総合病院に……」

「事故ではなく、暴漢に襲われたんですが」

住職が、にわかにとまどった顔をする。どうも会話が噛み合わない。

「私は、交通事故だとききました」

「交通事故？」

「はい。娘さんは助かりませんでしたが、幸い静世さんは軽傷で……」

でかいからだがはち切れそうなほど、権田は大きく息を吸った。細い目が、目尻《めじり》から切れそうなほどに大きく開かれる。

「そうか……交通事故か……。ちっきしょう、おれときたら、とんだぼんくらだ」

「先輩？　どうしたんです？」

「病院を手あたりしだいに当たったとき、交通事故は端から除外してた。運ばれたのも、若い女ひとりだと思っていたからな。どうりでヒットしねえはずだ。岩瀬に頼んで、台東区内の総合病院を……」

しゃべりながら、ジーンズのポケットから携帯をとり出したとき、コール音が鳴った。画面で相手を確かめて、権田がすばやく応答する。

「岩瀬か。相変わらずおまえのタイミングの良さは、神がかってるな。ちょうどこっちも頼みたいことがあって……」

と、権田がいったん黙り込む。こちらの要請より、至急の報告があったようだ。権田の顔つきが明らかに変わった。

「それ、本当か？　いつだ？　……五月十二日って、事件から六日後だな。それって高崎市役所か？　え、豊島《としま》区？　……そういやそれに、病院名あったか？　台東区の病院だ……そうか、あったか」

電話の向こうの同僚に礼を述べて、権田は携帯を切った。

「渡井季穂さんが台東区内の総合病院で亡くなったことが、本署の調べで確認できました。豊島区の区役所に、死亡届も出されていて、医師の死亡診断書も添付されていたそうです」

そうですか、と妙連は、安堵《あんど》ではなく沈痛なため息を、長くついた。

「お嬢さんの、季穂さんの姿は、いまでも目に焼きついています……損傷が激しかったとのことで、からだのほとんどが包帯に覆われていて、顔にも小さな傷がたくさんありましたが、本当にきれいなお顔の仏さまでした」

向谷が、大丈夫かという眼差《まなざ》しを季穂に送る。自分の死体の説明をきかされるのは、たしかに気持ちよくはないが、思ったほどのショックはない。目の前の住職が、季穂の死を心から悲しみ悼んでくれている、たぶんそのためだろう。

「全身、傷だらけなのに、膝《ひざ》から下の足だけがきれいなままで……」

「足、ですか？」と、権田が思わずきき返す。

「はい……真っ白で、そこだけ傷ひとつなくて……なんだか、奇跡みたいに思えて……」

思い出し、堪《こら》えきれなくなったように、住職は涙ぐんだ。

「よく、知ってます」

向谷が季穂をふり返り、微笑みながら呟いた。


無傷であった足だけが、幽霊としてよみがえった——。

そうも思えたが、住職の話からすると、もうひとつ、別の可能性もあった。

葬式を済ませてから、季穂の遺体は、山野辺町の火葬場で荼毘《だび》に付された。遺骨は、宝輪寺の納骨堂に納められているという。

「ちなみに、となりの稲香村に、心当たりはありませんか？　このお寺の墓地や、縁のある寺があるとか、そういうことは？」

「それなら、あります。墓地ではありませんが、稲香村の村長さんのご厚意で、私有地の山に、散骨させていただいております」

希望者だけで、決して多くはないが、年に数度の割合で、稲香村の山林に散骨していると住職は告げた。

妻の不貞を糺《ただ》しに、怒り心頭で向谷のところに押しかけてきた、あの村長だ。向谷への殺意に直《じか》に触れたために、季穂も良い印象はもっていなかったが、意外なところでお世話になっていた。

「では、季穂さんの遺骨も？」

「ごく一部だけですが、見晴らしのよい場所の、大きな杉の木の根元にお骨を納めて、私がお経をあげさせていただきました」

なるほどと、ふたりの警官が大きくうなずく。

「その一部の骨ってのが、たまたま足の成分が多かったのかもしれねえな」

権田は寺を辞してから、そんな推測を口にした。

何故、稲香村の山中にいたかという最後の謎も、これで解けた。

「静世さんの落胆があまりに激しくて……娘さんを亡くされたんですから当然ですが……食事すらほとんど口にしなくて、お友達が心配されて、私のところに相談に見えたんです」

葬儀から数日が過ぎていたが、もう一度、自然の中で弔えば、少しは慰めになろうかと、母親やその友人とともに、骨の一部を散骨したという。ただ、母にはあまり効き目がなかったと、残念そうに告げた。

「静世さんは、自分がお嬢さんの命を縮めてしまったと、その罪悪感に苛《さいな》まれているんです」

——あたしが霊になったのは、もしかしたらあたしじゃなく、お母さんのためなのかな。

ふと、その思いがわいたのは、霊としてよみがえったときのことを思い出したからだ。

——季穂……季穂……！

あのとき誰かに呼ばれたような気がして、季穂は稲香村の山中で目を覚ました。あの声はきっと、母に違いない。

季穂の死を、誰より無念に思っているのは、季穂自身ではなく母なのではないか――。いますぐ母に会わなければいけない――。強い焦燥が季穂を襲った。

「静世さんの住まいを、教えてもらえませんか？」

めずらしく権田が、季穂の焦りを察したように、妙連住職にたずねたが、あくまで職務のつもりのようだ。事故については、すでに警察の交通課から報告があげられているはずだが、季穂の事件について聴取する必要がある。

権田がそう述べると、妙連はかすかに顔をしかめた。

「いまの静世さんには、無理かもしれません……特にお嬢さんのこととなると……警察署に連れていって取調べなんて、かなりの負担になりますし」

「事故の前の出来事について、おききするだけですから、ご本人が望まなければ任意同行もしません。その辺りはお約束しますので、お願いします」

権田の熱意が通じたのか、妙連は少しお待ちくださいと言って、一度庫裏に行って、五分ほどで戻ってきた。

「静世さんはやはり、聴取に応じられる状態ではありませんが、代わりに友人のふたりが、おこたえするそうです。事故の日のことを、静世さんからきいているそうですから」

「ご友人、ですか」

「友人というより、いまは家族みたいなものです。三人で会社を立ち上げて、一緒に暮らしてもいますから」

あの母が、会社を立ち上げた――。父の陰で、自分は一切表に出ようとしなかった。そんな人だ。季穂にはとても信じられなかったが、妙連は会社兼住まいとなっている場所を書いたメモを権田に渡した。書かれた住所を見て、権田が呟く。

「やっぱり豊島区か」

「先輩、やっぱりって？」

「死亡届が出されたのが、豊島区役所だったんだ。たぶん遺族の、つまり母親の現住所にあたるんだろうなと」

役所に死亡届を出す場合、当人の本籍地か現住所が一般的だが、遺族の現住所の役所でも受け付けてもらえると、権田が説明した。

「お世話になりました。バスの時間も迫ってますので、我々はこれで」

この辺りは一時間に一本しかバスがないが、時刻表は頭にたたき込んであるようだ。

権田が妙連に向かって一礼した。向谷もそれに倣う。

妙連住職は、寺の門前まで、ふたりを見送ってくれた。

新宿までは来た道をまた戻り、埼京線《さいきょう》で池袋へ、有楽町線《ゆうらくちょう》に乗りかえて千川《せんかわ》という駅に着いた。広い道路に面しているせいか、都内にしては、どこか地方都市に似た趣がある。駅からは住宅街が続き、携帯のナビを片手にした権田に従って、南の方向に十分ほど歩いた。

「ここだな」

かなり年季の入った、二階建ての一軒屋の前で、権田は足を止めた。

呼び鈴を押す権田の後ろで、向谷と季穂は脇にある白い縦書きの看板をながめていた。

『江島介護タクシー』と書かれていたが、それらしき車は見当たらなかった。

「宝輪寺の妙連住職から伺っています。どうぞお入りください」

やがて玄関から顔を出した女性は、迷惑そうな表情も見せず、てきぱきとふたりを中に招じ入れた。歳は季穂の母よりも少し上だろうか、さっきの住職と同じくらいに見えるが、快活な印象がある。

「改めまして、この会社の代表をしております、久川真佐子《ひさかわまさこ》と申します。こちらは社員の今原絵里《いまばらえり》です」

ソファーに向かい合うと、久川真佐子は名刺を出した。そのとなりに座る今原絵里が、小さく会釈する。こちらはメガネのせいか、まじめなしっかり者に見えた。

「二年前、念願だったこの会社を立ち上げました。私と静世と絵里は、同じころに宝輪寺でお世話になって。歳は違いますけど、いわば同級生みたいな感覚で」

真佐子、母、絵里の順で、それぞれ四、五歳ずつ、歳が離れているという。

「江島さんは、いないんですね？」

向谷に不思議そうに問われ、ああ、と女性ふたりが笑い出す。

「正確には、えじまではなく、えしまと読みます。私たちの名前の、ひと文字目をとってつけました」

「ああ、そういうことですか」

すっかりくつろいだようすの向谷が、笑顔になる。

リビングを、事務所にしているのだろう。布製の応接セットの奥に、パソコンが置かれた事務机が三つ、三方から向かい合うようにして並んでいた。交番のような素っ気ないスチール机ではなく温かみのある木製で、女性三人の住居兼職場らしく、小さな絵やガラスの置物など、細々としたものが点在する、居心地の良い空間だった。

「お寺にいたときから、いつか三人で、小さくてもいいから会社をやりたいねって言ってたんです。私が介護福祉士の二級をもってましたから、介護タクシーはどうかってもちかけました。静世や絵里も賛成してくれて、彼女たちも開業前に資格をとりました」

「資格以上に、先立つものが必要ですから、三年のあいだは、三人それぞれ別の職場で働いて、時には仕事をかけもちしてお金を貯めました。静世はパチンコ店やスーパーのレジ打ちをしてました。そういえば、時給が高いからって、スナックで働いたこともありましたが」

「ああ、そんなこともあったわね。だけど静世は美人だから、お客に言い寄られることが多くって、ひと月でやめちゃったけど」

真佐子と絵里が、交互に母の来し方を話す。辛い過去を背負っている、そんな暗さは微塵もなかった。ある意味、明るく笑っていなければ、辛い現実はやり過ごせない。それを体現しているようにも見えた。

――この人たちと一緒なら、お母さんも幸せだったろうな。

歳も立場も関係なく、互いに呼び捨てし合う親密さは、季穂には少しうらやましく思えた。しかし権田が、季穂についてたずねると、春の後に冬が来たかのように、ふたりはたちまち消沈した。真佐子が、重そうに口を開いた。

「静世は、乳がんなんです……今年の三月に見つかって」

権田と向谷、そして季穂が、思わず息を呑んだ。

「それで、治療は？」

たずねた権田に、真佐子は力なく首を横にふった。

「静世には、保険証がないんです。未だにご主人の保険の、被保険者のままですから……」

真佐子だけは、元夫が再婚したおかげで、数年前に離婚が成立したが、絵里と母は、戸籍上は妻の立場のままだった。

季穂もやはり、保険証はあきらめていた。風邪を引いても、風邪薬を飲んで寝るしかなかったし、歯医者にも通えないから歯磨きだけは欠かさなかった。たとえば正社員になれば、会社の保険に入れるが、そのためには住民票を移さざるを得ない。父に居場所を知られてしまう危険は、絶対に冒せなかった。だからこそ雇用保険も健康保険もない、桃飴屋やリモートを職場にするしかなかったのだ。母もやはり、同じだったのだろう。

「なのに静世は、住民票を移す手続きをしました……娘さんの死亡届を出すためです」

「いまさら見つかっても構わないって言いだして……」

真佐子と絵里が、湿っぽくため息をつく。

皮肉なことに、娘を喪《うしな》って初めて、母は恐れていた父から解放されたのだ。

病気についても、たぶんもっと早く悟っていたのだろうが、高額の治療費を恐れて、病院に行かなかった。ふたりの友人が気づいて、無理に検査を受けさせたのだ。

「かなり進行してましたが、治療すればまだ望みはあるって……でも静世は、自分が受ける当然の罰だからって、どうしても治療をきき入れなくて……」

「静世はずっと、子供たちを置き去りにしてしまったって、罪の意識を抱えてましたから。面と向かって会うことはできないけれど、せめて子供の姿は見たかったんでしょうね」

兄のいる福岡までは離れているが、秋葉原なら同じ都内だ。ちょうど秋葉原のとなり、台東区に、江島介護タクシーを贔屓《ひいき》にしてくれる顧客がいて、母は週に二度、通っていた。その帰りに、車中で時間を潰しながら、季穂の仕事が終わるのを待ち、店から駅までのわずかな距離を行くあいだ、背後から娘を見守っていたのだ。

──そうか、最近感じてたあの視線は、お母さんだったんだ。

「娘さんの姿を遠くからながめることだけが、静世の支えだったのに……まさか、あんなことになるなんて……」

メガネの奥の目が涙ぐみ、絵里は中指でそっと拭《ぬぐ》った。

「あの夜、季穂さんが暴漢に襲われたことについては、何かきいてますか？」

ふたりの女性が、小さくうなずいた。稲香村の村長の私有林に、散骨をすませた後に、母がようやく話してくれたと語る。

季穂の後ろを歩く人影には、母も少し前から気づいていたという。しかし小柄で、服装からして若い女性だ。まさか娘を襲うなど、思いもしなかった。

鞠鈴こと酒井史央里の犯行後、母は半狂乱で、娘に駆け寄った。けれど、どんなに呼んでも頬をたたいても、季穂は目を覚まさない。母が救急車を呼ばず、自分で病院に運ぼうとしたのには、理由があった。

「秋葉原へは何度も通いましたから、娘さんが週に一度、バーで働いていたことは、静世も知ってました。ちょうどそのバーの近くに駐車場があって、その辺りにしては安くてすいてるからって、いつも使っていたんです」

「もしや、事件現場のすぐ傍にあった、コインパーキングですか？」

ふたりは現場に足を運んではいないが、母の話からすると、たぶんそうだとこたえた。

救急車を呼んでも、三十分以上待たされる場合もあり、病院をたらい回しにされる例もある。顧客を送り迎えしていたから、車で十分ほどの場所に、救急外来のある総合病院があることも知っていた。

「そうか、車がすぐ傍に停めてあり、しかも介護タクシーなら、女性ひとりでも娘さんを車に乗せることができる」

介護タクシーは、軽自動車からワゴン車までタイプはさまざまだが、ある共通点がある。車内からスロープを引き出して、車の後部から車椅子で乗り込めることだ。江島介護タクシーが使用していたのは軽のタイプだが、スロープと、折りたたみ式の車椅子も積んでいた。母は自分より十センチは身長のある季穂を、まず車椅子に乗せて、それからスロープを利用して、車内に乗せた。

母は仕事柄もあって、いつもは安全運転を心がけていたが、一刻も早く季穂を病院に運ぼうと、焦っていたのだろう。黄色信号を通り抜けようとしたとき、右折してきたトラックの横腹に正面からぶつかったという。

軽である介護タクシーは大破したものの、事故の原因は、トラックの側の確認ミスと判断された。トラックが所属していた運送会社から、治療費や損害賠償金は下りることになっており、新しい介護タクシーも、まもなく届くという。エアバッグと、ぶつかる寸前、とっさにハンドルを右に切ったおかげで、母は軽傷で済んだが、ぶつかった衝撃で、車椅子から浮き上がった季穂のからだは、天井と床のあいだをバウンドするように、激しくたたきつけられた。

「病院に運ばれたときには、息はあったそうですが、もう手遅れで……」

手当てに当たった医者の話では、首の骨が折れていて、それが直接の死因だという。首の辺りにある脊椎《せきつい》、つまり頸椎《けいつい》を損傷すると、自力で呼吸ができなくなるのだ。

「……ということは、犯人に殴られたときの後頭部の傷が、直接の死因ではないということですか」

季穂の災難を友人たちが知っていれば、荼毘に付す前に警察に届けて、司法解剖が行われたかもしれない。けれど母の憔悴《しょうすい》はあまりに激しく、三日目に退院はしたものの、稲香村での散骨が済むまでは、ただのひと言もしゃべらなかったという。

「ほとんど抜け殻みたいな有様で、食事すら満足にとりません。このまま娘さんの後を追うのを待っているみたいで、見ている私たちも辛くって……」

それまで気丈に見えていた真佐子の顔が、ふいにゆがんだ。うつむいて、口に手を当てる。絵里もメガネを外し、ハンカチを目に当てて、言葉を続けた。

「最近ようやく、返事らしきものを返すようにはなりましたが、ほとんど反応がないのは、いまも同じです。とても事情聴取なんて、応じられる状態じゃありません」

どうしたものかと、権田は迷っているようだが、向谷はちらりと季穂を見た。マルともバツとも返せず、季穂はただ突っ立っていたが、何故だか向谷はこくりとうなずき、ふたりに言った。

「事情聴取はしませんから、静世さんに合わせてもらえませんか。お願いします」

今度は向谷が頭を下げ、権田が倣った。女性たちが目顔で相談し、わかりました、とこたえた。

——こんなに、小さかったろうか……。

五年ぶりに目にする母は、季穂の記憶より、ふたまわりは小さく見えた。

母と別れてから、十センチ近くも身長が伸びたし、病気と憔悴が、母のからだと精神を消しゴムみたいに削ってしまったのかもしれない。

あの父親のもとに、兄と自分を置いて、ひとりで逃げた。かすかに残っていた母への恨みすら、たちまち季穂の中からかき消えた。

季穂の事件を調べている警察官だと、真佐子はふたりを紹介したが、母はちらりと一瞥《いちべつ》したきり、また窓の方へ物憂げに視線を戻した。開け放された二階の窓からは、晴れわたった五月の空と、住宅ばかりの景色が広がっている。それすら母の目には、入っていないそうだ。母は窓のレールに片手をかけて、桟にもたれた格好で、ぼんやりと座っていた。

向谷が、母の傍らにしゃがみ込んだ。

「こんにちは、僕は向谷弦といいます。警察官ですが、季穂さんの友達でもあります」

いいのか、と言うように、権田は顔をしかめたが、とりあえず嘘ではない。聴取をしないと明言した以上、権田の出る幕はなく、この場は向谷に預けるつもりなのだろう。

四畳半の畳敷きの和室で、入口の襖《ふすま》を背にして窮屈そうに正座した。その脇に、女性ふたりも膝をそろえる。母の自室なのだろう、ベッドはなく、箪笥《たんす》と小さな鏡台、折りたたみのテーブルだけがこの部屋の家具のすべてだった。

「季穂の、友達……？」

娘の名前に、初めて母が反応した。

「はい、僕と足……じゃない、季穂さんは、とても仲のいい友達です」

過去形ではなく、現在形。それが母には、嬉《うれ》しかったのかもしれない。そうですか、とかすかに微笑らしきものを唇《くちびる》に浮かべた。

「静世さんは、季穂さんによく似てますね。眉《まゆ》と目と鼻と、あと口や輪郭も」

それでは全部だろうとのつっこみは、権田もあえて口にしない。もともと顔立ちは母に似ているとよく言われた。こうして改めて母の顔を見ると、化粧する前の季穂のすっぴん顔を思い出す。向谷と権田は、写真で見たフルメイクの季穂の顔しか知らないが、想像以上に似ていたと、後になって語った。

「季穂さんは、働いていたメイドカフェで、人気ナンバーワンなんです。あんまりおしゃべりはしないんですけど、そこがいいってお客さんから好評で……」

桃飴屋での季穂の働きぶり、男爵店長に信頼されていたこと、笹塚のシェアハウスについて——とりとめのない話ばかりだが、生きていたころの季穂のようすを、あれこれと語る。きいていると、本当に生前から、この男と友達だったような気がしてくる。

母は向谷に顔を向け、黙ってきいていたが、ぽつりとたずねた。

「季穂には、彼氏とか恋人とか、いなかったんでしょうか？　……もしかしたら、あなたが……？」

「残念ながら、僕は恋人ではありません。おつき合いしている人は、季穂さんにはたぶんいなかったと思います」

小さく灯《とも》ったロウソクの火が消えるように、母の頬にきざしていた明るいものが瞬時に消えた。後にはただ、暗い闇だけがただよう。

「まだ恋も知らないのに、たった二十歳で逝ってしまって……あの子の人生は、これからだったのに……奪ってしまったのは、母親の私です」

「違います、あれは、事故で……」

向谷が必死で抗弁しても、暗く翳《かげ》った表情は戻らない。見かねたように、権田までが口を出した。

「もとはと言えば、季穂さんを襲撃した犯人が蒔《ま》いた種です。娘さんを襲った犯人は、昨日、我々が身柄を確保しました」

「私は、逮捕されないんですか？　娘を殺した罪で」

「あれは事故です。娘さんを救いたい一心で、とった行動でしょう。あたりまえの親心を、裁く法律などありません」

どんなに気持ちを込めてふたりが訴えても、冷えて小さくかたまった、母の心には届かない。何もきこえていないように、母はまた、窓の外へと顔を向けた。

――さっきから、何を見てるんだろう？

瞳《ひとみ》はぼんやりとして、何も映っていないように思えていたが、母の視線が窓の外の同じ場所に向けられていることに、季穂は気がついた。

窓の傍へ移動して、母とならんで外をながめる。母の視線の先を追うと、道路をはさんだ向かいの庭に、大輪の白い花が見えた。

――白雪姫《しらゆきひめ》！

記憶が音を立てて逆流し、白い花へと行き着く。

小学校の入学式――。ピンクのランドセルを背負った季穂と、紺のスーツ姿の母。

そして白雪姫――。

思い出したとたん、いても立ってもいられなくなった。向谷に、懸命に合図する。

「どうしたのかな……何か、慌ててるみたいだ」

母は相変わらず無反応で、母の友人たちは、何のことかときょとんとする。しかし権田には通じたようだ。向谷を促して、いったん部屋の外に出た。季穂もその後ろに従う。

「どうした。足が何か言ってんのか？」

「そうなんですけど、詳しいことはわからなくて」

「ここじゃ、伝達手段がねえからな。仕方ない、いったん交番に戻って、交信機担いで出直すしかねえか」

「だけど足子さん、何だか焦ってて。足子さん、後でもいいかな？　……やっぱり、いまじゃないとダメ？」

たしかに季穂は急いでいた。本当は、後で出直しても構わないのだが、これ以上あんな母を見ているのはたまらなかった。一分一秒でも早く、気持ちを伝えたい。季穂がもう恨んでなどいなくて、一日も早く、母に立ち直ってほしいと望んでいることを――。ちゃんと病気を治療して、この先も生きてほしいと願っていることを――。

「そう言われても、交信機がない以上……いや、待てよ」

向谷と困り顔を見合わせていた権田が、何か思いついた。

「そうか、旧バージョンを使えばいいんだ！　あれなら、ここでも調達できる」

権田は部屋の外から、すみません、と声をかけた。すぐに襖があいて、絵里が顔を出す。

「大判のカレンダーくらいの紙と、太書のペンを貸してもらえませんか？」

「構いませんけど、何に使うんですか？」

「ちょっと、捜査状況の整理をしたくて」

苦しい言い訳だが、とりあえず信じてもらえたようだ。一緒に階段を下りて、事務所兼居間へと向かう。

「これで、間に合いますか？」

すでに月末だから、前の月のカレンダーは捨ててしまったと言って、絵里はそのかわりに和菓子屋のものらしい包装紙を広げた。きちんとたたんであったらしく、四角い折り目がついている。ふっと懐かしさを覚えた。たたんだのは、母かもしれない。物が捨てられなくて、でも整理上手だった。

「十分です。それで、厚かましいんですが、捜査上の機密事項などもありますので、十五分ほど、この部屋を使わせてもらえませんか」

季穂とのやりとりを目にしたら、さすがに危ない人と思われる。幸い疑われることもなく、終わったら呼んでくださいと言い残し、絵里はまた二階に戻っていった。

「時間がねえから、簡易版な。おし、はじめるぞ」

権田は広げた包装紙の裏に、縦横の線は省いて、五十音のあ段十文字と、1から5までの数字だけを手早く書いた。小文字や濁点を示す記号も、脇につけ足す。交番にあるものよりもかなりアバウトだが、一応、機能は同じものができあがった。

「弦は、足の示すマス目を、指で示すだけでいい。解読はおれがやる」

権田のこの提案により、意思疎通は実にスムーズにはこんだ。ただ、すべてを伝達し終えても、権田は首をかしげた。

「足のしてえことはわかったが、こんなんで本当に、うまくいくのか？」

「とりあえず、やってみましょうよ。僕、お向かいに行って、お花もらってきますね」

向谷が出て行くと、権田は包装紙を手のひらサイズにたたんで、腰のポケットに入れた。

やがて戻ってきた向谷の手には、一輪の白雪姫があった。

白雪姫は、クレマチスという花の一品種だ。

クレマチスは、色も形もびっくりするほど多種多様で、白、ピンク、青、赤紫と花の色はさまざまあり、花の形も釣鐘形や蘭に似たもの、中にはバラのような品種もある。

ただ白雪姫は、名前のとおり真っ白で、八枚の花弁が丸く開いた、ある意味花らしい形を成していた。

小学一年生の入学式、白と黒のチェックのワンピースに、黒いボレロタイプのジャケット。色は地味だが、白いレースの襟と、フリルの多い裾《すそ》の広がったスカートは可愛かった。何よりピンクのランドセルが嬉しくて、背負ったままぴょんぴょんとびはねながら、母の仕度がすむのを待った。

「あれえ、お母さん、お花は？」

やがて母は、紺のスーツに着替えて寝室から出てきたが、季穂の予想とは少し違った。

これもたぶん、父の好みだったのだろう。母のスーツは形もいたって地味で、入学式というより、このまま就活ができそうな代物だった。季穂としても大いに不満で、母も物足りなく思えたのだろう。

「じゃあ、これをつけていくわ。どう？」

「うん、その方が絶対かわいい！」

白い花のコサージュをつけていくことを、大喜びで賛成した。

なのに母の胸には、その白い花がない。

「いい歳をして、花なんておかしいって、お父さんに叱られちゃって。よく考えたら、そのとおりだものね」

母はぺろっと舌を出し、明るく言ったが、背負ったランドセルの肩ベルトが、急に窮屈になった気がした。ふたりで歩いて小学校に向かうあいだも、すっきりしないもやもやが長い尻尾《しっぽ》になってお尻についているように思えたが、そのときふと、庭先から声がした。

「今日から一年生？　ピンクのランドセル、可愛いわねえ」

季穂のおばあちゃんくらいの、年配の女性だった。母と知り合いというわけでもなさそうで、ぴかぴかな姿を見て、声をかけてくれたのだろう。

ガーデニングが趣味らしく、そう広くはない前庭いっぱいに緑があって、四月上旬だというのに、いくつか花も咲いている。母も少し驚いたように、足を止めた。

「この時季に咲くなんて、めずらしいですね」

「これみんな、クレマチスなんですよ。種類が豊富で、いまくらいから開花するものや、冬に咲くものもあるんです。名前も面白くてね、あれはエリザベス、となりがムーンビーム、そこにあるのが白雪姫」

「白雪姫？」

季穂の目が、たちまち白い花に吸いついた。名前のインパクトだけでなしに、その花が、コサージュそっくりに見えたからだ。

「この花、もらっちゃだめ？」

「これ、季穂。お花は無闇に切ってはいけないのよ」

母は止めたが、花の育ての親は、目尻のしわを深くした。

「白雪姫、気に入った？　じゃあ、三つくらいあげましょうか？」

「ううん、ひとつだけでいいの」

そう、とうなずいて、年配の女性は花切りバサミで白雪姫の茎を切り、はい、と季穂に渡してくれた。

「本当に申し訳ありません、子供がわがままを言いまして。季穂、ちゃんとお礼を言いなさい」

「どうもありがとう！」

「どういたしまして」

花が咲く庭を後にして、小学校が見えてくると、季穂は白雪姫を母に手渡した。

母はひどくびっくりして、大事そうに白雪姫を受けとった。とても嬉しそうに笑い、笑いながら、少し涙ぐんでいた。

造花のかわりに生花を胸に飾るなんて、大人にしてみれば、かなり恥ずかしい。おまけに思い返すと、布のコサージュより、かなり大きかった気もする。

それでも母は、スーツの胸ポケットに茎をさし、入学式が終わるまで、季穂の贈った白い花をつけてくれた。式が終わるころには白雪姫はすっかり萎《しお》れ、かなりみすぼらしくなっていたが、家に帰るまで外そうとはしなかった。

母は、覚えているだろうか——。

向谷と権田とともに、もう一度母の部屋の襖を開けたとき、少し鼓動が速くなった。

たぶん、向かいの家に行った向谷の姿は、母の目にも見えていただろうが、やはり反応はない。権田は襖の前に突っ立ったままでいたが、向谷は母の傍らに膝をついた。白雪姫を、母の前にさし出す。

「『はい、お母さん。これ、つけていって』」

一言一句違《たが》わず、覚えている。向谷は、季穂が伝えたとおりに、それを発した。

母の目が、大きく広がった。生気のなかった瞳に光がともり、その目はじっと白い花だけを見詰めている。

「『布のお花より、こっちの方がきれいだよ。きっとお母さんに似合うから』」

「……季穂！」

その花が季穂であるかのように、震える両手で、母が受けとった。

「季穂……季穂……どうしてお母さんを置いて、逝っちゃったの！」

白雪姫に、雨が降る。ぽたりぽたりと大粒の水滴が落ちて、白い花びらが揺れる。

花だけは潰さぬように、大事に両手に捧《ささ》げもったまま、うずくまるように身を折った。

額を畳につけて、母が激しく号泣する。向谷は、痩《や》せたその背中をやさしく撫《な》でた。

「よかった……ようやく、泣くことができて。本当によかった……」

呟いた真佐子が、自分も顔をくしゃくしゃにする。その横の絵里も、肩を震わせた。

「娘さんを亡くしてから、彼女、ずっと泣けなくて……それが本当に辛そうでならなくて」

権田がふいに向きを変え、襖をあけて部屋を出ていった。

襖の向こうから、トドが鼻から潮を噴くような、間抜けな音が響いた。

*

昼と夜の境目——逢魔時《おうまがとき》。

群青とオレンジの空が、人の闇と光を浮かび上がらせる。

それでもこの街だけは、詩情からも感傷からも無縁の存在だ。

相変わらず、オタクで埋め尽くされ、メイドが行き交い、外国人も多い。ここが日本だということさえ、うっかりすると忘れてしまいそうだ。

世界にひとつしかない、特異な街——。

絶滅危惧種と同じくらい、異質でめずらしい存在なのかもしれない。

オタクどもを右に左によけながら、桃飴屋の前を通りかかる。古風な窓越しに、髭《ひげ》男爵の店長と、明華や環が見えた。

鞠鈴こと酒井史央里が起こした事件は、一時はメディアに派手にとり上げられた。「メイド同士のナンバーワン争い」だの、「メイド界の嬢王」だのと騒がれて、男爵店長は責任を感じて、店を閉めることも考えたそうだが、メイドカフェ業界のご意見番たる、秋葉のミナミこと、『くりいむ♥カフェ』のオーナーに諭されて、数日は休業したものの、店は続けることにした。季穂の、もとい玲那の死を悼むファンも、存続を後押ししたときいている。

一時は、事件を知った野次馬が集まり、妙な賑《にぎ》わいぶりも見せたが、それもひと月もすると落ち着いた。いまは玲那と鞠鈴がいないことを除けば、以前と同じ佇《たたず》まいだ。

桃飴屋の前を過ぎると、季穂はいつものように家路を辿った。

「あ、足子さん、お帰り！」

「おう、足、帰ったか」

先留交番に戻ると、制服姿のふたりの警官が、てんでに声をかけてくれた。

向谷は、先日無事に謹慎が解けて、職務に復帰した。

「あの稲香村の村長の奥さんてのが、都議会議員の妹なんだとよ。兄貴の議員を通して、こいつをやめさせないでくれって、警察に嘆願があったんだ。ま、このパターンも、いつものことだけどな」

権田はあっさりと述べたが、向谷をこの先当面——できれば定年までずっと——先留交番に留《とど》めると言い渡されて、それだけはげんなりしていた。

計算違いは、もうひとつある。権田は季穂の事件を解決し、それを上司の手柄とすることで恩を売り、先留交番に留まるための、いわば賄賂にするつもりでいたのだが、そうはうまくははこばなかった。

「おれもうっかりしていたんだがよ、足の事件現場ってのが、台東区にかかってたんだ。あと五十メートル手前で襲ってくれたら、千代田区の内だったのによ」

「でも、先輩。あの事件は、苑世橋《うち》署が処理しましたよね?」

「まあな。被害者も加害者も秋葉にいたから、一応、事なきは得たんだが。台東区《あつち》の管轄署の署長からは、嫌味を言われたそうだ。桂田署長は、すっかりご機嫌ななめでよ。『いくら検挙率を上げても、この手の揉《も》め事は困るよ、権田君』だぜ?」

「骨折り損の、くたばれ儲けってわけですか」

「……くたびれるより、上を行くな、それは」

疲れが倍増したのか、腹から寝そべるトドのごとく、権田はぐったりしていた。

ただ、今日は、何かいいことがあったようだ。めずらしくはずんだ声をあげた。

「足、おまえの兄貴から、おれ宛てにメールが来たぞ。お母さんの手術、うまくいったそうだ」

「よかったね、足子さん。お母さん、きっと元気になるよ」と、向谷もきらきらスマイルをくれた。

兄は権田から、季穂の死と、母のいまの状況を知らされて、すぐに再度上京した。福岡にも、専門医のいる大きな病院がある。自分の扶養家族として保険に入り、治療に専念するようにと母を説き伏せた。母が戻るまで、会社はちゃんと守るからと、ふたりの親友は快く、福岡に母を送り出してくれた。

「そうだ！　今度みんなで、福岡にお見舞いに行きましょうよ」

「ヤローふたりの旅なんて、おれは絶対にご免だぞ」

「ふたりじゃなく、足子さんも一緒だから三人ですよ」

「だから！　足はてめえ以外に見えねんだから、表向きは男ふたり旅になるんだよ！」

《いい加減、その呼び方やめてよね。私の名前は、渡井季穂！》

事件が解決しても、何故だか季穂は成仏の気配すらなく、相変わらず足だけの幽霊としてこの世に留まっている。

「岩瀬たちが、病院の担当医に話をききにいったんだが、酒井史央里に殴られた傷が死因に影響したかは、わからないそうだ」と、権田は捜査状況をそう語った。

検察側は殺人未遂での立件を、弁護側は傷害罪を主張しているというから、量刑は裁判で決まるのだろうが、もし被害者の季穂が法廷に立つことができるなら、史央里の減刑を訴えたはずだ。加害者の史央里に対しては、もはや何の恨みもない。

季穂をこの世に留めている理由のひとつは、やっぱり母の無念かもしれない。周囲の励ましで、最悪の状況は脱したものの、母の後悔は、たぶん生涯消えることはないからだ。

でも、それだけではないかもしれない。

「ね、足子さんも福岡、行きたいよね？　博多《はかた》ラーメンとか屋台とか、美味《おい》しいものたくさんあるし」

「だーかーらー、足は豚骨ラーメンも明太子《めんたいこ》ももつ鍋《なべ》も、食えねえだろうが」

いまの季穂には、先留交番という家があり、はなはだ不本意ながら、ふたりの同居人もいる。

――たしかにあたしは、とてもラッキーな幽霊みたい。

呟くと、白い足の爪先《つまさき》が、嬉しそうにぴょこんとはねた。

解説

大矢博子

今からおよそ一五〇年前の、明治三年。

前年の大火を受けて火除《ひよ》け地になっていた神田《かんだ》川沿いのその場所に、鎮火祈願のための神社が建てられた。祀《まつ》られたのは火伏の神・秋葉《あきば》大権現である。そこから人々はこの広大な火除け地を「秋葉の原」「秋葉っ原」と呼んだ。この空き地に人が集い、見世物小屋や飲食店が並び、サーカスなどの興行も行われたそうだ。

明治中期から昭和にかけては鉄道や都電がこの地を通り、物流・交通の要衝となった。戦争で一旦《いったん》は焼け野原となるも、近くにあった電気工業専門学校（現東京電機大学）の学生がアルバイトで始めたラジオの組み立て販売の盛況を受け、ラジオ部品を供給する闇市が立ち並ぶようになる。

高度経済成長期には、家電ブームに交通の便のよさが加わり、その地は生活家電からマニア向けの電子部品まで全てが揃《そろ》う、一大電気街へと成長した。

だが発展はそこで止まらない。

時の流れに合わせ、七十年代にはマイコンの店が、八十年代にはコンピューターゲーム関連の店が増えた。九十年代、量販店の台頭で一般家電のシェアが減ると、この地は一気にパソコンの街へと変貌《へんぼう》を遂げる。

そして二〇〇〇年、アニメ・音楽・映像ソフトを扱う店が増加。

二〇〇一年、世界で初の常設型メイド喫茶がオープン。

二〇〇五年、この地からＡＫＢ48がデビュー。

めまぐるしい変化の中で支えるコンテンツは変わっても、常に人が集まり、一世紀半もの間、マニアやオタクにとって最先端の聖地であり続ける街。

秋葉原《あきはばら》。

この物語の舞台である。


とまあ、なんだか堅苦しい出だしになってしまったけれど、本書は実にスットンキョー且つコミカルな物語だ。少なくとも前半は。——前半は？　まあ、それは後述するとして、まずは本書のアウトラインを紹介しておこう。

秋葉原駅から徒歩七分。中央《ちゅうおう》通りを西に折れ、蔵前橋《くらまえばし》通りに面した場所にある小さくて古い交番——秋葉原先留《さきどまり》交番に住む（従って厳密には駐在所である）権田利夫《ごんだとしお》。ブサメンのオタクにして毒舌。だが実は東大出身で頭は抜群に切れる。

そこに、後輩の向谷弦《むこうやゆづる》がやって来る場面で物語は幕を開ける。こちらは超イケメンで女性に優しい社交家だが、オツムの方がかなり残念。行く先々で女性と問題を起こしているボンクラ警官だ。今回も、奥多摩《おくたま》の駐在所での女性問題で謹慎を言い渡され、先輩の権田に頼るべく先留交番を訪れた次第。

このとき、向谷には連れがいた。なんと、前任地で出会った幽霊である。しかも——これがおかしいのだが——足だけの幽霊、なのだ。実は向谷は霊感体質で、〈見える〉クチ。そこに元来の社交性が重なって、幽霊といえども女性を放っておけず連れてきたというわけだ。

幽霊の名は渡井季穂《わたらいきほ》。秋葉原で殺されたらしいのだが、なぜ幽霊として奥多摩にいたのか、なぜ足だけなのかわからない。自分が誰にどのように殺されたのかも覚えていない。足しかないので会話ができず名前さえ伝えられないのだが、権田の機転で、何とかコミュニケーションがとれるようになった。

ブサメンオタク警官とイケメンボンクラ警官、そして足だけの幽霊という奇妙なトリオの誕生である。

物語は連作形式で、第一話ではフィギュア誘拐事件、第二話ではメイドカフェの従業員を狙った抱きつき魔、第三話は行方不明の子どもを捜索するというふうに、各話で事件が起き、それを三人が——というか主に権田が解いていくミステリ仕立てだ。そして全話を通して少しずつ季穂の殺人事件に迫る、という構造になっている。

だが、ただの連作ミステリではない。順を追って読んでいくと、実はこの構成に著者の深い企《たくら》みが隠されていることに気づくだろう。

私は先ほど「本書は実にスットンキョー且つコミカルな物語だ。少なくとも前半は」と書いた。第一話は実に楽しく、ユーモアミステリのお手本のような一作だ。権田と向谷のコントさながらの会話には何度も吹き出し、視点人物（視点幽霊？）である季穂の鋭くも正直過ぎるツッコミが笑いに拍車をかける。何より、季穂につけられた当座の名前が〈足子《あしこ》さん〉である。どう転んでも深刻になりようがないではないか。足子さんて。

西條奈加《さいじようなか》はデビュー作『金春屋ゴメス』（新潮文庫）で二十一世紀の江戸というスットンキョーな設定にコミカルでテンポのいい話運びを見せてくれたが、その後は時代小説を主戦場として心にしみる作品を多く発表してきた。ここまでユーモア全開の楽しい作品は久しぶりだ。デビュー作で発揮されていたその手腕、いささかも鈍っていないと嬉《うれ》しくなった。

だが。これこそが西條奈加の策である。

一話ずつ、少しずつ、楽しい物語の中に苦みが混じりこむ。オタクと呼ばれる人たちが抱くコンプレックス。オタクに対する根拠のない揶揄《やゆ》や見下し。そこに通底するのは、好きなものを否定される悲しみだ。

この〈好きなものを否定される悲しみ〉が全編を通してのテーマになる。

第三話は、大好きなお父さんが、大切な夫が、他者により否定される悲しみを描いたジェントル・ゴースト・ストーリーだ。どんなにダメな親でダメな男でも、子どもにとっては、妻にとっては、大好きな家族なのだという事実が優しく、切なく描かれる。また本書には、いじめやモラハラのエピソードも登場する。自分が否定される絶望。大切な人が否定されるのを目の当たりにする痛み。

そして本書で最も衝撃的なのは、学歴も実績もある権田が一警察官として先留交番に居続ける理由が明かされるくだりだ。そこでは、読者の記憶にもまだ新しい現実の事件が語られる。大好きな街を、そこに集う仲間たちを脅かした、あの事件。これもまた、〈好きなものを否定される悲しみ〉の発露なのだ。

西條奈加は、「本の旅人」二〇一五年十月号に掲載された恩田陸《おんだりく》との対談で、自らもアニメオタクだと語っている。アニソンのCDを買おうとしたら友人にドン引きされた、と。好きなものを好きと言える、周囲から否定されても堂々とオタクでい続ける、そんな人たちへの憧《あこが》れと、〈好きなものを否定される悲しみ〉を抱くすべての人への共感が、この物語には詰まっているのだ。

だからこそ、第一話と二話ではフィギュアやメイドといういかにもなオタク文化を扱いつつ、そこから次第に話を普遍的なモチーフへ広げていくという手法をとったのである。〈好きなものを否定される悲しみ〉はオタクだけのことではない、すべての人にとって同じなんですよ、という思いを込めて。

第一話では、深刻になりようがないだろうと笑っていた〈足子さん〉という呼び名が、終盤では切なく胸に刺さった。一冊を通して著者が積み重ねてきたものが、こちらの中にも積もってきた証拠である。

長い間、その時代ごとにその時代特有のオタクたちが集ってきた秋葉原。鉄道ファン、ラジオ好き、無線マニア、パソコンオタク、ゲーマー、アニメファン、ドルオタ。ここは〈誰が何と言おうとこれが好き〉という思いの集積地であり、〈好き〉という思いを誰はばかることなく解放できるパラダイスでもある。

秋葉原は〈好き〉が作り上げた街なのだ。

だから本書は、秋葉原が舞台なのだ。

そんな秋葉原に、先留交番は実在しない。モデルになったのは以前存在した末広町《すえひろ》交番で、現在は地域安全センターに変わっている。末広、という文字の逆の意味として、先留、と名付けたのだそうだ。

架空の交番だからこそ、書けることがある。多くの人の〈好き〉を受け止め、それでいいのだと、堂々と好きでいろと、背中を押してくれる存在として、先留交番は誕生した。普通の交番は街の治安を守る番人だが、先留交番は私たちの〈好き〉の番人なのだ。〈好き〉という気持ちを守り、鼓舞してくれる勇気の象徴なのだ。

秋葉原に〈好き〉が集まる限り、先留交番には存在し続けてほしい。

そのためにも、著者には是非とも続編を書いてもらわねば。権田・向谷・足子トリオの再結成に向け、まずはうちわを作れと、私の中のオタク成分が吠《ほ》えている。

本書は二〇一五年十月に小社より刊行された単行本を文庫化したものです。

秋《あき》葉《は》原《ばら》先《さき》留《どまり》交《こう》番《ばん》ゆうれい付《つ》き

西條《さいじょう》奈《な》加《か》

平成30年 4月25日　初版発行
令和6年 10月30日　17版発行

発行者●山下直久

発行●株式会社KADOKAWA
〒102-8177　東京都千代田区富士見2-13-3
電話　0570-002-301（ナビダイヤル）

角川文庫 20882

印刷所●株式会社KADOKAWA
製本所●株式会社KADOKAWA

表紙画●和田三造

●お問い合わせ
https://www.kadokawa.co.jp/（「お問い合わせ」へお進みください）
※内容によっては、お答えできない場合があります。
※サポートは日本国内のみとさせていただきます。
※Japanese text only

ISBN978-4-04-106752-9　C0193

角川文庫発刊に際して

角　川　源　義

第二次世界大戦の敗北は、軍事力の敗北であった以上に、私たちの若い文化力の敗退であった。私たちの文化が戦争に対して如何に無力であり、単なるあだ花に過ぎなかったかを、私たちは身を以て体験し痛感した。西洋近代文化の摂取にとって、明治以後八十年の歳月は決して短かすぎたとは言えない。にもかかわらず、近代文化の伝統を確立し、自由な批判と柔軟な良識に富む文化層として自らを形成することに私たちは失敗して来た。そしてこれは、各層への文化の普及滲透を任務とする出版人の責任でもあった。

一九四五年以来、私たちは再び振出しに戻り、第一歩から踏み出すことを余儀なくされた。これは大きな不幸ではあるが、反面、これまでの混沌・未熟・歪曲の中にあった我が国の文化に秩序と確たる基礎を齎らすためには絶好の機会でもある。角川書店は、このような祖国の文化的危機にあたり、微力をも顧みず再建の礎石たるべき抱負と決意とをもって出発したが、ここに創立以来の念願を果すべく角川文庫を発刊する。これまで刊行されたあらゆる全集叢書文庫類の長所と短所とを検討し、古今東西の不朽の典籍を、良心的編集のもとに、廉価に、そして書架にふさわしい美本として、多くのひとびとに提供しようとする。しかし私たちは徒らに百科全書的な知識のジレッタントを作ることを目的とせず、あくまで祖国の文化に秩序と再建への道を示し、この文庫を角川書店の栄ある事業として、今後永久に継続発展せしめ、学芸と教養との殿堂として大成せんことを期したい。多くの読書子の愛情ある忠言と支持とによって、この希望と抱負とを完遂せしめられんことを願う。

一九四九年五月三日

角川文庫ベストセラー

赤い月、廃駅の上に　有栖川有栖

廃線跡、捨てられた駅舎。赤い月の夜、異形のモノたちが動き出す――。鉄道は、私たちを目的地に運ぶだけでなく、異界を垣間見せ、連れ去っていく。震えるほど恐ろしく、時にじんわり心に沁みる著者初の怪談集！

幻坂　有栖川有栖

坂の傍らに咲く山茶花の花に、死んだ幼なじみを偲ぶ「清水坂」。自らの嫉妬のために、恋人を死に追いやってしまった男の苦悩が哀切な「愛染坂」。大坂で頓死した芭蕉の最期を描く「枯野」など抒情豊かな9篇。

怪しい店　有栖川有栖

誰にも言えない悩みをただ聴いてくれる不思議なお店〈みみや〉。その女性店主が殺された。臨床犯罪学者・火村英生と推理作家・有栖川有栖が謎に挑む表題作「怪しい店」ほか、お店が舞台の本格ミステリ作品集。

狩人の悪夢　有栖川有栖

ミステリ作家の有栖川有栖は、今をときめくホラー作家、白布施と対談することに。「眠ると必ず悪夢を見る」という部屋のある、白布施の家に行くことになったアリスだが、殺人事件に巻き込まれてしまい……。

濱地健三郎の霊《くしび》なる事件簿　有栖川有栖

心霊探偵・濱地健三郎には鋭い推理力と幽霊を視る能力がある。事件の被疑者が同じ時刻に違う場所にいた謎、ホラー作家のもとを訪れる幽霊の謎、突然態度が豹変した恋人の謎……ミステリと怪異の驚異の融合！

角川文庫ベストセラー

Another（上）（下）　綾辻行人

1998年春、夜見山北中学に転校してきた榊原恒一は、何かに怯えているようなクラスの空気に違和感を覚える。そして起こり始める、恐るべき死の連鎖！　名手・綾辻行人の新たな代表作となった本格ホラー。

深泥丘《みどろがおか》奇談《きだん》　綾辻行人

ミステリ作家の「私」が住む〝もうひとつの京都〟。その裏側に潜む秘密めいたものたち。古い病室の壁に、長びく雨の日に、送り火の夜に……魅惑的な怪異の数々が日常を侵蝕し、見慣れた風景を一変させる。

深泥丘《みどろがおか》奇談《きだん》・続《ぞく》　綾辻行人

激しい眩暈が古都に蠢くモノたちとの邂逅へ作家を誘う。廃神社に響く〝鈴〟、閏年に狂い咲く〝桜〟、神社で起きた〝死体切断事件〟。ミステリ作家の「私」が遭遇する怪異は、読む者の現実を揺さぶる――。

Another エピソードS　綾辻行人

一九九八年、夏休み。両親とともに別荘へやってきた見崎鳴が遭遇したのは、死の前後の記憶を失い、みずからの死体を探す青年の幽霊、だった。謎めいた屋敷を舞台に、幽霊と鳴の、秘密の冒険が始まる――。

深泥丘《みどろがおか》奇談《きだん》・続々《ぞくぞく》　綾辻行人

ありうべからざるもうひとつの京都に住まうミステリ作家が遭遇する怪異の数々。濃霧の夜道で、祭礼に賑わう神社で、深夜のホテルのプールで。恐怖と忘却を繰り返しの果てに、何が「私」を待ち受けるのか――!?

角川文庫ベストセラー

ドミノ　恩田　陸

一億の契約書を待つ生保会社のオフィス。下剤を盛られた子役の麻里花。推理力を競い合う大学生。別れを画策する青年実業家。昼下がりの東京駅、見知らぬ者同士がすれ違うその一瞬、運命のドミノが倒れてゆく！

ユージニア　恩田　陸

あの夏、白い百日紅の記憶。死の使いは、静かに街を滅ぼした。旧家で起きた、大量毒殺事件。未解決となったあの事件、真相はいったいどこにあったのだろうか。数々の証言で浮かび上がる、犯人の像は——。

チョコレートコスモス　恩田　陸

無名劇団に現れた一人の少女。天性の勘で役を演じる飛鳥の才能は周囲を圧倒する。いっぽう若き女優響子は、とある舞台への出演を切望していた。開催された奇妙なオーディション、二つの才能がぶつかりあう！

メガロマニア　恩田　陸

いない。誰もいない。ここにはもう誰もいない。みんなどこかへ行ってしまった——。眼前の古代遺跡に失われた物語を見る作家。メキシコ、ペルー、遺跡を辿りながら、物語を夢想する、小説家の遺跡紀行。

夢違　恩田　陸

「何かが教室に侵入してきた」。小学校で頻発する、集団白昼夢。夢が記録されデータ化される時代、「夢判断」を手がける浩章のもとに、夢の解析依頼が入る。子供たちの悪夢は現実化するのか？

角川文庫ベストセラー

雪月花黙示録　恩田　陸

私たちの住む悠久のミヤコを何者かが狙っている……！　謎×学園×ハイパーアクション。恩田陸の魅力全開、ゴシック・ジャパンで展開する『夢違』『夜のピクニック』以上の玉手箱!!

私の家では何も起こらない　恩田　陸

小さな丘の上に建つ二階建ての古い家。家に刻印された人々の記憶が奏でる不穏な物語の数々。キッチンで殺し合った姉妹、少女の傍らで自殺した殺人鬼の美少年……そして驚愕のラスト！

失われた地図　恩田　陸

これは失われたはずの光景、人々の情念が形を成す「裂け目」。かつて夫婦だった鮎観と遼平は、裂け目を封じることのできる能力を持つ一族だった。息子の誕生で、2人の運命の歯車は狂いはじめ……。

鬼談百景　小野不由美

旧校舎の増える階段、開かずの放送室、塀の上の透明猫……日常が非日常に変わる瞬間を描いた99話。恐ろしくも不思議で悲しく優しい。小野不由美が初めて手掛けた百物語。読み終えたとき怪異が発動する——。

営繕《えいぜん》かるかや怪異譚《かいいたん》　小野不由美

古い家には障りがある——。古色蒼然とした武家屋敷、町屋に神社に猫の通り道に現れ、住居にまつわる様々な怪異を修繕する営繕屋・尾端。じわじわくる恐怖。美しさと悲しみと優しさに満ちた感動の物語。

角川文庫ベストセラー

ゴーストハント6 海からくるもの　小野不由美

日本海を一望する能登で老舗高級料亭を営む吉見家。代替わりのたびに多くの死人を出すという。一族にかけられた呪いの正体を探る中、ナルが何者かに憑依されてしまう。シリーズ最大の危機！

ゴーストハント7 扉を開けて　小野不由美

能登からの帰り道、迷って辿り着いたダム湖。そこにナルが探し求めていた何かがあった。「オフィスは戻り次第、閉鎖する」と宣言したナル。SPR一行は戸惑うも、そこに廃校の調査依頼が舞い込む。驚愕の完結。

今夜は眠れない　宮部みゆき

中学一年でサッカー部の僕、両親は結婚15年目、ごく普通の平和な我が家に、謎の人物が5億もの財産を母さんに遺贈したことで、生活が一変。家族の絆を取り戻すため、僕は親友の島崎と、真相究明に乗り出す。

夢にも思わない　宮部みゆき

秋の夜、下町の庭園での虫聞きの会で殺人事件が。殺されたのは僕の同級生のクドウさんの従妹だった。被害者への無責任な噂もあとをたたず、クドウさんも沈みがち。僕は親友の島崎と真相究明に乗り出した。

あやし　宮部みゆき

木綿問屋の大黒屋の跡取り、藤一郎に縁談が持ち上がったが、女中のおはるのお腹にその子供がいることが判明する。店を出されたおはるを、藤一郎の遣いで訪ねた小僧が見たものは……江戸のふしぎ噺9編。